발로자를 위하여

발로자를 위하여

초판 발행/2003년 4월 1일

지은이/송영
펴낸이/고세현
편집/강일우 김정혜 문경미 김명재
펴낸곳/(주)창작과비평사
등록/1986년 8월 5일 제10-145호
주소/서울 마포구 용강동 50-1 우편번호 121-875
전화/영업 718-0541,0542 · 701-7876
　　　편집 718-0543, 0544 · 기획 703-3843
　　　독자사업 716-7876, 7877
팩시밀리/영업 713-2403 · 편집 703-9806
홈페이지/www.changbi.com
전자우편/literat@changbi.com
지로번호/3002568

* 이 책은 한국문화예술진흥원의 '문예진흥기금'을 받았습니다.

발로자를 위하여

송 영

소 설 집

창작과비평사

차 례

발로자를 위하여 • 007

두 사람 • 057

천사는 어디 있나? • 083

태어난 곳 • 101

신뢰받는 인간 • 115

자비와 동정 • 141

성자의 그늘 • 165

고려인 니나 • 185

모슬 기행 • 211

해설 | 채호석 • 275

작가의 말 • 285

발로자를
위하여

발로자*를 위하여

1

집주인과 박교수는 내가 혼자 길을 떠나는 것을 극구 만류했다. 그들에게는 내가 뻬쩨르부르그를 찾아가는 사연이 그다지 절실하게 들리지는 않았던 것 같다. 꼭 해결해야 할 사업이 있는 것도 아닌데 그까짓 어린 녀석 하나를 만나려고 일부러 그 먼 길을 가다니! 그들 두 사람 얼굴에는 똑같이 이런 어처구니없는 감정이 드러나 있었다. 상식에 비춰보면 누구나 그들의 생각이 옳다고 판단할 게 분명했다. 게다가 그들이 비록 며칠간이지만 나의 이탈을 만류하는 다른 이유들도

---

* 발로자는 블라지미르의 애칭으로 러시아에는 많은 발로자들이 있다. 이 이름은 러시아의 민요 속에서 성자로, 혹은 영웅으로 칭송되는 끼예프 공국의 블라지미르 1세 이름을 물려받은 것이다.

많았다. 박교수는 나와 서울서부터 함께 행동한 여행 동반자 겸 인솔자였다. 러시아 정치사를 전공하는 그는 여름방학을 맞아 러시아 여행 수속을 밟고 있었다. 그는 해마다 휴가철이 되면 연례행사처럼 러시아를 찾는 사람이다. 동창들의 우연한 모임에서 박교수를 만나 그 얘기를 들은 나는 다짜고짜 이번 여행에 끼워달라고 청했다. 모스끄바에 아는 사람도 적지 않고 현지 언어에도 비교적 능통한 박교수와 동행이라면 나는 틀림없이 큰 이득을 볼 거라는 계산이 작용했다. 여행 목적이 분명한 박교수는 속으로 좀 귀찮다고 생각했겠지만 학교 몇해 선배인 내 청을 쉽게 받아들였다. 그런데 결국 귀찮은 일이 생긴 셈이었다. 박교수에겐 현지 사정에 밝은 인솔자로서 나의 안전에 응분의 책임이 있었다.

집주인인 정사장은——그는 상사의 지사장인데 박교수는 그를 사장이라고 불렀다——박교수의 초임시절 수제자인데 우리가 모스끄바에 도착한 그날부터 두 사람의 숙식을 책임지고 있었다. 우리가 도착한 날도 그는 공항에 자기 차를 가지고 나와서 우리를 맞아주었다. 스승에 대한 그의 접대는 빈틈이 없을 정도로 세심하고 정중했다. 이미 마흔을 넘어간 중년이지만 그는 여전히 모범성을 몸 안에 그대로 간직하고 있는, 요즘에는 보기 드문 남자였다. 박교수가 아무리 러시아에 정통한 사람이라고 해도 현지에서는 역시 정사장이 우리 두 사람의 보호자 역을 하는 게 자연스러웠다. 더구나 그는 모스끄바 거주 5년째가 되는, 교민 가운데서도 고참에 속하는 인물이고 이곳 생활에 누구보다 매끄럽게 잘 적응하는 유능한 인물이었다.

"꼭 가셔야겠습니까? 어지간하면 그냥 저희 집에 눌러 계십시오."

바로 코앞에서 정사장이 내 눈을 지그시 들여다보며 말했다. 그의 희고 둥근 얼굴이 금방 마신 술 한잔으로 보기 좋게 홍조를 띠었다. 거실의 장방형 탁자 위에는 러시아산 보드까 한병과 유리잔, 그리고 건포도 접시가 놓여 있고 탁자 한쪽에 전화기와 메모지가 나란히 놓여 있었다. 세 사람이 탁자 둘레에 서로 마주보고 앉아 있었는데 박교수는 대화 도중에도 메모지를 앞에 놓고 다음날 자기 일정을 조정하느라고 부지런히 펜을 굴리고 있었다.

거실 창을 통해 큰 나뭇가지에 포도송이처럼 주렁주렁 매달린 빨간 라비냐 열매들이 바라다보였다. 집 주위가 온통 숲으로 둘러싸여 낮에는 덥다가도 저녁이 되면 초가을 분위기로 돌변했다. 정사장은 이 거실 창을 통해 보이는 풍경을 좋아했고 그것을 자랑으로 여겼다.

매일 저녁때 정사장이 지사 사무실에서 돌아오면 이 거실에서 조촐한 보드까 파티가 벌어졌다. 이것 역시 정사장이 손님을 배려해서 일부러 만드는 자리였다. 대체로 박교수와 나는 시내 외출을 나갔다가 이 시간에 맞춰 정사장이 귀가하기 전에 그의 집으로 돌아오곤 했다. 보드까 한병을 놓고 탁자 둘레에 마주앉은 자리에서는 그날 하룻동안 겪었던 일, 만난 사람에 관한 얘기가 화제로 등장했다. 이를테면 여행기간의 하루를 정리하는 자리였다. 자연히 정사장은 손님들의 이야기를 들어주는 입장이 되게 마련이었다. 그런데 이날은 엉뚱하게 화제가 나의 뻬쩨르부르그 방문문제로 바뀌어버린 것이다.

"저희 집이 불편해서 자릴 옮기고 싶어 그러시는 건 아닙니까? 제가 신경을 쓰려고 노력은 하지만 아무래도 집사람이 없으니까 어려운 점이 많습니다."

이 집 주부는 방학을 맞아 아이들을 데리고 본국의 친정으로 가서 머물고 있었다. 그렇지만 고려인 가정부가 매일 아침 출근해서 가사를 빈틈없이 돌봐주기 때문에 큰 불편은 느끼지 못했다.

"불편이라니, 그건 말도 안돼요."

나는 손을 저으며 집주인의 말을 완강하게 부인했다.

"여기 며칠 있는 동안 내가 얼마나 즐겁게 지냈는지 그건 박교수가 잘 알 거요. 나는 다만 여기까지 온 김에 친구를 만나보겠다는 생각뿐이오."

박교수가 메모지에서 눈을 떼고 두 사람을 쳐다보았다.

"선배님이 매일 자넬 칭찬한 건 사실이야. 이 꾼쩨바 경관도 무척 맘에 들어하신다고. 그런데 그 친구 아직 학생이죠? 아니, 졸업했다고 하셨나요? 그거야 어쨌건 아직 새파란 아이를 선생님 친구라고 할 수 있나요? 뭣하면 여기서 전화나 한통 걸어주시죠. 모스끄바에 와서 잘 지내신다고. 만나는 건 다음 기회로 미루시고."

"친구의 개념에 관해 새삼스럽게 논쟁할 생각은 없소. 전화나 하려고 했다면 여기 와서 벌써 내가 했지. 여행을 자주 다니는 박교수와 나는 처지가 달라요. 내겐 기회가 그렇게 많지 않소."

"그쪽이 별로 재미가 없을 겁니다. 그 도시는 요즘 경기가 아주 좋지 않아요. 저도 얼마 전 거래처 일로 다녀왔는데 분위기가 너무 썰렁해서 잠시도 더 머물러 있고 싶지 않았어요. 게다가 치안상태도 걱정되고."

정사장은 어떻게든 나를 붙잡아두려고 애를 썼다. 손님이 한사람 줄어들면 집주인은 그만큼 부담이 적어질 것이다. 그런데도 그는 나의 안전을 걱정해서 쉽게 떠나라는 말을 하지 못했다. 그의 따뜻한 마음씨가 가슴에 뜨겁게 와닿았다. 그렇지만 내 생각은 이미 결정이 되어 있는 상태였다. 나는 벌써 뻬쩨르부르그를 향해 기차나 비행기를 타고 가는 내 모습을 그려보고 있었다. 이런 상상은 어제 오늘 시작된 것이 아니었다. 아마 나는 몇해 전부터 그곳을 향해 기차나 혹은 비행기를 타고 달려가고 있는 내 모습을 그려왔을 것이다. 뻬쩨르부르그에는 내 친구가 있었다. 단순한 관광 목적이 아닌 이상 그 도시의 경기나 분위기가 어떻든 그런 것은 아무래도 좋았다.

"할 수 없군요. 고집을 꺾지 않으실 것 같으니까. 이왕 가기로 결정하셨다면 안전에나 신경을 써드리는 길밖에."

내가 꿈쩍도 하지 않자, 드디어 정사장이 먼저 손을 들었다. 박교수도 말리기를 단념한 듯 정색하고 내게 말했다.

"솔직히 말해 선배님이 곁을 떠나면 저는 홀가분합니다. 보시다시피 저는 일정이 매일 빡빡한데 선배님과 같이 행동하다보니까 지장도 많았죠. 그렇지만 말도 안 통하고 지리도 어두운 선배님을 혼자 떼어놓고 마음을 놓을 수 있나요? 저는 강제로 붙들고 싶지만 그럴 수도 없고, 제 마음을 이해하세요."

"내가 그런 것도 모르는 바보 같나? 다 알아요. 걱정해줘서 고맙구먼."

"그럼 선배님 장도를 축하하는 뜻에서 한잔씩 드시지요."

정사장이 각자의 잔에 보드카 병을 기울였다. 무거운 숙제가 풀린 듯 분위기가 갑자기 밝아졌다. 막상 갈 길이 정해지자 마음이 얼마간 허전해졌다. 내 시선은 빨간 라비냐 열매가 주렁주렁 매달린 창밖의 큰 나무 쪽을 향했다. 나는 저녁때 이 거실에 앉아 창을 통해 빨간 열매를 가지마다 잔뜩 매달고 있는 그 나무를 바라보는 것을 즐겼다. 숲사이로는 서로 방향이 엇갈리는 두 개의 오솔길이 있는데 하나는 모스끄바 강이 내려다보이는 강둑으로 가는 길이고 하나는 꾼쩨바 지하철역으로 나가는 길이었다. 매일 오전 정사장이 자가용을 몰고 일찍 출근한 뒤에 박교수와 나는 느지막한 시간에 이 길을 걸어서 꾼쩨바역으로 나갔다. 정사장은 자기 차를 타고 함께 나가자고 권했지만 우리는 지하철을 타는 것도 재미있고 특히 이 오솔길을 걷고 싶어 그의 권유를 뿌리쳤다. 역으로 가는 도중에 서민들의 아파트단지를 지나게 되는데 그 단지에서도 지하철을 타려는 사람들이 몰려나와서 그들과 역까지 동행할 기회가 자주 있었다. 그런 때는 박교수는 자기의 러시아말 구사능력을 발휘해서 그들과 이런저런 잡담을 나누곤 했다. 그 대화중에 재미있는 화제라도 튀어나오면 박교수는 그 의미를 내게 꼬박꼬박 전해주기도 했다. 며칠 전 우리가 시내에서 돌아오는 길이었다. 역을 빠져나와서 오솔길로 접어들었는데 이제 이십대로 갓 접어든 듯한 어떤 젊은 남자가 백발이 무성한 노인을 부축하고 우리 옆에서 걷고 있었다. 그들이 꾼쩨바의 숲속에 있는 서민아파트 주민이라는 건 첫눈에 알아볼 수 있었다. 부축을 받고 있는 노인은 심하게 비틀거렸고 입으로는 무언가 쉬지 않고 혼자 중얼거렸다. 박교수가 젊은이에게 무슨 말을 물었고 그가 이쪽을 힐긋 돌아보며 간단하게 몇마디 대답했다.

"역으로 아버지를 마중나가서 지금 모시고 오는 길이랍니다."

내가 궁금해할까봐 박교수가 방금 나눈 대화를 설명해주었다. 그런 뒤 박교수가 이번에는 술에 곤드레가 된 노인에게 뭐라고 큰 소리로 말했다. 그러자 노인이 빠른 말로 뭐라고 대꾸했다. 이때 노인의 어조는 아주 단호했다. 금방 그 자리에 쓰러질 것처럼 보이던 노인이 그렇게 힘을 주어 말하는 게 나는 놀라웠다. 그의 말을 듣고 박교수가 소리내어 웃었다. 그 웃음은 비양거리거나 재미가 있어서 웃는 것이라기보다 상대의 말에 어딘지 수긍해줄 구석이 있어서 저절로 터져나온 반응으로 들렸다. 노인도 박교수도 한동안 침묵 속에 잠겼다. 잠시 후 박교수가 방금 나눈 문답을 내게 설명해주고 노인이 말한 것에 대한 내 의견을 구했다.

"방금 제가 노인에게 말한 것은 '술을 적당하게 드셔야지, 아드님을 너무 고생시키는 것 아니냐'는 것이었어요. 그랬더니 뭐라고 한 줄 아십니까? '우린 어쩔 수가 없다. 과거에도 이랬고 앞으로도 이럴 거다.' 이렇게 말한 겁니다. 참 묘한 답변이죠. 저 양반 술에 많이 취했어도 생각은 말짱해요. 그렇지 않으면 이런 식의 답변이 즉시 나올 수가 없지요. 어떻게 생각하세요?"

"글쎄, 나야 뭐 말도 모르는데 뭐라고 해석해야 할지. 자조적인 의미로 들리기도 하고 현실에 대한 강한 불만으로 들리기도 하고."

"그렇지요? 하여튼 그냥 하는 소리는 아니에요. 자기네 역사와 현실에 대한 불만과 체념, 그런 복잡한 감정이 이 말 속에 들어 있는 것 같습니다. 취한 사람이라고 말 한마디 잘못 했다간 큰일나겠어요."

술에 취한 노인이 던진 한마디의 진정한 뜻이 무엇이었는지 그것을 단정할 길은 없었다. 그러나 그 오솔길에서 마주쳤던 그 장면은 두고두고 기억 속에 여운으로 남았다. 서민아파트의 긴 울타리 옆을 지나면서 우리는 그 아들이 끙끙대면서 아버지를 부축하고 아파트의 계단을 올라가서 현관문 안으로 사라지는 뒷모습을 끝까지 지켜보았다.

꾼쩨바 역은 지하철의 연계노선에 있지만 시 중심부에서 벗어나 있기 때문에 역 건물과 승차장이 지상에 있었다. 꾼쩨바는 꾼쩨프스까야의 약칭으로 모스끄바 일원에서는 아주 살기 좋은 동네로 알려진 곳이다. 마을 전체가 깊은 숲 가운데 자리잡고 있어서 어디서나 전원적인 분위기를 물씬 느낄 수 있었다.

꾼쩨바 역에서 지하철을 타고 시내 중심부인 아르바뜨나 뜨베르스까야 역까지 나가는 데 이십분도 채 걸리지 않았다. 객차의 좌석에 앉아 엉뚱한 데 잠시 한눈을 팔거나 한가지 생각에 몰두하다보면 어느새 목적지에 도착하는 것이다. 그만큼 꾼쩨바는 시내 나들이하기가 편한 곳이었다. 이처럼 도심부와 근거리에 있는 역이지만 꾼쩨바 역 건물 주변 풍경은 전형적인 시골역 분위기를 그대로 보여주었다. 주변에 상가 건물이나 그럴듯한 가게 같은 것은 찾아볼 수 없고 다소 황량해 보이는 들 한가운데 조그만 역 건물과 승차장이 외롭게 홀로 있는 것이다. 이런 역 주변의 쓸쓸한 풍경도 나는 마음에 들었다. 왜냐하면 불과 이십분 전에 아르바뜨나 뜨베르스까야 역 주변에서 북적거리는 아귀 같은 잡상인들과 걸인들과 부랑배들 사이를 신경을 잔뜩 곤두세우고 비집고 다니다가 꾼쩨바 역 플랫폼에 발을 딛는 순간 아, 이제 마음놓고 쉴 수 있는 곳에 왔구나! 하고 비로소 숨을 돌릴 수가 있었던 것이다. 꾼쩨바 역 주변에도 잡상인들은 있었다. 그러나 이들은 본격적인 장사꾼이라기보다 자기가 쓰고 남은 물건을 가지고 나와서 헐값에 팔려고 하는 인근의 주민들이었다. 그들은 역 출구 앞에 좌판을 벌여놓고 수박, 감자, 값싼 술과 담배 등을 파는데 값이 어느 곳보다 저렴했다. 그들은 호객행위도 하지 않고 심지어 물건을 팔고자 하는 욕심도 없는 사람들처럼 무덤덤한 표정으로 종일 좌판 옆에 우두커니 서 있었다. 그들은 역 주변의 풍경의 일부였다. 그들마저 없다면 꾼쩨바 역 주변 분위기는 더욱 쓸쓸했을 것이다.

강이 내려다보이는 강둑으로 가는 길은 더욱 깊은 정취를 느낄 수 있는 본격적인 산책로였다. 이 길은 강둑까지 이 킬로미터 가까이 이어지는데 깊이 들어갈수록 숲이 울창해지고 여러가지 희귀한 나무들과 꽃들, 큰 바위와 골짜기를 만날 수 있었다. 이 길을 걷다보면 개를 끌고 산책하는 근처 마을 사람들을 얼마든지 만날 수 있었다. 박교수와 나는 대체로 집주인보다 한두 시간 먼저 귀가했기 때문에 남는 시간에 이쪽 방향으로 산책을 다녀오곤 했다. 이 길을 끝까지 가서 강둑에서 바라보는 모스끄바 강의 풍경은 아주 절경이라고 정사장이 일러준 바 있었다. 그러나 우리는 한번도 강둑까지 가보진 못했다. 가는 도중에 지치기도 했고 또 집주인이 돌아올 때쯤 집에서 자리를 지켜야 했기 때문이다. 우리는 저녁의 보드까 파티를 놓치는 게 아까웠다. 모스끄바 강 구경은 뒤로 자꾸 미루다가 결국 기회를 놓치고 만 셈이었다.

"발로자라고 그러셨죠? 그쪽 전화번호를 갖고 계십니까? 갖고 계시면 저를 주십시오."

정사장이 전화기를 앞으로 끌어당기며 내게 손을 내밀었다.

"뭐 하게요?"

"아니, 참 선배님도. 본인이 있는지 없는지 확인도 안해보고 그냥 무작정 가실 겁니까? 지금 그 친구가 거기 있다는 보장도 없잖아요."

박교수가 내게 핀잔을 주었다. 나는 전화번호가 기록된 수첩을 꺼내 정사장에게 건네주었다. 정사장이 전화를 걸었는데 한참 동안 상대방과 통화를 했다. 물론 정사장은 러시아말을 사용했다. 그는 채 일분이 안되는 통화중에 몇차례나 수화기 쪽을 한손으로 막고 우리에게 대화내용을 전달했다.

"본인이 지금 집에 없답니다. 아버지가 받는 것 같아요. 아들이 다른 곳에 나가 있는데 그쪽 연락처를 알려주겠대요."

그가 다른 연락처를 받아 수첩에 적었다. 그런 뒤에도 그는 발로자

16

의 아버지로 보이는 사람과 제법 흥미를 느끼는 듯한 표정까지 지어가며 한참 동안 얘기를 나누었다. 송수화기를 내려놓은 정사장이 얼굴을 약간 붉히며 내게 말했다.

"발로자가 지금 그 도시에 분명히 있고 이 연락처로 연락하면 틀림없이 통화를 할 수 있을 거랍니다."

"그런데 무슨 얘길 그렇게 오래 했소?"

"아, 참 선배님은 듣지 못하셨군요. 전 교수님만 생각하고 옆에서 다 듣는 줄만 알았어요. 처음에 이쪽 신분을 몰라 좀처럼 연락처를 가르쳐주지 않으려고 하더군요. 그래서 이런저런 해명을 하다보니까 말이 길게 되었죠."

"왜 그 얘기뿐인가? 다른 것도 있잖아. 이 친구 지금 기분좋을 겁니다. 굉장한 칭찬을 들었거든요."

박교수가 빙긋 웃으며 제자에게 무안을 주었다. 나는 그들이 무슨 얘기를 하는지 알아들을 수가 없어서 두 사람 얼굴을 번갈아 쳐다보았다.

"저더러 러시아 사람이냐고 물은 걸 가지고 말씀하시는 겁니다. 제가 까레이스끼라고 하니까 깜짝 놀라요. 외국인이 어떻게 러시아말을 꼭 러시아인처럼 하느냐구요. 노인 양반이 상당히 외롭게 지내는가 봅니다. 묻지도 않았는데 자기는 시청 수리국 기사로 근무하다 은퇴 후 지금은 내외 둘만 외롭게 연금생활을 하고 있다는 겁니다. 연금생활자들, 참 어렵지요. 매월 지급액은 일정한데 물가는 날마다 널뛰듯 올라가니까요. 참 전화를 빨리 걸어야지."

정사장이 새로 받은 전화번호를 돌렸다. 나는 상당히 긴장이 되었다. 저쪽과 러시아말로 몇마디 주고받던 정사장이 금방 한국말로 바꿔 통화를 했다.

"그럼 여기 연락처를 가르쳐드릴 테니 본인이 들어오는 대로 이곳으로 전화해달라고 말씀 좀 꼭 전해주세요."

송수화기를 내려놓고 정사장이 의아스런 표정으로 내게 물었다.

"웬 한국 아가씨가 전화를 받는데요. 어떻게 된 일입니까? 발로자는 저녁 먹고 잠깐 산책나갔는데 곧 들어온답니다."

"그 친구 피앙쎄일 거요. 둘이 따로 나와서 생활하나봅니다."

피앙쎄는 발로자가 자기 연인을 말할 때 쓰던 호칭인데 얼떨결에 나도 그의 흉내를 내고 말았다. 약혼자나 애인이란 말도 있는데 발로자는 굳이 피앙쎄란 말을 썼다. 아마 그는 피앙쎄란 말을 그 두 가지 의미를 포함시킨 말로 사용하는 것 같았다. 나는 아직 그의 연인을 본적이 없었다. 발로자의 약혼녀가 한국 여성이란 사실도 겨우 2년 전 우연한 기회를 통해 알게 되었다. 따라서 발로자의 약혼녀에 관해 내가 아는 것이라곤 그녀가 뻬쩨르부르그 음악원에서 바이올린을 공부하는 음악도라는 것 정도였다.

"비행기로 가셔야겠지요? 그게 안전하고 편합니다."

정사장이 교통편까지 세심하게 신경을 써주었다.

"지난번 처음 왔을 때 기차 타고 갔으니까 이번에는 비행기를 한번 타볼까?"

"그게 몇년도였지요?"

"구십이년도였던 걸로 기억하는데. 쿠데타가 일어나서 의사당에 대포를 쏘고 옐찐이 탱크 위에서 연설을 했던 직후였소. 미처 수리하지 못한 상태로 고스란히 남아 있는 의사당의 깨진 유리창을 직접 봤으니까."

"그렇다면 구십이년도가 맞습니다. 아이구, 그 당시라면 여행자가 혼자 그 기차를 타는 건 완전히 몸을 도둑에게 내맡기는 거나 같았을 텐데요. 혼자가 아니었겠죠?"

"단체여행이었소."

"그랬을 겁니다. 지금은 많이 나아졌지만 아주 마음을 놓을 정도는 아닙니다. 비행기로는 금방이죠. 한시간 조금 더 걸린다고 보면 되거든요."

이때 전화벨이 요란하게 울렸다. 정사장이 민첩하게 송수화기를 집어들었다. 발로자가 전화를 걸어온 것이다. 잠시 통화를 하던 정사장이 송수화기를 내게 건네주었다. 우선 당사자끼리 목소리를 확인하라는 뜻이었다. 내가 입을 떼기도 전에 정사장이 당부했다.

"끊지 마시고 제게 돌려주세요."

저쪽에서 발로자의 목소리가 생생하게 들렸다.

"정말 반갑습니다. 너무 반갑습니다."

"발로자, 나도 발로자 목소리 들으니까 기뻐요. 우리 내일 만납시다."

"저도 선생님 뵙고 싶어요. 내일 몇시에 오십니까?"

"시간은 내가 모르겠고, 내 옆에 있는 분이 얘기해줄 거요. 이년 만이지? 그렇지요?"

"맞습니다. 더 정확하게 계산하면 이년 반이 됩니다."

막상 발로자와 통화가 이루어지니까 별로 할말이 없었다. 어떻게 지내느냐? 당연히 이런 의례적인 질문이라도 했어야 하는데 이 말조차 쉽게 입밖으로 나오지 않았다. 발로자는 틀림없이 내 기분을 고려해서 즐겁고 행복하게 지낸다고 말할 것이다. 나는 그의 그런 배려를 받고 싶지 않았다. 옆에 타인이 있다는 것도 말을 아끼게 된 이유였다. 나는 내일 만나자는 말만 남기고 서둘러 송수화기를 정사장에게 돌려주었다.

정사장은 세밀하고 몹시 정확했다. 그는 먼저 나의 숙박문제를 발로자와 의논해서 호텔을 정한 다음 비행기 출발시간과 도착시간을 그쪽에 알려주었다.

"쁘리발찌스까 호텔에 예약해놓으라고 말해뒀어요. 미리 예약해놓지 않았다가 큰 낭패 당할 경우도 있거든요."

전화를 끝낸 정사장이 내게 말했다.

"그 호텔, 안전문제는 괜찮을까?"

박교수가 제자에게 물었다.

"그 친구가 추천했으니 걱정 없을 겁니다. 저도 몇번 가봤어요. 시내에서 조금 떨어져 있지만 발틱 해가 바로 앞에 보이죠. 발로자 숙소도 가깝답니다. 그런데 발로자라는 이 친구 한국말을 어디서 배웠죠? 아주 정확한 우리말을 구사하는데요."

정사장이 신기하다는 표정으로 나를 바라보았다.

2

겨우 스무살을 갓 넘긴 홍안의 러시아 청년이 우리 일행의 시선을 끌게 된 것은 그의 유창한 한국말 구사능력 때문이었다. 일행은 모스끄바에서 뻬쩨르부르그로 오는 밤기차에서 방금 내려서 역 마당에 대기하고 있는 버스에 올랐다. 염가라는 이유로 사람을 끌어모아 정해

진 여정을 강행하는 이런 종류의 단체여행이 으레 그렇듯 우리는 빠
듯한 일정과 수면부족으로 몹시 지쳐 있었다. 게다가 그 밤기차는 유
난히 심하게 흔들렸다. 버스에 오르자 사람들은 잠시라도 부족한 수
면을 채워보려고 눈을 붙인 채 앉아 있었다. 그때 누군가가 버스에 올
라와 그날 하루 일정에 관해 간단한 설명을 해주었다. 그의 한국말은
발음이 완전한 것은 아니지만 매우 친절하고 예의바른 것이었다. 눈
을 떠봤더니 뜻밖에도 홍안의 러시아 청년이 정장을 단정하게 갖춰
입고 우리 앞에 서 있었다. 뻬쩨르부르그 대학 동양어과 2년생인 블라
지미르 띠호노프가 이 지역 안내자로 우리 앞에 첫선을 보인 것이다.
그는 여름휴가를 이용해 학비를 벌기 위해 잠시 여행사 일을 돌봐주
고 있었다. 그는 훤칠한 키에 깨끗한 용모의 소유자였다. 첫눈에도 그
가 착하고 성실한 청년인 것을 알 수 있었다. 이때부터 사람들은 그
도시의 명소나 유적의 유래에 대한 질문보다 블라지미르 개인에 대한
질문을 더 많이 퍼부었다. 한국말은 어떻게 배웠는데 그처럼 유창할
정도가 되었느냐? 대학에서 무엇을 전공하느냐? 순수 슬라브 혈통이
냐, 아니면 다른 소수민족에 속하느냐? 서울에 한번 오고 싶은 생각은
없느냐? 오겠다면 대략 언제쯤 올 수 있겠는가?

　이런 질문은 그 도시에서의 일정이 끝날 때까지 멈춰지지 않았다.
스쳐지나가는 여행자의 입장에서는 이런 질문이 대단한 호감의 표시
일 수 있으나 젊고 아직 사회경험이 적은 블라지미르 입장에서는 같
은 질문을 반복해서 받을 때마다 몹시 귀찮았을 것이다. 그러나 블라
지미르는 그런 질문을 받았을 때 얼굴 한번 찌푸리지 않고 마치 교수
의 질문에 답변하는 학생처럼 매우 예의바른 태도로 비교적 간략하게
사실대로 대답했다. 어쩌다 답변하기가 곤란하거나 거북스런 질문이

나오면 그는 살짝 웃어 보이며 대답을 못해줘서 미안하다고 말했다. 그런 질문은 가령 여행사 안내원으로 일하면 수입은 얼마나 되느냐? 애인이 있느냐? 이런 따위들이었다. 그의 입을 통해 그가 뻬쩨르부르그 대학 학생이고 유대계의 러시아인이라는 것, 동양의 고대역사, 특히 한국 고대역사에 관심이 많아서 한국말을 열심히 공부했다는 것 등이 알려졌다. 사람들이 모두 그를 기특하고 신기하게 생각했다. 그러나 한가지 의문이 남았다. 동양과 인접한 러시아의 사학도로 동양의 고대사에 관심이 있다고 하더라도 중국이나 일본이 아니고 왜 한국 역사인가? 그리고 하필이면 근대사가 아니고 고대사일까? 블라지미르와 둘이서 얘기를 나눌 만한 한가한 시간을 가질 수 있었다면 비록 호기심 차원이지만 나는 이런 의문을 풀려고 시도했을 것이다. 그는 늘 다른 사람들에게 불려다니느라고 바빴다. 서로 그를 차지하려고 경쟁을 벌이다시피 했다. 네바 강의 다리를 건널 때나 도시 근교에 있는 여름별장에 들렀을 때는 예의바르고 잘생긴 이 청년과 함께 사진을 먼저 찍으려고 서로 다투었다. 블라지미르는 그러나 손님과 안내자 사이의 경계선을 엄격히 지켰다. 그는 저녁 여섯시만 되면 아직 일행들이 밖에서 움직이는 도중에도 자리를 떠나 집으로 돌아가버렸다. 일행 가운데 한사람이 그에게 왜 그렇게 서둘러 자리를 뜨느냐고 물었는데 그는 거침없이 대답했다.

"부모님과 저녁을 함께 먹어야죠. 부모님이 제가 올 때까지 기다리십니다."

이런 말을 듣고는 아무도 그를 붙잡지 못했다. 그는 착한 아들이고 잘 교육받은 학생이었다. 블라지미르는 술을 절대로 입에 대지 않았다. 일행들이 여러차례 그에게 술잔을 권했지만 그는 언제나 정중하게 그 잔을 사양했다. 그가 유대민족의 후손이란 것을 조금도 내세우지는 않았지만 그 하나의 행동으로 그가 유대교의 생활규범을 지키는 데 철저하다는 것을 알 수 있었다. 블라지미르에게 또하나 재미있는 점이 있었다. 그는 그가 나고 자란 그 도시에 대해 다소 지나칠 정도로 자부심을 갖고 있었다. 비교의 대상은 언제나 모스끄바였다. 누가 모스끄바에 비해 이 도시가 왜소하고 초라하다고 말하면 그는 즉석에서 그의 생각을 고쳐주려고 애썼다. 일행 중 한사람이 두 도시의 건축물과 유적들을 비교해봤는데 슬라브 문화의 정통성은 아무래도 모스끄바 쪽에서 더 짙게 느낄 수 있었다고 말했다. 그는 그 사례로 모스끄바 주변에 흩어져 있는 많은 교회 건물들과 구시대의 행정기관 건물들을 들었다. 그때 마침 옆에서 그 말을 들은 블라지미르가 얼굴을 붉혀가며 그 사람의 말을 반박했다. 블라지미르는 모스끄바의 유적들은 알맹이가 없는 죽은 건물일 뿐이며 그 도시는 요즘 졸부들의 천국이 되어 있다고 흥분한 어조로 말했다. 그는 제정시대나 소련시대에도 뻬쩨르부르그는 언제나 비판적 지식인의 요람이었고 모스끄바에는 어용학자들만 우글거렸다고 주장했다. 그의 주장의 요지는 슬라브 문화의 정통성을 죽은 건물에서 찾을 게 아니라 살아 있는 정신에서 찾아야 한다는 것이었다. 나는 조용하고 침착한 그가 이처럼 흥분하는 것을 이때 처음 보았다.

그 도시의 일정이 끝나고 떠날 때가 되었는데 모두들 블라지미르의 친절하고 자상한 안내에 대해 만족감을 표시했다. 특히 역사박물관의 밀랍인형 전시실에 들어갔을 때나 우람한 기둥이 받치고 있는 이삭 성당의 대예배당에 들어갔을 때 그가 일행에게 제공한 해설은 역사학도의 면목이 유감없이 드러난 매우 뛰어난 것이었다. 사람들은 돌아서면 방금 들었던 내용도 곧 잊게 마련이지만 레닌과 뜨로쯔끼와 지노비예프의 실물대 인형 앞에서 러시아 현대사에 관한 매우 유익한 강의를 들었다는 것만으로 이번 여행에 보람을 느꼈다.

모스끄바로 돌아올 때는 다시 밤기차를 이용했다. 블라지미르는 기차역의 플랫폼까지 나와서 손님들을 전송했다. 이미 주위가 어두웠고 많은 사람들이 객차로 먼저 들어가려고 빨리 움직였기 때문에 플랫폼 주변이 어수선했다. 게다가 무거운 짐을 가진 사람도 적지 않아서 그들은 각자 짐을 객차로 옮기느라고 다른 데 신경 쓸 겨를조차 없었다. 젊은 여행안내자와 품위있는 작별이 이루어질 수 있는 상황이 아니었다. 블라지미르는 혼자 플랫폼에 서서 이미 객차 속으로 사라진 얼굴들을 찾느라고 두리번거리고 있었다.

이제 겨우 내가 그의 옆으로 다가갈 틈이 생긴 것이다. 나는 이 청년에게 어떤 방식이든 며칠간의 성실한 봉사에 대해 고마움을 표시해야 한다고 생각했다.

"이봐요, 블라지미르. 이 다음에 내가 다시 여기 오면 그때 당신을 만날 수 있을까?"

"오세요. 물론 만날 수 있고말고요. 저는 환영합니다."

블라지미르는 선선하게 대답했다.

"그렇지만 내 얼굴도 이름도 기억하지 못할 텐데. 그런 사람 모른다고 하면 어쩌지요?"

"아이, 그럴 리야 있겠어요. 분명히 기억합니다."

"그러면 이렇게 하면 어때요? 나하고 친구가 되는 거요, 지금부터. 그렇게 하면 잊어버릴 걱정은 없겠지."

"좋아요. 친구가 되는 건 영광입니다."

우리는 서로 바라보며 웃었다. 이 정도로 작별인사는 한 셈이었다. 나는 객차의 승강대 쪽으로 가려다가 잠시 멈칫했다. 뭔가 아쉬움이 아직도 남았다. 그때 우리들의 나쁜 습관의 유혹을 받았다. 나는 호주머니를 뒤져 손에 잡히는 지폐를 꺼냈다. 오십 달러짜리 지폐였다. 누가 볼까봐 등을 돌리고 서서 나는 그 지폐를 블라지미르에게 불쑥 내밀었다.

"이게 뭡니까?"

"받아둬요. 그냥 떠나기가 서운해서……"

"받지 않겠어요. 방금 친구라고 하셨는데 이러시면 안됩니다."

블라지미르는 다소 쌀쌀맞게 나를 꾸짖었다. 온건하고 예의바른 말투였지만 사실상 나를 꾸짖은 것이다. 지폐를 호주머니에 다시 집어넣은 나는 얼떨결에 그때 내가 들고 있던 유일한 휴대품인 라면 열 개짜리 꾸러미를 블라지미르에게 내밀었다. 그것은 비닐로 겹겹이 포장한 것인데 러시아에 가면 식량부족으로 끼니를 거르게 될지도 모른다는 이웃들의 경고에 따라 특별히 마련해간 나의 비상식량이었다. 그러나 우려했던 불상사는 한차례도 일어나지 않았기 때문에 라면 꾸러미는 내가 뻬쩨르부르그를 떠나는 그때까지 귀찮은 짐으로 남아 있었다. 내가 라면이라고 먼저 밝히자, 블라지미르는 이번에는 선뜻 그것을 받았다. 그는 한국 라면을 좋아한다는 말도 덧붙였다. 블라지미르는 기차가 떠나는 순간까지 그 자리를 지키고 서 있었다.

이튿날 오후 두시에 정사장은 나를 공항으로 데려가기 위해 차를 가지고 회사에서 집으로 돌아왔다. 박교수는 대학의 연구소에 오전에 들러야 할 일이 있어서 아침 일찍 나가고 없었다. 박교수와는 미리 작별을 해두었다. 그는 사흘 뒤면 자기 일정이 끝나고 귀국하게 되는데 내가 자기와 함께 귀국하지 못하게 된 것을 무척 아쉽게 생각했다. 옷가지와 세면도구가 든 조그만 가방 하나를 들고 나는 차가 기다리는 아파트 마당으로 나왔다. 정사장 지사에서 고용한 러시아인 운전기사가 가방을 받아 차의 뒷자리에 놓았다. 구름이 개고 햇빛이 밝게 비치는 주변의 나무숲 풍경이 눈이 시리게 선명하고 푸르렀다. 내가 그 나무숲을 우두커니 바라보고 서 있자, 정사장이 다가와서 말했다.

"겨울에 다시 한번 오십시오. 눈이 나무 위에 덮이면 정말 볼 만합니다."

꾼쩨바에서 보낸 며칠이 무척 짧고 아쉬웠다. 비록 잠시지만 멀게만 느껴졌던 러시아 서민들의 숨결을 곁에서 느낄 수 있었다는 것은 좋은 경험이었다. 러시아의 현실이 어렵다고 하지만 적어도 꾼쩨바에는 평화로운 안식처가 있고 맑은 공기와 햇빛이 가득 넘치고 있었다.

차를 타고 한시간 정도 달린 뒤에 우리는 쎄르메쩨보 공항 국내선 청사에 도착했다. 러시아인 운전기사가 매표구로 가서 미리 예약해둔 탑승권을 받아왔다. 휴대품이 가볍기 때문에 별다른 수속을 밟을 필요는 없었다. 곧 탑승구역으로 들어갈 시간이 되어 나는 검색대 앞에 두 줄로 늘어선 승객들 사이에 끼여들었다. 정사장은 내 옆에 바짝 붙어서서 러시아말을 모르는 내가 혹시 길을 잘못 찾아갈까봐 당장 필요한 몇가지 주의사항을 일러주었다.

"비슷한 시간에 떠나는 비행기가 또하나 있는데 그걸 타시면 큰일 납니다. 그건 무르만스끄로 가는 비행기예요. 오분 간격인데 아마 뻬쩨르부르그행 비행기가 먼저 갈 겁니다."

"먼저 탑승 시작하는 비행기를 타면 되겠군요."

"그래도 안내방송을 잘 귀담아들으세요. 잠깐 한눈팔다가 실수할 수도 있습니다. 말은 모르셔도 뻬쩨르부르그는 알아들으시겠죠."

"너무 염려하지 말아요. 설마 그런 실수야 할라구요. 그동안 여러 가지로 도와줘서 정말 고맙소. 바쁠 텐데 이제 마음놓고 돌아가세요."

"돌아오실 때 시간이 허락한다면 다시 저의 집에 오셔도 좋습니다. 박교수님이 안 계신다고 해서 제가 선배님 대접을 소홀히 하진 않을 테니까요."

정사장은 마지막으로 이 말을 남기고 손을 한번 흔들고 러시아인 운전기사와 함께 지사로 돌아갔다. 잠시 뒤 나는 검색대를 쉽게 통과해서 탑승구역 안으로 들어갔다. 국내선 탑승구역의 대기실은 꽤 넓었는데 승객 수는 그렇게 많지 않았다. 승객들이 여기저기 뿔뿔이 흩어져 한가한 모습으로 앉아 있었다. 나는 구석에 있는 빈 의자로 가서 앉아 잠시 박교수와 함께 며칠 동안 매일 오전에 모스끄바 시내로 나들이했던 기억들을 더듬고 있었다. 그런데 갑자기 한쪽 탑승구의 문이 열리고 두 명의 개찰원이 나타났다. 일부 승객들이 재빨리 탑승구 앞으로 가서 줄을 지어 늘어섰다. 그들은 모두 러시아인들이었다. 안내방송이 벌써 나온 것일까? 나는 잠시 혼란에 빠졌다. 방송이 나왔다면 내가 그것을 듣지 못했을 리가 없다. 그러나 방송이 짧게 빨리 끝나버렸다면 그것을 흘려넘겼을 수도 있었다. 주위에서 계속해서 웅웅거리는 기계소리 같은 것이 들리는 것도 청각의 집중에는 방해가 되었다. 나는 얼떨결에 탑승구 앞으로 가서 그 앞에 늘어선 승객들 사이에 끼여들었다. 뻬쩨르부르그 가는 비행기가 먼저 떠난다는 정사장의 말을 떠올렸던 것이다.

개찰이 시작되고 진행이 빨랐기 때문에 차례가 금방 돌아왔다. 내 앞에 겨우 두 사람이 남아 있었다. 그때까지 나는 그 비행기가 뻬쩨르부르그로 가는 비행기라는 것을 조금도 의심하지 않고 태연하게 서 있었다. 만약 내가 그것을 조금이라도 의심하고 불안을 느꼈다면 비록 언어의 장벽이 있지만 옆에 있는 러시아인을 붙들고 어떻게든 탑승권 확인을 시도했을 것이다. 앞에 겨우 두 사람이 남은 그때 뒤에 서 있던 키가 큰 중년남자가 갑자기 어깨 너머로 내가 들고 있는 탑승권을 자세히 들여다보더니 아직 문도 열리지 않은 다른 탑승구 쪽을 손으로 가리켰다. 그 남자가 그때 왜 내 탑승권을 눈여겨보게 되었는지, 그것은 하나의 수수께끼일 수밖에 없다. 보통 탑승을 눈앞에 두었을 때는 각자 자신을 챙기느라고 남에게 신경 쓸 여유가 없게 마련이다. 그는 아마 타고난 관찰력을 지닌 남자로 왜소한 동양인의 행색에서 어떤 불안의 징후를 발견했는지도 모른다. 그의 도움은 내게 큰 행운이었다. 나는 하마터면 발로자가 기다리는 뻬쩨르부르그 대신 러시아 북쪽 끝에 있는 낯선 항구도시로 날아갈 뻔했다.

중년남자의 손짓에 따라 나는 그 탑승구 앞에서 빨리 비켜섰다. 가까스로 위기를 모면한 뒤에 오는 당혹감 때문에 나는 그 남자에게 고맙다는 인사조차 하지 못했다. 나를 구해준 그 행운의 신은 아무 일도 없었다는 듯 뒤도 돌아보지 않고 금방 탑승구 안으로 사라져버렸다.

십분 뒤에 나는 무난히 뻬쩨르부르그행 비행기에 탑승할 수 있었다. 비행기의 좌석에 앉아 안전벨트를 착용한 뒤에야 나는 겨우 안도의 숨을 쉴 수 있었다.

발로자가 서울에 나타난 것은 첫 러시아 여행 이후 채 일년이 지나지 않아서였다. 그의 서울 출현은 매우 뜻밖이었다. 그를 이렇게 빨리 다시 만나게 되리라곤 전혀 예상하지 못했다. 이 여행은 발로자에게도 첫 서울 나들이였다. 그는 한국을 찾는 그 지역 기업인들과 연결이 되어 통역 겸 안내자로 서울에 오게 되었다고 말했다. 이른 여름 저녁인데 나는 갑자기 걸려온 그의 전화를 받았다. 처음에는 뻬쩨르부르그에서 걸려온 전화인 줄 알았다. 첫마디에 그곳이 어디냐고 내가 묻자, 그는 서울이라고 말했다. 그는 동대문의 제기동에 있는 한 아파트 이름까지 분명히 밝혔다.

"삼일 전에 서울에 왔는데요, 그동안 동행자들 일을 돕느라고 바빴어요. 겨우 오늘 짬을 낼 수 있었습니다."

어수선한 밤기차 역에서 스쳐지나가듯 겨우 몇마디 말을 주고받은 사람을 잊지 않고 전화를 걸어온 그가 무척 고마웠다.

"서울에서 언제 떠나지요?"

"내일 갈 겁니다. 여기 일정이 모두 끝났어요."

"그럼 어떡하지. 얼굴은 한번 봐야 할 텐데. 지금 시간도 늦었고."

"저도 그렇게 하고 싶어요. 오늘 저녁은 시간이 있거든요. 선생님 집으로 제가 찾아가면 안될까요?"

"그거야 좋지요. 그런데 여기를 찾아올 수 있겠소?"

"저는 찾아갈 수 있습니다. 어렵지 않아요. 위치만 가르쳐주세요."

발로자에게 아파트의 위치를 가르쳐주고 전화를 끊었다. 그가 올 때쯤 나는 미리 아파트 마당으로 나가서 그를 기다렸다. 낮에는 무더웠지만 저녁이 되어 날씨가 제법 선선했다. 밤기차 역에서 문득 던진 한마디 말이 씨앗이 되어 이방의 청년이 이곳까지 찾아오게 되었다는 사실이 신기했다. 친구로 사귀자는 제안은 내가 먼저 했지만 그 여행 이후 나는 약속에 뒤따르는 아무런 노력도 하지 않았다. 전화 한번 걸지 않았고 엽서 한장 보내지도 않았다. 나는 발로자에게 약간의 마음의 빚을 지고 있는 셈이었다.

발로자는 그가 오기로 약속한 시간에 맞춰 아파트 마당에 나타났다. 아파트 정문 쪽에서 키 큰 남자가 걸어오는데 나는 첫눈에 그가 발로자라는 걸 알아보았다. 나는 발로자를 집으로 데리고 들어갔다. 불빛 아래서 비로소 그의 얼굴을 자세히 볼 수 있었는데 며칠 동안의 과로 탓인지 조금 수척해 보이긴 했지만 처음 봤던 해맑은 그 홍안의 얼굴은 그대로 지니고 있었다. 그는 가벼운 반팔 셔츠를 입고 있었는데 전보다 쾌활하고 표정이 밝았다. 그렇게 느낀 것은 무겁게 정장을 하고 융통성없는 어른처럼 다소 딱딱하게 굴던 첫인상이 뇌리에 강하게 남아 있는 탓이었다. 마침 저녁식사할 때가 되어 손님을 식탁으로 안내했다. 그에게 남은 시간이 많지 않아서 식사만 끝내면 발로자는 숙소로 돌아가야 한다고 말했다. 식탁에는 특별히 마련된 음식이 없고 평소의 식단 그대로였다. 발로자는 된장국과 김치를 맛있게 먹었는데 그것을 먹는 모습이 그다지 서툴게 보이지 않았다. 가족들이 그가 김치와 된장국을 맛있게 먹는 모습을 무척 신기한 눈길로 바라보았다. 어떻게 한국말을 그처럼 잘할 수 있느냐고 아내가 물었다. 그의 입에서 아주 엉뚱하고 재미있는 대답이 나왔다.

　"우리 교수님이 외국어를 잘하고 싶으면 그 나라 여성과 사랑에 빠지는 것이 지름길이라고 하셨어요."

　그는 웃지도 않고 진지한 얼굴로 말했다.

　"어머나, 좋아하는 한국 여성이 있겠네요."

　"있어요."

　"그 여성은 지금 어디 있어요?"

　"피앙쎄는 이번에 저와 함께 와서 지금 언니 집에 머물고 있어요. 내일 저랑 같이 떠날 겁니다."

"거기서 공부하는 학생인가요?"

"음악원에서 바이올린을 공부하는데요, 공부가 아직 끝나지 않았습니다."

"결혼할 거예요?"

"물론입니다. 공부가 다 끝나면 한국에 와서 결혼하려고 해요."

시간이 너무 모자랐다. 식사가 끝나자마자 발로자는 피앙쎄에게 빨리 가봐야 한다며 자리에서 일어섰다. 그는 제기동의 피앙쎄 언니 집으로 가서 피앙쎄를 만난 뒤에 다시 기업인들이 묵고 있는 호텔로 돌아가야 한다고 말했다. 그처럼 빠듯한 시간을 쪼개어 그다지 가까운 거리가 아닌 우리집까지 찾아와준 그가 고마웠다. 발로자를 배웅하기 위해 나는 버스정류장까지 그를 따라나갔다. 버스가 곧 도착했고 그가 버스에 오르기 전에 나는 제법 큰 소리로 발로자에게 말했다.

"다음에는 정말 뻬쩨르부르그에서 만나요."

그러나 이 말은 일시적 기분에 들떠 해본 소리에 지나지 않았다. 나는 특별한 여행계획을 갖고 있지도 않았고 아무 때나 훌쩍 서울을 떠날 수 있는 한가로운 처지에 있지도 않았다. 말 그대로 그는 여름밤에 바람처럼 왔다가 가버렸다. 그 뒤로는 오랫동안 서로 소식이 끊겼다. 그리고 나는 3년 가까이 시간이 흐른 뒤에 겨우 그때 버스정류장에서 내가 했던 약속을 지키기 위해 그 도시로 가고 있는 것이다.

3

몇해 만에 보는 발로자는 얼굴이 마르고 표정이 밝지 못했으며 조금은 지친 듯한 모습이었다. 내가 뿔까보 공항에 도착해서 공항 밖으로 나갔을 때 발로자는 출구에서 조금 떨어진 곳에 혼자 서서 나를 기다리고 있었는데 석양을 등지고 서 있는 그의 모습은 내가 상상하던 싱싱하고 젊은 그런 모습이 아니었다. 그는 십년쯤 더 나이를 먹은 사람처럼 보였다. 손질하지 않은 머리칼은 헝클어져 있었고 허드렛바지와 헐렁한 셔츠를 입은 옷차림도 매우 초라하게 보였다. 뿔까보 공항은 러시아 제2도시의 공항답지 않게 규모도 작고 주변 분위기도 시골 버스정류장을 연상시켰다. 발로자는 무척 반갑게 나를 맞아주었다. 그러나 전에 그가 보여주었던 생기와 활력은 발견할 수 없었다.

공항에서 호텔까지 가는 길은 멀었다. 지하철과 버스를 두 번씩 갈아탄 뒤에 우리는 호텔이 멀리 보이는 큰길에 도착했다. 호텔이 바닷가 한적한 곳에 있기 때문에 교통이 그다지 좋지 않은 것을 알 수 있었다. 오는 길에 나는 이 도시 분위기가 몇해 전보다 더 가라앉아 있고 사람들 표정에서 생기도 사라졌다는 느낌을 막연하게 받았다. 내가 발로자에게 그런 말을 하자, 발로자가 즉시 그 말을 인정했다.

"잘 보셨습니다. 요즘 이곳은 경기도 저조하고 찾아오는 사람도 많이 줄었어요. 모두 모스끄바 쪽으로만 몰려들 가니까요."

호텔에 도착했을 때 벌써 밤이 되었다. 우리가 오는 길에 자주 쉬느라고 시간을 허비한 탓이었다. 호텔 로비는 한산했다. 프런트에서 열쇠를 받아들고 발로자와 함께 6층에 있는 방을 찾아갔다. 다행히 후면의 창을 통해 발틱 해가 눈앞에 바라다보이는 전망이 좋은 방이었다. 밤이 되어 바닷물은 보이지 않았지만 개를 끌고 바닷가를 산책하는 근처의 주민들과 호텔에서 그쪽으로 산책나간 외국인들의 모습이 드문드문 보였다.

"참 저녁식사를 어떻게 하시죠?"

발로자가 깜박 잊고 있었다는 듯 놀란 얼굴로 나를 쳐다보았다.

"호텔 식당에서 벌써 문을 닫았을까?"

"닫았을 겁니다. 여긴 여덟시면 모두 끝나요. 팔층에 한국 식당이 새로 문을 열었다는 말을 들었는데 제가 프런트에 알아보죠."

발로자가 프런트에 전화를 걸어보더니 고개를 흔들었다.

"문을 열긴 했는데 지금 영업을 하지 않는다는군요. 가만있자, 지하에 나이트 바가 한곳 있는데 거기 가면 혹시 식사를 할 수 있을지 모르겠군요."

발로자와 나는 엘리베이터를 타고 지하로 내려갔다. 어두운 복도를 몇번 돌아가자 큰 홀이 나타났다. 홀에는 객석이 있고 무대가 있었다. 객석은 텅 비어 있었고 무대 위에서 남자 몇사람이 전기기타와 콘트라베이스와 색소폰을 들고 의자에 앉아 이야기를 나누고 있었다. 이곳은 아직 영업을 시작하지 않은 모양이었다. 이런 곳에서 술이라면 모를까, 저녁식사를 한다는 것은 불가능해 보였다. 내가 그만 돌아가자고 말했으나 발로자는 무대 위로 혼자 올라갔다. 그들과 잠시 얘기를 나눈 뒤 발로자가 내게 와서 말했다.

"아쉬운 대로 여기서 간단하게나마 식사할 수 있을 것 같습니다. 정식 식사는 안되고 자기들 먹는 음식을 조금 나눠줄 수 있답니다."

"발로자 아는 사람들이오?"

"아니오, 오늘 처음 봤습니다."

"발로자가 뭐라고 말했는데 그런 호의를 베풀지요?"

"그냥 사실대로 말했을 뿐입니다. 여긴 식당이 아닌 줄 알지만 식당들이 문을 닫아서 여기 찾아왔다고요."

잠시 후 젊은 남자가 빵과 샐러드와 캐비아를 담은 접시 하나를 우리가 앉아 있는 곳으로 가져다주었다. 모르는 악사들 덕에 뜻밖의 장소에서 제법 그럴듯한 저녁을 먹을 수 있었다. 식사를 끝내고 내가 값을 치르겠다고 하자, 색소폰을 들고 있던 남자가 손을 저으며 선량하게 웃어 보였다. 그들에게 고맙다는 인사를 하고 우리는 그 나이트 바에서 나왔다. 발로자와 나는 다음날 오전에 호텔 로비에서 만나기로 약속하고 헤어졌다. 발로자는 자기 숙소가 호텔에서 불과 오분 거리에 있다고 말했다.

다음날 약속한 시간에 나는 먼저 로비로 내려가서 소파에 앉아 발로자를 기다렸다. 로비에는 독일인 여행자들만 북적거렸다. 그들은 대부분 단체로 온 여행자들인데 일정을 끝내고 떠나려고 짐을 끌어내는 사람들과 어제 막 도착해서 하루 일정을 시작하려는 사람들이 한데 뒤섞여 소란을 피우고 있었다. 발로자의 설명에 의하면 이곳을 찾는 독일인들은 대부분이 전에 이 지방에서 대를 이어 거주하던 사람들로 사회주의 기간중에 본의 아니게 본국으로 추방되었다가 이제 문이 열리자 옛 고향을 찾아오는 사람들이라는 것이었다. 그들의 사연이 무엇이든 호텔 입장에서는 그들은 아주 고마운 손님들이었다. 내가 보건대 쁘리발찌스까 호텔만 해도 그 독일 손님들이 아니면 당장이라도 문을 닫아야 할 것 같았기 때문이다. 발로자가 좀 늦는다고 생각하고 있는데 그때 호텔 현관 밖에서 옥신각신하는 소리가 들렸다. 밖으로 나가봤더니 발로자가 현관 경비원과 얼굴을 붉히며 다투고 있었다. 현관에는 무전기를 든 사복 경비원들이 언제나 지키고 있었는데 그들은 주로 러시아인들의 출입에 신경을 곤두세우고 있었다. 내가 다가서자, 그제야 경비원이 옆으로 비켜섰다.

"무슨 일이에요?"

"들어가지 못하게 합니다. 친구가 있다고 해도 믿지 않아요. 친구가 나올 때까지 밖에서 기다리라는 겁니다."

발로자는 몹시 기분이 상했는지 잠시 분노어린 눈길로 경비원을 쏘아보았다. 그는 오늘은 어제와 달리 말쑥하고 단정한 차림새였다. 수염도 깨끗이 밀었고 얼굴에 생기가 돌았다. 찾아온 손님의 기분을 위해 특별히 자기를 꾸미려고 노력한 흔적이 엿보였다. 해가 밝게 비치고 날씨가 화창했다. 산책하기에는 아주 좋은 날이었다. 발로자가 금방 화가 풀렸는지 밝은 표정으로 내게 물었다.

"특별히 가시고 싶은 곳이 있으면 말씀하세요. 어디든지 갈 수 있습니다."

그는 하룻동안 나를 안내하기 위해 단단히 준비를 하고 나온 모양이었다. 그의 친절이 고마웠지만 그의 제안은 내 생각과는 다른 것이었다. 나는 발로자가 안내자 역을 자청하는 것이 마음에 들지 않았다.

"구경 같은 건 그만두고 그냥 나랑 거리산책이나 해요. 난 어슬렁거리는 게 취미니까. 발로자와 함께 거리산책하는 게 훨씬 재미있을 것 같은데."

"그럼 그렇게 하지요."

우리는 호텔 앞 광장을 가로질러 버스가 다니는 큰길까지 걸어갔다. 그곳에서 버스를 타고 네프스끼 대로가 있는 시내 중심가로 나갔다. 뻬쩨르부르그에 오면 가장 먼저 찾아봐야겠다고 늘 생각하던 곳이 있었다. 그곳은 알렉싼드르 네프스끼 사원인데 이 사원은 네프스끼 대로에서 멀지 않은 곳에 있었다. 이 사원에는 러시아 역사를 빛낸 여러 분야의 인물들이 잠들어 있었다. 특별한 볼 거리는 없지만 정숙

하고 조용한 분위기로 도심 속의 공원 역할을 하는 곳이었다. 내가 이 사원을 먼저 찾은 것은 이 도시 방문에 대한 내 나름의 첫인사였다. 아직 오전이라 사원 경내는 사람이 거의 없고 한적한 분위기였다. 내가 잘 알고 기억하는 인물들의 흉상들을 몇군데 돌아보고 나오려는데 입구 근처에 있는 어떤 조그만 흉상 앞에서 발로자가 걸음을 멈추더니 말했다.

"이 사람은 우화작가 끄롤로프인데 우리 어릴 때 학교에서 끄롤로프의 우화 「양과 늑대」를 배웠던 생각이 납니다. 이 우화는 러시아 사람들 사이에 아주 유명하답니다."

"어떤 얘긴데요?"

"간단히 말하면 힘있는 자는 죄가 없고 힘없는 자는 죄가 있다는 것입니다. 이런 얘기는 조금씩 차이가 날 뿐 어느 나라에나 있겠지만 우리 러시아에는 아주 적절한 얘깁니다. 양과 늑대가 어느날 물을 마시러 냇가로 나갔어요. 늑대는 위에서 양은 아래서 물을 마시는데 늑대는 사실 양을 잡아먹고 싶었어요. 그래서 늑대가 양에게 말했어요. '너 때문에 내가 마실 물이 흐려졌다. 그러니 나는 너를 잡아먹겠다'라고요. 양이 '나는 아래 있는데 어떻게 물을 흐릴 수가 있는가?' 하고 항변했죠. 그랬더니 늑대가 뭐라고 한 줄 아십니까? '너의 죄는 나만큼 힘이 없다는 것이다'라고 했지요. 사회주의 당시나 지금이나 이 우화는 우리 러시아 사회에서 진실로 통하고 있어요."

발로자는 기회 있을 때마다 폭력에 대한 자기의 혐오감을 드러냈다. 그가 끄롤로프의 흉상 앞에서 발길을 멈춘 것도 우연이라고만 할 수 없었다. 「양과 늑대」의 우화를 듣는 동안에 우리는 벌써 사원을 빠져나와 좁은 골목을 걷고 있었다. 골목을 잠시 걷다가 큰길이 나왔는데 그다지 넓지 않은 광장에 많은 사람들이 모여 있는 광경이 보였다. 우리는 그쪽으로 다가갔다. 광장 중앙에 레닌의 조그만 흉상이 서 있고 사람들은 그 흉상을 중심으로 모여 있었다. 그들은 붉은 바탕에 검정색과 흰색으로 글씨를 쓴 플래카드를 흉상 주위에 걸어놓기도 했고 비슷한 깃발을 든 사람도 있었다. 어떤 사람은 완장을 착용하고 있었다. 그들은 대부분 나이가 많은 노인들이었고 아주 낡은 옷들을 입고 있었다. 한 남자가 동상 앞에 서서 핸드마이크를 들고 연설하고 있는데 분위기는 조용하고 차분한 편이었다.

"저 사람이 지금 무슨 얘길 하고 있어요?"

내가 발로자에게 묻자, 발로자는 경청할 가치도 없다는 듯 비웃는 표정을 지었다.

"물가가 살인적으로 상승했기 때문에 옐찐은 책임을 지고 안나 까레니나처럼 열차 앞으로 달려가서 자살하라는 겁니다. 옐찐은 지난번 선거할 때 만약 물가를 못 잡으면 열차와 충돌해서 자살하겠다고 약속했거든요."

"저 플래카드에는 뭐라고 씌어 있죠?"

"형편없는 깡패 옐찐을 재판에 부치자. 미국놈들은 러시아에서 손을 떼라. 사회주의는 최고의 가치다. 뭐 그런 내용들이죠. 이 사람들은 대부분 연금으로 살아가는 노인들인데 살기가 어려우니까 소련시절에 향수를 갖고 있죠."

"공산당 시절에 좋은 자리에 앉아 있던 사람들도 많겠군."

"대부분 그렇습니다. 옛날에는 영화를 누렸던 사람들이죠."

"늙고 가난해지니까 공산당원도 아주 무기력하게 보이는군. 내가 어릴 적에는 한국에서는 공산당원은 아주 무시무시한 존재였소."

"그땐 러시아에서도 공산당원은 무서운 존재였죠. 그렇지만 지금은 아무도 관심을 갖지 않고 거들떠보지도 않아요."

거기 모인 노인들은 젊은이나 어떤 외국인이 어쩌다 자기들에게 조금만 관심을 보이는 척하면 금방 달려와서 아첨하는 것 같은 웃음을 보내며 팸플릿을 억지로 나누어주기도 했다. 나도 얼떨결에 팸플릿 한장을 받아들었다가 발로자에게 핀잔을 들었다. 레닌 동상 앞을 떠나서 우리는 한동안 넓은 길을 산책하다가 여러 개의 붉은 벽돌 건물들이 한데 모여 있는 곳까지 왔다. 건물들은 매우 낡았고 그곳은 이미 폐허가 되어 있었다. 건물 주변뿐만 아니라 건물 앞으로 지나가는 도로에도 사람 모습이 별로 보이지 않았다. 발로자는 이 건물들이 옛날에 유명한 대포와 총기 공장이었고 그 당시에는 이 일대가 기술자와 노동자들로 매우 북적거렸다고 말했다. 그 말을 들은 탓인지 그 일대의 조용한 분위기와 무거운 침묵이 섬뜩하게 느껴졌다.

대포 공장 건물을 돌아 다시 큰길로 나갔는데 그곳에는 뜻밖에도 자유시장이 열리고 있었다. 많은 여인들이 길가의 인도에 수백 미터나 될 정도로 길게 줄지어 늘어서서 물건을 팔고 있었다. 그들은 전문적인 장사꾼이 아니라 일반 가정주부거나 그들의 자녀들이었다. 그들이 들고 있는 상품은 대부분 집에서 사용하던 중고품으로 털스웨터, 행주치마, 구두, 탁상시계, 집에서 손으로 만든 여러가지 수예품 등 가짓수가 아주 다양했다. 그들 사이에 가끔 공장에서 생산한 값싼 생활용품을 좌판에 늘어놓고 파는 진짜 장사꾼도 섞여 있었다. 우리는 겨우 한사람이 지나갈 수 있을 만큼 좁은 틈 사이를 비집고 앞으로 나갔다. 그때 나이가 겨우 열살쯤 되어 보이는 소녀가 인형 하나를 내 앞에 불쑥 내미는 바람에 나는 그 자리에 멈춰섰다. 그 인형은 고양이였는데 재료가 썩 좋지 않았고 형태가 조잡해서 고양이인지 강아지인지 금방 구별이 가지 않을 정도였다. 내가 얼마냐고 가격을 묻자, 소녀는 손가락 두 개를 펴서 보여주었다. 나는 마치 비행을 저지르는 듯 누가 볼까봐 재빨리 이 달러를 그녀에게 건네주고 고양이를 빼앗듯이 받아들고 소녀 앞을 떠났다. 발로자는 일부러 못 본 척하고 몇걸음 앞에서 걷고 있었다. 자유시장 거리에서 완전히 빠져나왔을 때 나는 발로자를 세워놓고 말했다.

"발로자, 내가 방금 이걸 샀는데 아무리 생각해봐도 용도가 떠오르지 않는군. 그렇다고 이걸 버리고 싶지는 않아요. 어떻게 하면 좋겠소?"

"저 주세요. 피앙쎄에게 가져다주겠어요. 좋아할지 어떨지 모르겠지만요."

발로자가 하는 수 없다는 듯 내 손에서 고양이를 받아갔다. 벌써 점심때가 되어 우리는 뒷골목의 싸구려 식당으로 들어갔다. 러시아식 간단한 점심식사가 나왔는데 보리빵과 여러가지 야채를 넣은 붉은 국이 주요한 메뉴였다. 보르시라는 이 국은 국물이 빨간 것이 특징이었다. 보기에는 맛이 있을 것 같았지만 매우 짜고 내 식성에는 맞지 않았다. 그래도 이런 점심 메뉴는 양이 많고 값이 싼 것이 매력이었다. 발로자는 붉은 야채국과 보리빵을 아주 맛있게 먹었다. 그가 무척 맛있게 먹는 바람에 나는 덩달아 주어진 내 몫을 모두 먹느라고 애를 먹었다.

네프스끼 대로는 이 도시의 중심거리이고 큰 상점들과 상사 건물들이 가장 많이 모여 있는 번화한 곳이었다. 점심을 끝내고 우리는 네프스끼 대로를 따라 천천히 거닐면서 옷가게나 악기점 같은 상점 안을 기웃거리기도 하고 책을 잔뜩 쌓아놓고 파는 거리의 행상 앞에서 잠시 책을 뒤적거려보기도 했다. 거리 모퉁이 빈자리에 터를 잡고 마치 야외전시장처럼 그림을 전시하는 곳이 있었다. 여러 명의 화가들이 무리로 한곳에 모여 지나가는 행인을 상대로 그림을 그려주거나 전시된 그림을 파는 곳이었다. 전시된 그림들은 분방하고 자유로운 추상화부터 극사실화에 이르기까지 다채로웠다. 우리는 잠시 그곳에서 그림들을 살펴보았다. 그때 발로자가 화가들이 모여 있는 곳으로 가더니 머리가 더부룩하고 턱수염을 기른 어떤 남자의 어깨를 손으로 가볍게 쳤다. 그 남자는 슬라브 계통이 아닌, 남쪽 따따르 계통이거나 터키 계통의 소수민족 출신이었다. 술병을 가운데 놓고 동료들과 맨바닥에 둘러앉아 얘기하고 있던 그 남자가 뒤를 돌아보더니 싱긋 웃으며 발로자의 손을 잡았다. 상대를 반기는 그 남자의 티없는 웃음이 인상적이었다. 서로 잘 아는 친구 사이인가? 나는 그들 두 사람이 소년 같은 천진한 표정으로 다정하게 얘기 나누는 모습을 물끄러미 바라보았다. 잠시 후 발로자가 내 옆으로 왔을 때 내가 물었다.

"학교 동창생인가요?"

"아, 빠샤(바실리의 애칭)는 동창생이 아니고 옛날 친척입니다. 한동안 모습을 전혀 볼 수 없었는데 몇달 만에 만났어요. 그동안 몸이 아파서 나오지 못했다고 하는군요."

"옛날 친척이면 지금은 친척이 아니란 얘기요?"

"빠샤는 제 누이동생의 남편이었는데 지금은 헤어졌으니까 친척이 아니지요."

"발로자에게 그렇게 큰 누이가 있었나요?"

"우리는 남매 둘입니다. 누이동생이 열여덟살에 결혼했어요. 지금은 나이가 더 많아요."

"누이는 어디서 살지요?"

"부모님과 함께 있지만 곧 핀란드 사람하고 결혼할 겁니다."

누이동생과 헤어진 남자와 마치 다정한 옛 친구처럼 재회하는 발로자의 스스럼없는 태도가 신기하고 부러웠다. 거북스런 앙금 같은 것은 그의 표정에서 전혀 찾아볼 수 없었다. 발로자는 자기는 지금도 빠샤를 좋아한다고 말했다. 그는 빠샤가 술을 매우 좋아하는 게 흠이긴 하지만 뻬쩨르부르그 미술학교에서 천재로 알려졌던 재주꾼이었다는 말도 들려주었다. 빠샤는 정말 길거리에 나와 있는 동안에도 보드까 병을 손에서 놓지 않고 있었다. 발로자가 전시된 그림들 가운데서 빠샤가 그린 그림 두 점을 가리켜주었다. 하나는 무슨 벌레 같은 것들이 난무하는 요란한 색채의 추상화였고 하나는 조그만 화폭에 마늘과 사과를 대비시켜 그려놓은 극사실화였다. 두 개의 그림이 무척 대조적이어서 한사람이 그린 그림이라고는 믿어지지 않았다. 그의 그림 앞에서 발로자와 얘기를 하고 있는데 빠샤가 손짓으로 발로자를 불렀다. 잠깐 빠샤에게 다녀온 발로자가 내게 말했다.

"선생님 얼굴을 그려주겠대요. 물론 돈은 받지 않습니다."

빠샤가 호의가 담긴 눈길로 나를 바라보았다. 그는 내가 발로자의 친구니까 그 정도의 호의는 베풀 수 있다고 생각한 것이다. 갑작스런 제안을 받고 나는 잠시 당황했다. 나는 발로자에게 고맙지만 사양하는 게 좋겠다고 말했다. 발로자의 말을 전해들은 빠샤는 조금 실망한 표정을 짓더니 친구들 쪽으로 돌아앉았다.

거리에 저녁 어스름이 덮이기 시작했다. 발로자와 나는 대리석으로 말쑥하게 지은 어떤 현대식 건물 안으로 들어갔다. 일층에 넓은 홀이 있었고 많은 사람들이 바쁜 걸음으로 드나들었다. 이곳은 항공 관련 여행업무를 취급하는 여행사였다. 발로자는 혼자 창구로 가서 어떤 중년의 여자 직원과 서로 잘 아는 사이인 듯 웃으며 인사를 했다. 발로자가 창구의 여자 직원과 얘기하는 동안 나는 푹신한 대기석의 소파에 앉아 기다렸다. 발로자는 그 창구 앞에 꽤 오래 서서 얘기했다. 그는 수첩을 꺼내 무엇인가 받아적기도 했다. 한참 뒤에 우리는 밖으로 나왔다. 그 건물에서 나온 뒤부터 발로자의 표정은 다소 침울해 보였다. 버스를 타고 호텔로 돌아오는 길에 나는 발로자에게 당장 외국으로 나가는 여행계획을 갖고 있느냐고 물었다. 그것은 그가 여행사 건물에 들어설 때부터 내가 궁금하게 여기던 문제였다. 발로자는 사실은 며칠 뒤에 영국으로 떠날 계획이라고 말했다.

"영국에는 무슨 일로?"

"그쪽 대학에 아는 분이 있어서 전부터 연락을 해왔어요. 거기서 일자리를 얻어볼까 하구요."

"천천히 잘 생각해봐야지, 서두를 필요가 있을까?"

"시간이 없어요. 곧 소집영장이 나옵니다. 러시아 군대, 지금 입대하는 건 자살행위나 같습니다. 불과 몇주 훈련 마치고 체첸으로 보내질 거예요. 저는 그런 미친 전쟁에 나가서 개죽음당하고 싶지 않아요. 요행히 체첸에서 빠진다고 해도 군대 폭력 때문에 복무기간을 무사히 마치고 나온다고 장담 못해요."

"그렇다고 외국에 나가면 문제가 해결되나요?"

"외국에서 직업 얻으면 일단 소집을 미룰 수는 있습니다. 여기 청년들이 다 군대 나가는 줄 아십니까? 군대 나가는 사람은 시골사람들, 돈도 없고 힘도 없는 사람들뿐이에요. 돈이 있거나 조금 그럴듯한 배경만 있으면 모두 빠져요."

"나는 발로자가 여기 대학에 남아 있기를 기대했는데. 그래야 내가 이 다음에 다시 이 도시를 찾아올 수 있지."

"저도 그러기를 바라죠. 그런데 소집영장이 아니라도 당분간 그건 기대할 수 없을 겁니다. 대학에서 교수님이 저를 환영하지 않아요."

"왜요? 전에 동양학과 여자 교수님이 발로자를 수제자로 키운다고 말하지 않았소?"

"지금은 상황이 달라졌어요. 저에게 배반감을 느끼나봐요."

"배반감이라니, 잘 이해가 안되는데요."

"외국사람과 결혼하려고 하는 것 때문이죠."

"그분은 나이가 아주 많으시다고 들었는데."

"그런 뜻이 아닙니다. 그분이 여성이라 그런 게 아니고 뻬쩨르부르그 분위기, 특히 대학이나 여기 남은 지식인들은 외국으로 빠져나가려는 사람들을 굉장히 미워합니다. 외국인과 사귀는 것조차 싫어해요. 그동안 무척 많은 사람들이 빠져나갔으니까요. 교수님은 저도 결국 밖으로 나갈 녀석이고 그런 녀석 키워봤자 헛수고라고 생각하신 겁니다. 그런데 교수님이 저를 미리 배척하기 전까지는 저는 사실 한번도 뻬쩨르부르그를 떠난다는 생각을 해보지 않았습니다. 피앙쎄랑 결혼하더라도 우리는 여기 남아 살려고 했고 피앙쎄도 이곳을 좋아하고 사랑하니까 그러겠다고 맹세했어요. 교수님의 오해를 풀어드리려고 피앙쎄랑 몇번이나 교수님을 찾아갔는데 한번도 만나주지 않았어요. 정말 지독하게 완고하신 분입니다."

결국 발로자도 이방인과의 결혼의 댓가를 치른 셈인가. 그것은 내게 매우 뜻밖의 사태였다. 러시아 같은 다민족사회에서, 그것도 대학에서 이런 일이 있었다는 것은 이해하기 어려웠다. 이것도 슬라브 정신의 정통을 고집하는 뻬쩨르부르그의 자존심의 표현일지 모른다. 발로자는 그 대학 동양학과에서 가장 촉망받는 인재였다. 나는 그렇게 알고 있었다. 그는 당연히 그 대학에서 뿌리를 내릴 줄만 알았다. 발로자 자신도 거기에 모든 것을 걸고 있었다. 그가 대학에서 사실상 추방되었다는 것은 그에게 가장 아픈 치명상이었다.

뿔까보 공항에서 몇해 만에 발로자를 만났을 때 나는 막연히 그의 신변에 어떤 변화가 있었을 거라는 예감을 가졌다. 그 예감이 현실로 나타난 것이다. 발로자는 지금 뻬쩨르부르그를 떠날 준비를 하고 있었다. 그가 전처럼 침착하고 의젓하지 못하고 어딘지 불안하고 초조한 기색을 감추지 못하는 이유를 나는 이제야 알 수 있었다.

호텔로 돌아와 현관 앞에서 헤어질 때 나는 발로자에게 내일은 와주지 않아도 괜찮다고 말했다. 나는 자기 문제로 심한 불안정 상태에 빠져 있는 그가 나 때문에 얽매이는 것을 원하지 않았다. 발로자는 굳이 나오겠다고 몇번 고집하다가 내가 혼자 있는 시간도 좋을 것 같다고 말하자, 그제야 고집을 꺾었다.

"그렇지만 방으로 제가 전화는 자주 걸겠어요. 괜찮겠죠?"

돌아서기 전에 발로자가 아쉬운 표정으로 말했다.

"물론이죠. 서로 연락은 해야지요."

발로자는 돌아서서 피앙쎄가 기다리는 아파트 쪽으로 빨리 걸어갔다. 이미 밤이 되었는데 그가 가고 있는 아파트 부근에는 불빛이 보이지 않았다.

4

이튿날은 종일 호텔 주변을 어슬렁거리며 시간을 보냈다. 나는 호텔 방에 머물면서 후면의 창을 통해 핀란드 만의 바다를 바라보기도 하고 로비로 나가서 새로 도착하는 독일 여행자들을 구경하기도 했다. 그러다가 저녁이 되자, 호텔 8층에서 새로 문을 열었다는 한국 식당을 찾아가보기로 했다. 식당은 마침 문을 열고 있었고 젊은 러시아인 남녀 종업원들이 손님 시중을 드느라고 부지런히 움직이고 있었다. 그들은 한국말로 서툰 발음이지만 간단한 인사말도 할 줄 알았다. 마흔살쯤 된 한국인 남자가 카운터에 앉아서 러시아인 종업원들에게 이것저것 지시를 하고 있었는데 그가 이 식당의 주인으로 보였다. 저녁을 먹고 식당에서 나오려고 하는데 그 남자가 내게 말을 걸었다.

"혼자 오셨습니까?"

"그렇습니다."

"그러시면 안내자가 필요할 텐데요. 이곳 지리도 잘 알고 말도 잘 통하는 아르바이트 학생을 소개시켜드릴 수 있습니다."

"한국 학생인가요?"

"물론이죠."

나는 마침 잘되었다고 생각했다. 어떻게든 발로자의 부담을 덜어주고 싶었던 것이다. 식당 주인과 학생을 소개받기로 약속하고 나는 식당에서 나왔다. 방으로 돌아오자, 금방 발로자로부터 전화가 걸려왔다. 발로자는 오후에 몇차례나 전화를 걸었는데 이제야 겨우 통화가 되었다고 말했다. 그는 내가 혹시 혼자서 먼 곳까지 나갔을까봐 무척 걱정했노라고 말했다. 그의 목소리는 어제보다 더 힘이 없고 우울하게 들렸다. 그가 내일은 나와 동행할 수 있다고 말했지만 나는 학생을 소개받아 안내를 받기로 했다고 알려주고 그의 제의를 사양했다.

다음날 오전에 호텔 로비에 앉아서 기다리고 있는데 대학 초급생 또래의 여학생이 내 앞으로 와서 인사를 했다. 그녀는 조금 전 식당 주인의 연락을 받고 숙소에서 허둥지둥 달려왔다고 말했다. 그 학생과 함께 호텔에서 나와 지나가는 승용차를 세웠다. 러시아에서는 허가받은 택시를 이용하는 기회보다 지나가는 자가용 승용차를 세워놓고 요금을 흥정해서 이용하는 경우가 훨씬 많았다. 택시 숫자가 많지 않고 요금도 일반 승용차보다 더 받아내기 때문이었다. 그 여학생이 우리가 가고자 하는 방향과 요금을 놓고 승용차 운전사와 흥정을 시도했는데 결론이 쉽게 나지 않았다. 러시아인 운전사가 여학생의 더듬거리는 서툰 러시아말을 알아듣지 못한 것이 이유였다. 승용차는 곧 자기 갈 길로 가버렸다. 나는 발로자의 도움 없이 네바 강이나 네프스끼 대로까지 나가는 게 거의 불가능하다는 것을 깨달았다. 그 여학생은 자기는 러시아에 온 지 겨우 육개월이 지났는데 아직 러시아말을 자유롭게 할 수 없고 지리도 어둡다고 솔직하게 고백했다.

"그럼 네가 아는 곳이 한군데도 없겠구나. 정말 그래?"

"있어요. 스빠게띠 좋아하세요? 멋있는 이딸리아 식당 한군데를 알아요. 여기서 걸어갈 수 있는 곳이거든요."

"잘됐다. 어차피 점심은 먹어야 하니까."

여학생은 싱긋 웃었다. 십분쯤 걸어가자, 주택가 거리에 하얀 단층 건물이 나타났다. 그곳에서 그날 처음 만난 여학생과 스빠게띠로 점심을 먹었다. 그녀의 이름도 소속된 학교도 나는 묻지 않았다. 그녀가 그런 질문을 완강하게 거부하는 것 같은 표정을 짓고 있었기 때문이다. 이딸리아 식당에서 나오자, 따로 갈 곳도 할일도 없었다. 그 여학생에게 하루치 수고비를 지불하고 이제 가도 좋다고 말했다. 그녀는 맛있는 점심만 얻어먹고 돈까지 받는 것이 미안하다고 얼굴을 붉히며 말했다. 그런 뒤에 그녀는 금방 어디론가 가버렸다.

오후에 나는 호텔 현관 앞 돌계단에 앉아 있었다. 날씨가 따뜻했고 햇빛이 그곳을 밝게 비쳐주고 있었다. 기다란 광장 저편으로 차도에서 버스가 지나가는 모습이 보였다. 오후 네시쯤 되었을 때 발로자가 그의 숙소 쪽에서 혼자 천천히 이쪽으로 오고 있었다. 그는 뭔가 골똘히 생각하는 듯 고개를 잔뜩 숙이고 걸어왔다. 계단 앞까지 온 그는 그곳에 혼자 우두커니 앉아 있는 나를 발견하고 깜짝 놀랐다.

"왜 여기 이러고 계십니까? 어디 구경하러 가시지 않았어요?"

나는 그 여학생과 이딸리아 식당에 갔던 얘기를 들려주었다. 그는 여학생을 보내놓고 내가 자기에게 연락하지 않은 것을 원망했다. 자기는 언제라도 나를 위해 뛰어나올 준비를 하고 있었다는 것이다. 그러나 그의 표정으로 볼 때 그는 그렇게 홀가분한 처지가 아니었다.

"발로자, 무슨 일이 있었소? 얼굴이 걱정에 싸였는데."

내가 묻자, 그는 잠시 망설이다가 피앙쎄가 지금 잔뜩 화가 나 있다고 말했다. 피앙쎄가 누구랑 전화로 언쟁을 벌였는데 발단이 자기 문제였기 때문에 무척 미안하다는 것이었다.

"상대방이 러시아 사람이오?"

"아니오, 한국 사람입니다."

"한국 사람? 그럼 공부하러 온 친군가요?"

발로자는 말을 꺼내기가 어려운 듯 잠시 또 머뭇거렸다.

"사실은 제가 이 호텔 팔층에 있는 한국 식당에서 아르바이트 자리를 얻어볼까 하고 주인을 찾아갔습니다. 식당 주인이 저와 얘기해보고 좋다고 했어요. 그런데 임금 때문에 결국 어긋났어요. 주인이 제시한 금액과 제 요구가 무척 차이가 났기 때문입니다."

"얼마를 준다고 했는데요?"

"그것 참, 저는 한국말을 할 수 있기 때문에 여기 근무하는 다른 한국 사람과 아주 같지는 않더라도 이분의 일, 아니면 삼분의 일도 좋다고 말했어요. 저는 그 식당에서 일하는 한국 사람이 얼마를 받는지 알고 있어요. 그런데 그 주인남자가 뭐라고 말한 줄 아십니까? 어린 러시아놈이 건방지고 돼먹지 않았다는 거예요. 그는 다른 러시아 종업원이 받는 오십 달러에서 한푼도 더 줄 수 없다고 했어요. 피앙쎄가 그 얘길 듣고 분개해서 식당 주인과 전화로 막 싸웠습니다."

"그런 일이 있었군. 그 사람을 나도 어제 저녁에 잠시 봤는데 그렇게 무례한 폭언을 할 사람으로는 보이지 않던데."

"제 말은 그가 나쁜 사람이란 뜻이 아닙니다. 식당 같은 데서 일하는 러시아 사람들 임금이 보통 그런 정도니까요. 돈을 벌려고 한국에서 여기까지 온 사람이 자선사업을 할 이유는 없지 않겠어요? 저는 이해해요. 다만 저는 오십 달러 받고 거기서 일하고 싶지 않았을 뿐입니다. 피앙쎄가 요즘 신경이 조금 날카로워요. 많이 힘들어서 그런가봅니다."

발로자가 왜 식당 근무를 자청했을까? 이틀 전만 해도 그는 영국으로 떠날 계획을 말하지 않았는가. 잠시 머릿속에 혼란이 생겼으나 곧 해답이 나왔다. 일정한 수입이 없는 그는 생활하기에도 힘에 겨울 것이다. 외국으로 나가자면 따로 여행경비를 마련해야 한다. 그러나 오십 달러를 받아가지고는 언제 비행기를 타게 될지 기약할 수 없는 일이었다. 발로자가 내 앞에서 그런 구차한 자신의 형편에 대해 한마디도 꺼내지 않았기 때문에 나도 그런 사정을 꼬치꼬치 캐묻지 않았다.

"선생님, 참 미안하게 되었어요."

"뭐가요?"

"사실은 피앙쎄가 선생님을 위해 오늘 저녁식사에 초대하려고 준비까지 했는데 지금 마음이 아파서 힘들 것 같습니다. 정말 미안합니다."

"그럴 것 없어요. 그런 사정이라면 충분히 이해할 수 있소. 나도 조금 전 이딸리아 식당에 앉아 있을 때 발로자와 피앙쎄를 거기 불러내서 함께 식사라도 했으면 좋겠다고 생각했더랬소. 그 식당은 분위기도 밝고 음식도 수준급이던데."

"거긴 좋은 식당입니다. 하지만 서민에겐 매우 비싼 곳이죠. 피앙쎄는 지금 마음이 아파 나올 수 없을 겁니다. 준비는 부족하지만 마땅히 저희가 선생님을 초대해야죠."

"아직 시간이 있으니까 급하게 생각할 것 없어요. 그런데 그 빠샤라는 친구, 그 친구 그림이 웬일인지 자꾸 눈앞에 어른거리는데. 우리 내일 가서 그 그림 다시 한번 봅시다. 마늘과 사과를 그려놓은 그림 말이오."

"아, 기억납니다. 그 그림이 맘에 드셨어요? 그렇다면 지금 곧 저랑 함께 가시는 게 어떻겠습니까? 그렇지 않아도 저도 여행사에 들러야 할 일이 있거든요. 그 그림이 다행히 팔리지 않았으면 좋을 텐데. 아마 팔리지 않았을 수도 있을 겁니다."

빠샤의 그림에 대한 미련이 그날 빠샤가 내게 보여준 호의에 대한 보상심리 때문인지 그냥 그 그림이 마음에 들었기 때문인지 나 자신도 구분이 되지 않았다.

"팔렸다면 어쩔 수 없지. 그런데 여행사에 자꾸 들르는 건 출국하는데 걸리는 문제가 있기 때문이오?"

발로자는 손을 저었다.

"아, 제가 여행사에 들르는 건 저 때문이 아니라 부모님 심부름입니다. 이스라엘 정부에서 제공하는 무료 항공 티켓에 관해 그 직원이 다시 알아보고 해답을 주기로 했거든요."

"부모님께서 그쪽으로 가십니까?"

"제가 말씀드리지 않았나요? 아마 가실 것 같아요. 부모님은 지금까지 귀환을 하지 않고 버텼어요. 부모님도 이 뻬쩨르부르그를 무척 사랑하십니다. 그렇지만 더이상 연금만으로 생활하기가 어려우신가 봐요. 작년까지도 부모님께서 여기를 떠날 생각을 하시리라곤 정말 상상도 못했어요. 저는 가족이 뿔뿔이 흩어지는 게 슬퍼요. 제가 이곳에서 떠나야 한다는 것도 그렇구요. 이 뻬쩨르부르그는 내 고향이고 내가 가장 좋아하는 도시입니다. 저는 이곳 바람과 네바 강의 햇빛을 무엇보다 좋아합니다. 이 지구에서 이곳보다 아름다운 곳은 없다고 늘 생각해왔어요. 저는 발틱 해의 소금기가 묻어 있는 이곳 바람을 맞으며 어릴 때부터 자라왔어요. 네바 강에 비치는 햇빛은 계절마다 색깔이 달라집니다. 그런데 지금은 여기 남아서 살아가기가 어렵게 된 겁니다."

"부모님은 떠나시더라도 발로자는 상황이 좋아지면 곧 돌아와야겠지."

"물론입니다. 저는 틀림없이 돌아올 겁니다."

늦은 오후였지만 나는 발로자와 함께 네프스끼 대로로 나갔다. 우리가 그림이 전시된 곳으로 찾아갔을 때 다행히 그림은 남아 있었는데 빠샤가 보이지 않았다. 발로자가 동료화가에게 물었는데 어제 술을 많이 마셨기 때문에 몸이 아파 오늘은 나오지 못했다고 알려주었다. 그는 그러나 빠샤의 그림을 원한다면 빠샤 대신 그림을 팔아줄 수 있다는 말을 덧붙였다. 마늘 한쪽과 사과 반쪽을 나란히 대비시켜 극사실주의풍으로 그려놓은 아주 조그만 그림, 이 그림이 이번 여행의 좋은 기념물이 될 것 같았다. 그림값은 백 달러였다. 돈을 치르고 작게 포장된 그림을 받았다. 그런데 빠샤의 티없이 웃는 얼굴을 다시 볼 수 없는 것이 무척 아쉬웠다.

"빠샤가 많이 아프면 안되는데."

여행사 쪽으로 걸어가면서 내가 말했다.

"그 친구는 늘 그럴 겁니다. 하루 나오고 하루는 아파서 쉬고. 나올 때마다 늘 술을 많이 마시니까 그럴 수밖에요. 빠샤는 지독한 술꾼이에요. 재능이 무척 아까운 친구지요."

말하는 발로자의 표정으로 봐서 그의 누이가 빠샤의 옆을 떠난 이유가 술 때문일 거라는 생각이 들었다.

그날 이후 발로자와 나는 한차례 더 함께 시내 나들이를 했다. 내가 그 도시를 떠나기 하루 전날이었다. 우리는 시내로 나가서 네프스끼 사원에 다시 들렀고 그곳에서 멀지 않은 곳에 있는 네바 강의 궁전대교까지 걸어가서 한동안 다리 위에서 시간을 보내기도 했다. 그러나 이날의 산책은 첫날처럼 즐겁지는 않았고 돌아오는 시간까지 두 사람 모두 우울한 기분에서 빠져나오지 못했다. 불과 며칠 뒤에 이 도시를 떠나려고 마음먹은 발로자에게도 이 산책은 작별의 의식이었던 것이다. 궁전대교에서는 첨탑으로 잘 알려진 뻬뜨로빠블로프스끼 요새와 지금 박물관으로 사용되는 여름궁전, 그리고 반대방향으로 붉은 벽돌과 푸른 벽돌로 지어진 대학 건물들이 원경으로 잘 바라다보였다. 발로자는 특히 모교인 대학 건물 쪽에서 오랫동안 눈길을 거둘 줄 몰랐다. 그의 얼굴에서는 원망과 아쉬움의 기색이 떠나지 않았다.

떠나기 전날까지 발로자는 저녁 초대 약속을 지키지 못했다. 사실 나는 은근히 그 저녁 초대를 기다렸다. 발로자가 어떤 집에서 피앙쎄와 어떻게 사는지 그 궁색한 모습을 직접 눈으로 확인하고 싶었기 때문이다. 그리고 무엇보다 바이올린을 공부한다는 그의 연인을 한번 만나보고 싶었다. 미래가 불확실한 발로자 같은 남자를 목숨 걸고 사랑하는 한국 아가씨가 어떤 사람인지 그것도 궁금했다. 그러나 발로자의 입에서 그런 말은 끝내 나오지 않았다. 그의 연인은 저녁 초대 대신 내가 떠나는 날 아침 발로자를 통해 작은 선물 꾸러미를 보내왔다. 아침 일찍 호텔 방으로 들어온 발로자는 비닐로 둘둘 만 작은 꾸러미 하나를 건네며 말했다.

"피앙쎄가 선생님께 드리라고 주었어요. 비행기 속에서 드시라고. 피앙쎄는 저녁 초대를 하지 못해 아주 미안하게 생각하고 있습니다. 저도 그렇구요. 정말 미안합니다."

이게 뭘까? 비닐 꾸러미를 풀어보았더니 김치와 밀가루를 버무려 만든 김치부침개 두 장이었다. 눈에 보이지 않는 그녀가 있는 재료를 다 뒤져서 내 식성에 맞추려고 애써 만든 그 선물이 저녁 초대를 받은 것만큼이나 고마웠다. 나는 비행기 속에서 꼭 먹겠다고 말하고 비닐 꾸러미를 가방 속에 집어넣었다.

"저희들도 며칠 뒤면 떠날 겁니다. 오늘 저녁때 아파트로 새로 오겠다는 사람이 집을 보러 오기로 했어요. 아마 이틀쯤 뒤에 집을 비워줘야 할까봐요."

"그렇게 급하게 떠나요? 준비도 없이."

"준비할 것도 없습니다. 짐이 아무것도 없으니까요."

"만약 내가 다음에 여기 또 오더라도 그땐 발로자가 없겠군."

"당분간 그럴 겁니다. 그렇지만 저는 다시 돌아올 거예요. 제가 여기 있게 될 때 또 오세요."

발로자는 공항까지 나를 배웅해주었다.

발로자는 내가 뻬쩨르부르그를 떠난 뒤 얼마 지나지 않아 약혼자와 함께 호주로 건너갔다. 시드니의 대학에서 한번 와달라는 연락을 받은 것이다. 그것은 채용 전에 사람을 직접 만나보고 판단하기 위한 절차에 불과했다. 발로자는 그곳에서 좋은 평가를 받았다. 이런 소식은 그가 호주에서 보내준 엽서를 통해 알게 되었다. 그는 피앙쎄가 그곳에서 음악공부를 계속할 수 있게 되어 무척 다행스럽다고 엽서에 적었다. 그리고 한달쯤 뒤에 그는 결혼식을 치르기 위해 약혼자와 함께 한국으로 왔다. 결혼식은 신부의 고향인 남쪽의 작은 항구도시에서 치러졌는데 나도 그곳으로 내려가서 발로자의 결혼식을 지켜보았다. 무척 추운 겨울날이었다. 그 항구도시에 미리 도착해서 잠시 혼자 시가지를 산책할 기회가 있었는데 그때 나는 발로자가 왜 한국 고대사에, 특히 가야시대 역사에 그토록 관심이 많은가를 겨우 알게 되었다. 신부의 고향인 그 항구도시가 가야 역사의 중심지에서 지척의 거리에 있었던 것이다.

그날 식장에서 나는 발로자의 신부 얼굴을 처음 보았다. 아담한 체구에 선이 갸름한 전형적인 한국의 미인형이었다. 그 결혼식에는 지방도시의 유지들과 신부의 가족과 친지들이 조그만 식장을 가득 메웠다. 발로자는 한복 저고리와 바지를 맵시있게 입고 나왔는데 한복이 그에게 무척 잘 어울렸다. 발로자는 결혼식장의 신랑답지 않게 기쁜 마음을 노골적으로 얼굴에 나타냈다. 그의 얼굴에서는 웃음이 떠나지 않았다.

결혼식을 치르고 나서 발로자는 아내와 함께 다시 호주로 날아갔다. 그런데 그 뒤부터 웬일인지 거의 일년 가까이 소식이 끊어졌다. 나는 호주 생활이 무척 즐거운가보다고 내 멋대로 생각했다.

일년쯤 지났을 때 어느날 밤 갑자기 모스끄바에서 전화가 걸려왔다. 송수화기를 집어들자 거기서 뜻밖에 발로자의 목소리가 들렸다. 왜 호주에 있어야 할 사람이 거기 있느냐고 묻자, 그는 풀죽은 목소리로 호주에서는 일주일을 못 넘기고 금방 돌아왔다고 말했다. 그가 결혼을 위해 잠시 자리를 비운 사이에 경력이 풍부한 다른 러시아인 교수가 와서 그의 자리를 차지해버린 것이다. 그는 하는 수 없이 모스끄바로 가서 방 한칸을 빌려 그곳에 신혼의 보금자리를 마련했다. 발로자는 그동안 모스끄바 대학에서 박사학위를 마치고 그 대학에서 한달에 오십 달러의 보수를 받고 임시강사로 근무해왔다. 그 자리마저 곧 끝나가는데 그는 어디로 가야 할지 아직 방향을 잡지 못하고 있었다. 그가 그동안 소식을 끊고 지낼 수밖에 없었던 사정을 나는 뒤늦게 알았다.

한번 말문이 열리자, 그 뒤부터 발로자는 가끔 전화로 소식을 알려왔다. 그러나 그의 궁색한 생활에 어떤 변화가 있다는 말은 듣지 못했다. 그는 지금도 영국으로 호주로 끊임없이 영문 이력서를 타이프로 찍어서 보내고 있지만 그쪽에서 신통한 답신은 오지 않는다고 말했

다. 발로자와 통화할 때 언제나 빠지지 않는 메뉴 하나는 뻬쩨르부르
그에 관한 소식이다. 발로자 자신도 최근 일년 동안 그곳에 찾아가지
는 못했고 겨우 전화로 소식을 듣고 있었다. 그가 전한 소식에 의하면
발로자의 부모님은 이스라엘로 귀환하기 위해 아파트도 처분하고 한
때는 짐까지 꾸려놓았는데 아무래도 뻬쩨르부르그를 떠날 수가 없어
서 출국을 미루다가 지금은 귀환을 포기했다고 한다. 핀란드의 트럭
운전사에게 재가한 누이는 남편이 무뚝뚝한 성격이긴 해도 술은 아예
입에 댈 줄도 모르는 사람이라 그런대로 잘 살고 있다는 것이다. 빠샤
는 지금도 술병을 차고 다니며 하루 걸러 네프스끼 대로에 나와 그림
을 그리고 있다고 한다. 전화통화를 끝낼 때마다 발로자는 후렴처럼
한마디 덧붙이는 걸 잊지 않았다. 다음에는 꼭 좋은 소식을 전하겠다
는 것이다. 그런데 그 말이 내 귀에는 긴 여운으로 남아서 가끔 발로
자의 신음소리로 변할 때가 있다.

—『문예중앙』 1998년 겨울호

두 사람

두 사람

그들은 아주 한적한 지방도로의 버스정류장에서 처음 만났다. 두 사람 모두 버스를 타기 위해 거기 나온 것은 아니었다. 버스는 그 시간에 운행되지 않았다. 오후 여덟시가 가까워오고 있었는데 이 시간은 귀가하는 원거리 출근자들로 한창 붐빌 때였다. 이런 시간에 천재지변이 일어나지 않는 한 규칙적으로 늘 운행되던 몇개 노선의 버스들이 한결같이 운행되지 않은 것은 매우 특이한 사례였다.

퇴직 은행원 류광현씨는 일찍부터 아파트 근처의 버스정류장에 자리를 잡았다. 그는 이곳에서 두 시간 가량을 혼자 버틸 생각이었다. 용상골 정류장은 주거지역에서 사오백 미터쯤 떨어진 외딴 지역에 있었고 소음을 피해 호젓하게 혼자 시간을 보내기에는 아주 알맞은 장소였다. 이 일대에는 오리구이집, 단고기집, 토종닭 전문집 등 여러 종류의 보양식 전문식당들이 도로를 따라 늘어서 있는데 용상골 정류장은 그 식당들과도 일정한 거리를 두고 떨어져 있었다. 류씨는 며칠 전부터 이 장소를 잠시 피난할 곳으로 점찍어두었다.

모든 시민들이 텔레비전 화면 앞에 앉아 숨을 죽이고 곧 시작될 '세기의 축구대결'을 기다리고 있을 때였다. 아마 지방도로를 운행하는 버스 기사들도 지금쯤 텔레비전 앞에서 한자리를 차지하고 심판의 호각소리만을 기다리고 있을 것이다. 축구경기가 마치 생존이 걸린 한 판의 전쟁처럼 모든 사람의 애국심을 자극하고 마음을 붙잡았기 때문에 예외자란 있을 수 없었다. 환갑이 가까워진 류씨의 아내마저 최근 며칠 사이에 열광적인 축구관객으로 돌변했다. 신문에서도 평소 운동 경기에 관심이 없던 여성들이 대거 축구경기장이나 경기를 중계하는 화면 앞으로 몰리는 현상을 호의적으로 보도한 바가 있었다. 아내는 중계시간에 맞춰 일찌감치 저녁 설거지를 끝내고 텔레비전 앞에 자리를 잡고 앉았다. 류씨도 축구라면 남들 못지않게 큰 관심을 갖고 있었다. 그런데 그는 몇달 전에 의사로부터 심장이 약해 보이니까 조심하라는 충고를 들었다. 그런 말을 한 사람은 심장 전문의사가 아니라 치과의사였다. 그때 그는 어금니를 치료받기 위해 치과병원에 들렀는데 치료를 끝낸 의사가 별다른 해명도 없이 문득 그런 말을 했던 것이다. 듣기에 따라 크게 신경 쓸 문제도 아니었다. 의사들은 기회 있을 때마다 자기의 고객에게 습관적으로 건강수칙을 강조하곤 하는 것이다. 류씨는 의사가 지나가는 말로 가볍게 던진 그 말을 심각하게 받아들였다. 그는 충격을 줄까봐 아내에게도 이 사실을 말하지 않았다. 가끔 신문의 해외토픽란에는 권투경기나 축구경기를 보다가 심장발작을 일으켜 목숨을 잃은 사람의 기사가 나온다. 드물긴 해도 최근에는 국내에서도 그런 불상사가 발생했다는 기사가 있었다. 이 '세기의 대결'

이 예고되었을 때 류씨는 이미 그 시간에 집에서 떠나 있기로 마음을 굳혔다.

류씨는 집에서 나올 때 책 두 권을 가지고 왔다. 하나는 발간된 지 일년이 지난 묵은 종합잡지이고 하나는 어느 여행가의 에쎄이집이었다. 이 에쎄이집은 그가 아직 은행에 재직중일 때 누군가로부터 선물받은 것인데 받은 지 몇해가 지난 지금까지 한번도 펼쳐보지 않은 책이었다. 그는 책을 꼭 읽겠다는 생각보다 시간을 지우는 방편으로 적당할 듯해서 아무거나 집어들고 나온 것이다.

정류장에는 긴 나무의자 하나와 비를 가리는 지붕, 그리고 양쪽에 바람막이 벽이 설치되어 있었다. 양쪽 지붕 끝에는 불이 켜진 두 개의 등이 달려 있었는데 책을 읽기에는 충분히 밝지 않았다. 정류장 뒷벽에는 각종 구인광고물과 미아찾기 포스터가 덕지덕지 붙어 있었다. 평소에는 눈여겨보지 않던 그 광고물들을 류씨는 하나하나 살펴보았다. 그는 특히 미아찾기 포스터에서 부모와 집을 잃은 아이들의 갖가지 표정들을 흥미를 느끼며 유심히 살펴보았다. 아이들의 표정은 극단으로 대조적이었다. 행복이 넘치는 듯 활짝 웃는 아이가 있는가 하면 마치 불행을 예감하기라도 한 듯 슬프고 우울한 표정을 지은 아이도 있었다. 그런 표정들을 보면서 류씨는 잠시 자기가 집을 잃은 미아가 된 것 같은 외로운 기분에 젖었다. 차가 끊기고 인적마저 끊어진 지방도로의 정류장에서 밤에 혼자 있게 되면 누구라도 그런 기분에 젖게 될 것이다.

'이런 때 말벗이 될 친구가 하나라도 곁에 있다면 좋을 텐데.'

그런데 류씨는 이 마을로 거처를 옮긴 후 한사람의 친구도 사귀지 못했다. 주변 상황이 친구를 사귀기에는 마땅치 않았다. 그는 소형아파트 단지에서 살고 있는데 주민들 대부분이 어린애 한둘씩 거느린 젊은 부부들이었다. 류씨와는 세대가 다른 것이다. 그러나 무엇보다 사람을 쉽게 사귀지 못하는 류씨의 까다로운 성벽이 더 큰 문제였다. 그는 직장에 다닐 때도 업무와 관계된 사람 외에는 사람 만나기를 몹시 꺼렸다. 그는 모든 게 자신이 자초한 결과라는 걸 잘 알았다. 그는 잠시 마음에 끼여든 잡념을 떨쳐버리고 돋보기를 꺼내 낀 뒤 묵은 잡지를 펼쳐들었다.

류씨가 인기척을 느낀 것은 정류장에 온 지 삼십분쯤 지났을 때였다. 정류장 뒤에는 얕은 개울이 있고 개울에는 용상골 마을로 건너가는 작은 다리가 하나 있었다. 류씨는 책을 읽다가 잔기침 소리를 들었는데 그건 개울 건너편에서 들려온 소리였다. 류씨는 고개를 돌리고 그쪽을 바라보았다. 한 남자가——사실은 주변이 어두워서 남자인지 여자인지 쉽게 구별되지 않았지만——가구공장 창고 근처에서 허리를 구부리고 땅에서 뭔가를 찾고 있었다. 그는 가끔 어떤 물건을 줍기도 했다. 모든 사람이 텔레비전 화면 앞에 모여앉아 있는 시간이기 때문에 그 시간에 한가롭게 밖으로 나온 사람이 있다는 사실이 류씨는 우선 신기했다. 그렇지만 누군지 알지도 못하고 그림자처럼 희미하게 보이는 사람에게 계속 눈길을 보낼 수는 없었다. 류씨는 다시 묵은 잡지로 눈을 돌렸다.

"아이구, 글씨가 잘 보이세요? 이런 어두운 데서 책을 보시다니, 대단하십니다."

눈앞에 한사람이 서 있었다. 철지난 헐렁한 코르덴 바지와 너덜거리는 남방셔츠를 입은 그는 류씨와 비슷한 연배거나 한두살 아래쯤으로 보였다. 그는 조금 전 다리 건너편에서 땅에서 뭔가를 줍고 있던 그 사람이 틀림없었다. 왜냐하면 이 시간에 또다른 누군가가 밖에 나와 있을 가능성은 거의 없었기 때문이다.

"여기 좀 앉아도 되겠어요?"

"그러세요."

"세상이 아주 조용하군요. 차가 안 다니니까 참 좋네."

의자 한쪽 끝에 잠시 말없이 앉아 있던 그가 다시 벌떡 일어서더니 류씨에게 머리를 숙이고 깍듯이 인사를 했다.

"저는 실장입니다. 오실장이라고 하면 다들 알고 있지요."

"그렇습니까?"

갑자기 인사를 받은 류씨는 얼떨떨했다. 그는 그게 무슨 직함이냐고 물을까 하다가 부질없는 짓 같아 그만두었다. 그가 말한 직함과 그의 행색은 너무나 어울리지 않았다. 그렇긴 해도 초면인데 거리낌없이 말을 붙이는 걸 보면 그가 활달한 성격을 가진 사람인 건 분명했다.

그의 그런 행동이 류씨의 경계심을 무디게 만들었다. 신도시 인접 지역인 이곳 주민들은 류씨가 보기에 대체로 두 부류로 구분되었다. 땅을 가진 토박이들은 땅값 상승으로 갑자기 중산층이 되어 옷차림이나 용모 가꾸는 데도 꽤 신경을 쓴다. 떠돌이로 굴러와 근처 가구공장이나 건축장에서 노동으로 먹고사는 사람들이 있는데 그들은 눈빛과 표정만 봐도 금방 알 수 있다. 그런 사람은 어딘지 불안해 보이고 상대방의 호감을 얻으려고 얼굴에 부자연스런 웃음을 띠고 있는 것이다. 이 사람은 그런데 어느 쪽인지 구분하기가 애매한 느낌을 주었다.

"용상골에 사세요?"

누렇고 까맣게 찌든 그의 얼굴을 바라보며 류씨가 물었다.

"아 네, 저기 뒷마을에 삽니다. 저쪽 골목으로 한참 올라가면 제가 사는 데가 나옵니다."

"나는 이쪽 아파트에 사는데요. 애들에게 텔레비전 앞자리를 내주고 나온 겁니까?"

자칭 오실장은 그렇다는 듯 고개를 여러차례 끄덕였다. 그런 뒤 갑자기 정색을 하고 말했다.

"저어, 혹시 담배 가지고 계시면 한대만 주시겠어요?"

"그러지요."

류씨는 선선하게 담뱃갑에서 권련 한대를 꺼내 그에게 건넸다. 담배를 받은 오씨는 그걸 피우지 않고 바지 주머니에서 검정색 비닐봉지를 꺼내더니 거기에 집어넣었다. 그는 아주 조심스럽게 비닐봉지를 바지 주머니 속에 다시 넣었다.

"가지고 있다가 피우고 싶을 때 피우려고요."

자기의 이상한 행동을 이쪽에서 따질까봐 그가 먼저 선수를 쳤다.

'옳지, 이 사람이 조금 전 땅에서 찾고 있던 것이 담배꽁초였군. 저 비닐봉지 속에는 담배꽁초들이 가득 들어 있는 게 틀림없어.'

류씨는 이런 생각을 했으나 그거야 있을 수 있는 개인의 생활습관이기 때문에 그냥 모른 척하고 지나쳤다.

"저기 뒷마을에는 한번 와보셨어요?"

오씨가 물었다.

"여기 아파트로 옮긴 지 이년째가 되는데 봄에 한번 가봤지요. 연립주택들을 몇군데서 짓고 있던데 그 집들은 다 완공이 되었나요?"

"벌써 사람들이 들어와 살지요. 한두 달이면 요즘 집을 뚝딱 짓거든요. 그 새 집들 뒤쪽에서 제가 살지요."

"누구랑 사세요? 자녀들이 많습니까?"

"아이구, 자녀가 다 뭡니까? 저는 혼자 지내요."

류씨는 자기 귀를 의심했다. 실장은 방금 애들에게 텔레비전 앞자리를 빼앗기고 밖으로 뛰어나온 사람처럼 말하지 않았는가. 그 때문에 류씨는 어쩌면 그가 많은 자녀를 거느린 용상골 토박이일 거라고 믿었던 것이다.

"아니, 부인은 어디다 두고 혼자 지냅니까?"

"살기 싫다고 도망갔어요. 아주 멀리 가버렸어요."

오씨는 거침없이 내뱉었다.

"가다니, 어디로 갔다는 겁니까?"

"그거야 내가 지금은 모르는 사항이죠. 알아봤자 소용도 없는 일이고. 저 좋은 데로 찾아갔겠죠. 아주 나쁜 년이죠. 독종이고. 여자들이란 믿을 게 못 되는 종자들이라고. 사장님도 이 점은 꼭 아셔야 합니다."

"혼자 사신 지 오래되었나요?"

"한참 지났지요. 여편네 얼굴도 잊어먹은걸요."

'이 사람은 여성혐오감에 단단히 사로잡혀 있군.'

류씨는 지금 혼자 집에 남아 있는 아내를 떠올렸다. 아내는 평생 불평 없이 은행 평사원인 자기를 헌신적으로 보살펴주었다. 퇴직 후에야 그는 아내에 대한 고마움을 더 절실하게 느꼈다. 그런 아내를 위해서도 오씨의 주장을 반박하고 싶었지만 그는 공연한 말싸움이 될까봐 말을 아꼈다. 사실은 실장이란 인물의 정체를 알지 못했기 때문에 그에 대한 약간의 두려움도 있었다. 만약 그가 난폭한 인간이라면 도망간 아내에 대한 분노를 어떤 행패로 되갚을지 모를 일이었다.

"이 개천에 예전에는 물이 가득 차서 흘렀어요."

다행스럽게도 오씨의 관심은 금방 개천으로 옮겨갔다.

"이 개천 물이 그때는 참 맑았었는데. 물고기가 펄떡펄떡 뛰는 게 보였다니까요."

"그렇습니까? 지금은 전혀 상상이 안되는데. 그땐 공장이 지금처럼 많이 들어오지 않았겠죠. 찻길도 뚫리지 않았고."

개천은 바닥이 말라붙었고 잡초들과 사람들이 버린 쓰레기들만 어지럽게 널려 있었다. 개천이란 이름이 무색했다.

"이 마을에 가구공장들이 들어온 게 언제부터였지요?"

오씨는 한참 동안 대꾸를 하지 않다가 갑자기 불쑥 말했다.

"난 아무것도 몰라요. 여기 온 지 얼마 되지 않아서요."

"이 마을에 언제 오셨는데요?"

"작년에 왔지요. 그전에도 몇번 오긴 했지만 눌러 살지는 않았다고요."

"아니, 옛날에는 물고기들이 이 개천에서 펄떡펄떡 뛰는 걸 보았다고 방금 말하지 않았나요?"

류씨는 자기도 모르게 소리를 높였다.

"제가 방금 그렇게 말했어요? 어디서 그 말을 들었던가본데요. 들은 얘길 거예요."

오씨는 자기 말에 아무런 문제도 없다는 듯 태연하게 대꾸했다. 그의 얼굴에는 자기가 말을 바꾼 것에 대해 부끄러워하거나 곤혹스러워하는 기색 따위는 전혀 나타나지 않았다.

'참 별난 인간이로군.'

류씨는 속으로만 투덜거렸다. 말을 바꾼 그쪽보다 도리어 류씨가 더 당황스럽고 난처했다. 이런 사람과 계속 얘길 해야 하나? 류씨는 잠시 그런 회의감에 젖었다. 개천에서 펄떡이던 물고기에 관해 말할 때는 그는 적어도 이 마을에서 수십년 넘게 살아온 토박이 행세를 했다. 그런데 불과 이분이 채 지나지 않아서 그는 최근에 굴러들어온 뜨내기로 돌변했다. 어느 쪽이 맞나? 한쪽이 거짓이거나 두 가지 모두 거짓일지 모른다. 그런데 정말 알 수 없는 것은 이 사람의 표정에 거짓말을 들킨 사람의 수치감 따위가 드러나지 않는다는 사실이었다. 오씨는 태연하고 의젓했다. 참 특이한 체질을 가진 사람이었다.

'이 사람의 말을 액면대로 믿었다간 큰코 다치겠구나.'

류씨는 일단 경계심을 품었다. 그러나 오씨가 하는 말은 무슨 악의를 품었거나 이해관계가 걸린 그런 거짓말은 아니었다. 비록 앞뒤가 맞지 않더라도 남에게 해를 끼치는 말은 아닌 것이다. 류씨는 오씨의 거듭되는 헛소리에 자신이 어느정도 적응해가고 익숙해지는 데 스스로도 놀랐다. 그는 빤한 오씨의 거짓말을 제법 진지하게 들어주고 있었던 것이다. 만약 이 자리에 제삼자가 있었다면 오씨는 당장 웃음거리밖에 되지 않았을 것이다. 그런데 오직 둘만 있다는 사실 때문에 그가 멋대로 지껄이는 말들이 진실처럼 자연스럽게 수용되었다. 만약 류씨가 현직에 있을 때라면 그는 이런 인물과는 일분도 자리를 함께 하려고 하지 않았을 것이다. 류씨는 자신은 물론 남의 말과 행동에도 엄격하고 까다롭기로 직장 안에서 소문난 인물이었다. 그러나 오랫동안 다른 사람과 대화다운 대화를 가져보지 못한 류씨는 자신이 많이 변했다는 것을 깨달았다. 그는 자기의 과거 행적을 떠올리며 기분이 울적해졌다.

류씨는 다시 책을 보기 시작했고 말상대를 잃은 실장은 마치 주인을 지켜주는 머슴 같은 얼굴로 우두커니 앉아 있었다. 십분쯤 그렇게 시간이 흘러갔다.

머슴은 돋보기를 끼고 책을 보는 주인이 좀처럼 자기 편으로 돌아앉을 기색을 보이지 않자, 잔기침만 몇번 하다가 더이상 참지 못하고 침묵을 깨뜨렸다.

"내 눈엔 아무것도 안 보이는데, 글씨가 잘 보입니까?"

"그럭저럭 읽어요. 뭐 중요한 사항들이 아니니까."

그제야 류씨가 책을 놓고 돌아앉았다. 그는 담배 한대를 꺼내 불을 붙인 뒤 연기를 허공으로 길게 내뿜었다.

"아이고, 암튼 대단하십니다."

실장은 마치 책 읽는 사람을 처음 보는 것처럼 과장된 말투로 탄복했다. 그는 한동안 뭔가 생각하는 듯 마른 개천을 물끄러미 내려다보다가 문득 툭 한마디 던졌다.

"저는 참 존경스럽습니다."

"누가요?"

"그거야 사장님이죠."

"저 말씀인가요?"

"그럼요."

"나 사장도 아무것도 아니요. 집에서 놀고 지내는 사람이요."

류씨는 덤덤한 얼굴로 이렇게 말했지만 속으로 그다지 싫지는 않았다. 싫기는커녕 은근히 기분이 좋았다. 존경한다는 말을 듣고 기분이 좋지 않을 사람은 세상에 없다. 그런데 이 사람이 자기의 어떤 점을 보고 존경스럽다고 말하는지 모호했다. 희미한 가로등 아래서 활자를 읽어내려고 애쓰는 모습이 존경스럽다는 것인지, 자기처럼 행색이 초라한 사람을 박절하게 대하지 않고 담배까지 나눠주는 마음씨가 존경스럽다는 것인지 알 수 없었다. 아니, 그보다도 그의 말이 진심에서 나온 것인지 아무런 의미도 없이 툭 던져본 헛소리인지 그것도 알 수 없었다. 류씨가 이런 복잡한 상념에 빠져 있는데 실장이 또 손을 내밀었다.

"담배 가지신 것 있으면 한대만 주시겠어요?"

실장은 이제는 당당하게 요구했다.

"그, 그러지요."

류씨는 깜박 잊고 자기만 담배 피운 것이 미안해서 주머니에서 빨리 담배를 꺼내 실장에게 건넸다. 실장은 이번에도 얻은 담배를 피우지 않고 바지 주머니에서 검정색 비닐봉지를 꺼내 담배를 그곳에 조심스럽게 집어넣었다.

"집에서 주로 혼자 시간을 지내다보니까 담배만 자꾸 늘어요. 이걸 끊는다 끊는다 하면서도 자꾸 더 피우게 되니……"

"아이구, 가끔 산책도 좀 하시고 건강도 돌보셔야죠. 친구분도 만나시고. 사람은 혼자 못 살아요."

"그건 그래요. 그런데 이 부근에 어디 산책할 데라도 있나요? 차 다니는 길만 있지, 사람 다니는 길은 아예 만들어놓질 않았거든."

"나쁜 놈들. 차 안 탄 사람은 다 죽으라는 말이나 매일반이지. 저한테 한번 놀러오세요. 제가 약수터에도 안내해드릴 테니까. 저기 용상사 뒤쪽으로 조금만 올라가면 좋은 약수터가 나옵니다. 동네 사람들 매일 많이 와요. 저는 일 없을 땐 하루도 안 거르고 거길 갑니다. 약수터를 여태 모르셨어요?"

"처음 들어요. 용상사는 길에서 안내판은 봤는데 직접 가보지는 못했고요. 그 절은 어떤 절인가요?"

"뭐 점도 치고 죽은 사람 푸닥거리도 해주고 그러나보던데요. 자가용 탄 손님들이 많이 와요. 거기 중들이 술을 마시고 취해서 절로 올라가는 걸 몇번 봤지요. 제 집이 바로 절로 올라가는 길목에 있거든요. 집에서 가만히 앉아 내려다보면 중들이 술에 취해서 비틀비틀하면서 노래도 흥얼거리면서 올라오는 걸 가끔 봐요. 중들도 요즘엔 재미있게 살던데요. 자가용도 타고 다니고 노래방 같은 데도 잘 드나들고. 그 점에 대해서 사장님은 어떻게 생각하세요?"

"아이구, 나 그런 거 잘 몰라요."

뜻밖의 질문을 받고 당황한 류씨가 손을 저으며 말했다.

"그야 뭐 중들도 사람인데 가끔은 기분을 내고 싶지 않겠소?"

"허긴 저도 그렇게 생각했어요. 중이라고 다른 사람들과 다를 건 없지요."

"그런데 내가 실장님 댁으로 직접 찾아가도 괜찮겠어요?"

"괜찮고말고요. 정말 오시라니까요. 당장 내일 오세요. 오시겠다고 하면 제가 외출하지 않고 기다릴 거니까. 만약 사장님께서 저의 집에 오시면 차도 대접해드릴 거고, 그리고 제 며느리가요, 음식솜씨가 보통 수준은 넘습니다. 며느리가 맛있는 국수도 만들어 대접해드릴 겁니다."

"혼자 사시는 줄만 알았는데 그런 아드님도 있어요?"

"제가 마누라가 도망갔다고 그랬지, 아들놈까지 가버렸다고 그랬나요? 아들하고 며느리는 이 아비에게 끔찍하게 합니다."

"좋은 일이요. 부럽네요. 아드님이 무슨 일을 하는데요?"

"회사 경비원을 하다가 지금은 건축자재 나르는 일을 해요. 큰 회사에 나가서."

"덤프트럭이나 레미콘을 운전하는 모양이군요."

"맞아요. 큰 트럭을 타고 다니죠."

"그런데 내가 찾아가면 처음 보는 낯선 손님인데 좋아할까요?"

"무슨 말씀을 그렇게 하십니까? 시아비의 귀하신 친구가 왔는데 낯을 찡그린다면 그건 사람도 아니지요. 우리 며느리는 아주 착하고 좋은 아이예요. 동네서도 착하다고 소문난걸요."

조금 전 류씨를 당황케 했던 오씨의 여성혐오증은 착한 며느리 얘기를 하는 동안 씻은 듯 자취를 감췄다.

"담배 한대 더 드릴까요?"

이번에는 실장이 요구하기 전에 류씨가 먼저 선심을 베풀기로 했다.

"아이구, 주시면 좋지요."

류씨는 담뱃갑을 셔츠 윗주머니에서 꺼냈다. 그런데 담뱃갑이 비어 있었다. 다급하게 집에서 빠져나오느라고 여분의 담배를 미처 준비하지 못한 것이다.

"이런! 이게 비어 있는 줄도 몰랐네."

담배가 떨어진 걸 알고 놀란 사람은 류씨가 아니라 실장이었다. 실장은 벌떡 일어섰다. 그는 모든 게 자기 책임이라는 듯 매우 난처한 표정으로 말했다.

"제가 지금 가서 담배를 사오겠습니다."

그는 마치 자기 돈으로 담배를 사올 사람처럼 단호하게 말했으나 류씨가 돈을 꺼내줄 때까지 그 자리에서 한발짝도 움직이지 않았다. 돈을 꺼내줄 때 류씨는 잠깐 망설였다. 비록 큰돈은 아니지만 이 사람을 믿고 돈을 건네줘도 괜찮을까? 그런데 지금까지 몇해나 사귄 친구처럼 많은 대화를 나눈 사이인데 돈 몇푼 가지고 사람을 의심하는 자신이 지나치게 야박하게 느껴졌다.

"술도 한병 사올까요?"

돈을 받은 실장이 엉뚱한 제안을 했다.

"에이, 술은 관두죠."

"술은 아주 안 드세요?"

"그야 마실 줄은 알지만 이런 데서 안주도 없이 술 마실 생각은 없소. 술을 꼭 들고 싶소?"

"저야 마셔도 그만 안 마셔도 그만이지만요. 사장님께서 괜히 좀 쓸쓸하신 것 같아서. 그럼 술은 그만두죠."

"가게가 꽤 멀리 있는데 괜찮겠소?"

"그까짓 것 오분이면 다녀와요. 금방 올게요."

실장이 휙 돌아서서 제법 빠른 걸음으로 가게가 있는 쪽으로 걸어갔다. 담뱃가게는 정류장에서 일 킬로쯤 떨어져 있었는데 커브를 돌아가야 하기 때문에 정류장에서는 가게 부근이 보이지 않았다.

류씨는 그가 사라진 어두운 길 저쪽을 지켜보고 있었다. 십분쯤 시간이 지났는데 그는 나타나지 않았다. 가게들이 몇개 모여 있는 그 부근에서는 여러 사람이 함께 토해내는 탄식과 함성이 희미하게 들려왔다. 그 부근에서는 가게 사람들이 함께 모여 '거리응원'을 하는 것 같았다. 십분이 지난 뒤부터 류씨는 실장이란 인물이 다시 자기 앞에 나타나지 않을지도 모른다고 의심하기 시작했다. 담배 한개비에 그처럼 집요하게 매달리는 사람이라면 만원권 지폐 한장을 손에 넣기 위해 몸을 슬쩍 감춰버릴 가능성은 얼마든지 있었다. 그 사람과 자기 사이에 그 지폐 한장보다 더 값진 신뢰관계가 이루어졌다고 믿어지지도 않았다. 시간이 흐를수록 류씨의 의심은 확신으로 변했다.

'그 사람은 다시 나타나지 않을 거야.'

류씨는 자신이 남을 믿지 못하는 습성이 있다는 걸 잘 알았다. 그는 그런 나쁜 습성이 오랜 은행원 생활에서 저절로 몸에 밴 것이라고 자기를 변호했다. 그런데 거의 이십분 가까이 시간이 지난 뒤에, 류씨가 그의 출현을 거의 단념하고 있을 때, 실장이 저쪽에서 느릿느릿 걸어오고 있었다. 그를 발견한 류씨가 도리어 깜짝 놀랐다. 그를 의심했던 자기 마음속을 그가 들여다볼 수 없는 것이 얼마나 다행인가 하고 류씨는 생각했다.

"저기가 난리예요. 사람들이 온통 소리 지르고 뛰고."

"어디서요?"

"저기 큰 옷가게 있는 데요. 담뱃가게 옆에 있잖아요. 파아큰가 바아큰가 하는 데 말이죠."

"파크랜드라는 곳 말이군요."

"파아크랜드, 맞습니다. 큰 가게죠. 이만큼 큰 텔레비전을 가게 앞에 내다놓고 동네 사람들이 죄다 그 앞에 모여 있어요, 지금."

"그래서 축구 구경하느라고 시간을 끌었군요. 축구는 어떻게 되었지요?"

"축구 말씀입니까? 저는 그런 건 몰라요."

"지금까지 거기서 축구 구경하다 오신 거 아닙니까? 지금은 후반전이 끝나갈 시간인데."

"아이구, 구경이 다 뭡니까? 거기 우리 같은 사람 끼여앉을 자리도 없던데. 소주들을 마시고 막 소리치고 난리들이라고요. 저는 사람들 노는 거 구경하다가 지금 막 뛰어왔어요."

'역시 이 사람은 축구에는 조금도 관심이 없군.'

아마 이 일대에서, 아니, 온 나라를 뒤져봐도 오씨 같은 인물은 찾기 힘들 거라고 류씨는 생각했다. 오씨는 아까부터 한손을 뒤로 감추고 류씨의 눈치를 슬슬 살폈다. 조그만 소주병을 들고 있는 손이 보였다.

"그게 뭡니까?"

"아 네, 조금 마시다가 가져온 겁니다. 이거 죄송해서 원."

"죄송할 것 없어요. 오늘 같은 날 누구나 술 한잔씩 하는데. 술 드시고 싶으면 드세요. 나 상관 말고."

오씨는 조심스럽게 옆으로 돌아앉아 술병째 들고 소주를 몇모금 마셨다. 그가 류씨 앞에서 예의를 갖추려고 애쓰는 모습이 몹시 부자연스럽고 어색하게 보였다.

오씨가 술병을 다 비웠을 때쯤 '역사적인' 축구경기도 막을 내렸다. 비어 있던 도로 위에도 한대 두대 차들이 모습을 드러내기 시작했다. 정류장에 더 머물러 있을 필요가 없게 된 류씨는 약간의 아쉬움을 남긴 채 새 친구와 서둘러 헤어진 뒤 집으로 돌아왔다. 헤어질 때 오씨는 자기 집 위치를 다시 한번 자세하게 일러주고 꼭 한번 놀러오라는 당부를 잊지 않았다.

그날 집에 오자마자, 류씨는 아내에게 자기가 이 마을에 온 지 2년 만에 드디어 친구 한사람을 사귀게 되었다는 얘기를 자랑삼아 들려주었다. 그는 마치 오물로 가득 찬 개천 바닥에서 흡사 희귀한 보물이라도 찾아낸 어린애처럼 매우 들뜬 표정으로 새 친구의 말투며 생김새를 아내에게 자세히 묘사해주려고 애썼다. 늘 혼자 지내던 남편이 마을에서 친구를 사귀었다는 얘기는 아내에게도 중요한 소식이었다. 한바탕 남편의 장광설을 듣고 난 류씨의 아내는 호기심 가득한 눈길을 보내며 물었다.

"당신이 사귀었다는 그 사람, 뭘 하던 사람인데요?"

"응, 그건 나도 잘 모르겠소. 피차 그런 건 묻지 않았거든. 뭐 농사를 지었거나 공장 같은 데서 일을 했겠지. 담배꽁초를 열심히 모으는 걸 보면 돈은 없는 사람이야. 그렇지만 아주 선량하고 착한 사람 같았어."

"당신 혹시 행려병자를 만난 것 아니에요? 얘기를 듣고 보니 꼭 그런 것 같아요."

기대를 했던 아내가 잔뜩 실망한 얼굴로 말했다.

"저기 뒷마을에 자기 집이 있고 아들과 며느리도 있는 사람인데 그건 말이 안돼. 자기 집에 사람을 초대하는 행려병자도 봤소?"

"흥, 당신 오래 벼르고 별러서 참 좋은 친구 하나 사귀었네요. 왜, 우리 교회에 나와서 훌륭한 장로님이랑 젊은 전도사님이랑 만나서 차도 같이 마시고 대화도 나누라고 그렇게 권해도 듣지 않더니 고작 고른 게 행려병자예요?"

아내가 냉소를 보내자, 류씨는 화가 났다.

"예수님이라면 당신처럼 말하지는 않았을걸. 나도 전에는 사람을 가려서 만났지만 지금은 달라. 사람의 겉을 보고 그 사람을 판단하지 않기로 했어."

남편의 한마디에 열성적인 교회 집사님인 아내가 찔끔하고 그만 입을 닫아버렸다. 그후로는 둘 사이에 오씨에 관한 얘기는 다시 등장하지 않았다. 류씨는 아내 앞에서 친구 얘기를 다시 꺼내지 않았고 아내 역시 그 인물에게 전혀 흥미를 느끼지 못했던 것이다. 그렇지만 류씨는 새 친구를 결코 잊지 않았다.

류광현씨를 아는 사람들은 어쩌다 그와 통화라도 하게 되면 그의 현재의 생활태도를 비난하거나 충고부터 하려고 들었다. 은퇴한 사람일수록 적극적으로 남들과 어울리고 매일 바쁘게 움직여야 한다는 것이다. 아내도 늘 그런 말을 했다. 그나마 충고를 하는 사람조차 최근에는 주변에서 거의 사라졌다. 그런데 오씨는 섣부른 충고 따위는 하지 않았고 남을 간섭할 의도는 전혀 없는 인물이었다. 그는 류씨가 존경스럽고 그래서 앞으로도 자주 만나고 싶다고 몇차례나 되풀이해서 말했다. 그의 이 말이 류씨의 기억에는 오래 남았다. 자기의 어떤 점이 존경스럽다는 것인지 구체적으로 밝히지 않았기 때문에 비록 그 말의 신빙성은 약했지만 그런 건 아무래도 좋았다. 어차피 세상사란 거짓과 진실이 반반씩 한데 섞여 있게 마련이니까. 류씨는 자기를 존경한다는 말은 은행생활 삼십년 동안 거의 들어보지 못했다. 그는 어떤 인물이냐 하면 꼼꼼하고 치밀하고 실수가 없고 부하나 동료에게 까닭없이 호의를 베푸는 일은 좀처럼 하지 않는데 그런 인물을 존경하는 사람은 없는 것이다. 그는 자신이 이유없이 피해보는 것을 끔찍하게 싫어했다.

며칠이 지난 뒤 류씨는 드디어 친구의 집을 찾아가기 위해 집을 나섰다. 아무리 보잘것없는 사람이라도 그가 그처럼 간곡하게 놀러오라고 권한 이상 한번쯤은 찾아주는 것이 도리라고 그는 자기를 변호했다. 그러나 속셈은 그게 아니었다. 그는 시간이 남아돌았고 따로 할일도 없었다. 실장을 만나면 무료한 시간을 메울 수도 있고 뭔가 좀더 재미있는 일이, 이를테면 자기는 여태 몰랐던 색다른 세상을 그가 보여줄지도 모른다는 막연한 기대감을 그는 품고 있었다.

아파트 단지에서 나온 류씨는 개천을 건너 바로 용상골 마을로 들어갔다. 해가 서쪽으로 기울기 시작한 늦여름 오후였다. 마을에는 단독 가옥들은 몇채 보이지 않았고 연립주택 단지들과 가구공장, 빵공장 등 각종 소규모 공장들이 마을의 땅 대부분을 차지하고 있었다. 단독 가옥이 적은 것은 토착민들이 땅을 팔아치우고 이곳을 떠난 탓이었다. 연립주택들이 모여 있는 평지를 지나자, 용상사로 올라가는 비탈진 외길이 나타났다. 전에도 한차례 산책하러 여기까지 왔던 일이 떠올랐다. 그런데 오르막길 좌우에 그때는 보이지 않았던 말쑥한 신축 양옥들이 들어서 있었다. 그가 마을로 들어올 때 '고급 전원주택 분양. 내방 환영!'이라고 씌어진 플래카드가 전신주마다 걸려 나부끼던 것이 떠올랐다. 주택들은 모두 완공되었고 벌써 사람이 입주해서 살고 있는 곳도 두어 채 있었다. 잔디밭에서 스프링클러가 물줄기를 뿜어내고 있었다. 잔디밭 한쪽 구석에는 큰 개집이 있는데 그 안에서 송아지만큼 큰 개가 웅크리고 앉아 류씨를 조용히 노려보고 있었다. 비록 경사가 조금 심한 지역에 세워진 집이긴 해도 집들은 겉보기에 멋이 있었고 문화생활을 하는 데 부족하지 않을 만큼 구색을 잘 갖추고 있었다.

실장이 가르쳐준 위치는 분명히 이 부근이었다. 그는 자기 집에 앉아 '술을 마시고 비틀걸음으로 절로 올라가는 중들을 가끔 바라본다'고 말한 것이다. 신축 전원주택 위쪽으로는 집이 없었다. 여기서 조금만 올라가면 바로 용상사 마당으로 들어서게 되어 있었다.

'설마 이런 멋진 집에서 살면서 일부러 거렁뱅이 흉내를 내고 다니는 건 아니겠지.'

스프링클러가 물을 뿜어내고 거대한 견공이 눈을 부라리고 집을 지키는 이런 풍경과 그 사나이는 아무래도 연결이 되지 않았다. 류씨는 허탈감에 빠졌다. 그렇다고 가쁜 숨을 몰아쉬며 여기까지 올라와서 그냥 돌아서기에는 너무 아쉬웠다. 그는 용기를 내어 개가 지키는 집을 향해 큰 소리로 외쳤다.

"아무도 안 계십니까? 말씀 좀 묻고 싶은데요."

그의 말이 떨어지자마자, 흰 빨래를 한아름 안은 중년여인이 현관에서 마당으로 나왔다.

"무슨 일인데요?"

"저어, 실장이라고 이 부근에 살고 있다고 들었는데요."

"우린 그런 사람 몰라요."

"오씨라면 아시겠어요?"

"오씨도 몰라요. 뭘 하는 사람인데요?"

"길에서 부지런히 꽁초를 줍고 다니던데."

답답한 나머지 무심코 이런 말이 튀어나왔다. 그런데 이 말이 금방 효과를 나타냈다.

"그 사람 집은 저 위쪽에 있어요."

여인이 손으로 절로 올라가는 길목을 가리켰다.

"거긴 절만 있지 집은 없는 걸로 아는데요."

"몇걸음만 올라가시면 큰 밤나무가 나와요. 거기가 그 양반 거처랍니다."

류씨는 여인의 지시대로 비탈을 몇걸음 더 올라갔다. 길 왼편에 큰 밤나무가 한그루 서 있었고 그 나무를 기둥 삼아 조그만 원두막 비슷한 가건물이 세워져 있었다. 사방이 터져 있기 때문에 사람이 거주하기에는 마땅치 않은 곳이었다. 이곳은 본래 약수터나 절로 올라가는 산책객들이 잠시 숨을 돌리고 쉬어가던 장소였다. 그런데 지금은 누군가가 나타나서 이곳을 독점하고 주인행세를 하고 있었다. 그 증거물들이 아주 많았다. 정자의 한쪽에는 낡은 대형냉장고가 놓여 있었고 바닥에는 오래된 구형의 전화기도 한대 놓여 있었다. 텔레비전은 보이지 않았다. 그밖에 베개로 사용되는 때묻은 목침이 하나, 재떨이로 사용되는 큰 사발이 하나, 몇개의 소주병과 아직 뜯지 않은 음료 캔들이 바닥에 가지런히 놓여 있었다. 류씨는 냉장고의 전선을 살펴봤는데 그것은 나무 밑동 근처에서 잘려 있었다. 그는 전화기 송수화기를 들어 자기 귀에 대고 신호음을 들어보았다. 예상했던 일이지만 그것 역시 먹통이었다.

'이 친구는 이곳에 자기만의 천국을 만들려고 무척 애를 썼군. 이런 물건들을 주워오기 위해 그는 얼마나 많은 쓰레기장들을 헤매고 다녔을까?'

오씨의 실제 거처를 확인한 뒤 류씨는 그에 대한 실망보다는 연민의 감정이 더 앞섰다. 이 친구가 지금이라도 어디서 나타난다면 그는 오씨를 반갑게 맞아주고 싶었다.

류씨는 밤나무 원두막에서 잠시 머물다가 다시 전원주택 쪽으로 내려왔다. 그 중년여인이 아직도 마당에서 빨래를 널고 있었다.

"그 사람은 언제쯤 돌아올 것 같아요?"

"저흰 몰라요. 그 사람하고 어떤 관계세요?"

여인이 류씨의 행색을 빤히 살펴보았다.

"그저 조금 아는 사이죠. 잘 알지는 못하고요."

"그 사람 며칠씩 사라졌다가 불쑥 나타나기도 하고 그래요. 언제 여기 올지 아무도 몰라요. 듣기로는 사람들이 와서 데려갔단 말도 있는데 제 눈으로 확인한 게 아니라서 잘 모르겠네요. 전에도 그런 얘기가 있었지만 며칠 만에 또 나타났거든요. 암튼 알 수 없는 사람이에요."

"혹시 그 아들 얘긴 못 들어보셨나요?"

"아들이라고요?"

"네."

"에이, 그런 사람에게 아들은 무슨 아들이 있겠어요? 저는 금시초문이에요."

"그렇군요."

류씨는 여인과 작별하고 비탈길을 터덜터덜 내려왔다. 여러 정황으로 미루어볼 때 아들과 며느리에 관한 오씨의 얘기는 허구일 가능성이 컸다. 도망간 아내 얘기조차 꾸며낸 얘기일 가능성이 많았다. 덤프트럭을 운전하면서 아버지를 극진히 모시는 효심 깊은 아들, 국수 요리를 맛있게 할 줄 아는 착한 며느리, 그것은 그가 평소에 꿈꾸는 것들을 사실처럼 각색한 얘기일 것이다. 그 원두막 바닥에 혼자 누워서 오씨는 그런 꿈을 꾸고 있었는지도 모른다.

그후에도 류씨는 두 번이나 그 원두막으로 찾아갔다. 그때마다 그는 오씨를 만나지 못했다. 전원주택의 여인은 그가 그 이후로 한번도 모습을 보이지 않았다고 말했다. 류씨는 모처럼 사귄 친구를 결국 다시는 만나지 못할 것 같다는 결론을 내렸다. 그는 한동안은 그 사람에 관해 생각했고 그가 했던 말과 그의 특이한 행동거지를 떠올려보곤 했으나 몇달이 지나가자 곧 그의 기억이 희미해졌다.

가을로 접어든 어느날 류씨는 용상사 뒤쪽에 있는 약수터로 오랜만에 산책을 나갔다. 그리고 그곳에서 그는 뜻밖에도 실장을 발견했다. 오씨는 여러 명의 남자들과 여자들 사이에서 무척 분주하게 움직이고 있었다. 그날따라 약수터에 나온 사람들이 아주 많았다. 실장이 많은 사람들 사이에서 큰 소리로 떠들고 웃고 활달하게 움직이고 있었기 때문에 처음 그를 봤을 때 그가 오씨라고는 믿어지지 않았다. 더구나 밤에 밝지 않은 가로등 밑에서 한번 그 얼굴을 봤을 뿐이기 때문에 첫눈에 그가 그 인물이라고 단정할 자신도 없었다. 오씨는 대단한 사교가처럼 행동했다. 그는 부지런히 약수를 떠다가 의자나 돌 위에 편히 앉아 있는 사람들에게 두 손으로 공손하게 바치곤 했다. 약수를 받은 사람 가운데는 담배 한개비를 그에게 선뜻 내미는 사람도 있었고 그의 손을 어루만지며 고맙다는 치사를 여러차례 되풀이하는 사람도 있었다. 오씨는 상대가 내미는 담배를 받을 때마다 약간 두꺼운 입술을 크게 벌리고 환하게 웃곤 했는데 그것은 류씨의 기억에도 선명하게 남아 있는 특이한 웃음이었다.

　'저 사람이 내가 찾고 있던 그 사람인가? 내가 발품을 팔며 몇차례나 그 비탈길을 올라가서 만나려고 했던 그 사람인가?'

　큰 모과나무 뒤에 몸을 숨기고 그 광경을 지켜보던 류씨는 혼자서 중얼거렸다. 그는 오씨 앞에 나설 엄두가 나지 않았다. 만약 이런 때 류씨가 불쑥 나타난다면 그는 당황할 것이고 그의 활달한 사교생활은 방해를 받을 것이다. 류씨는 그의 즐거운 한때를 훼방놓고 싶지 않았다. 그것이 첫째 이유였다. 그러나 사실은 마음이 내키지 않았다. 오씨는 담배 한개비를 준 아무에게나 '존경스럽다'고 말할 것이고 굳게굳게 재회를 약속할 것이다. 이런 상념이 그를 그 자리에서 꼼짝 못하게 붙들고 있었다. 모과나무 뒤에서 한참 동안 오씨의 활동을 지켜보던 류씨는 결국 그날 산책을 단념하고 돌아서서 비탈길을 내려왔다. 그의 마음은 한없이 허전하고 기분은 쓸쓸하기만 했다. 그는 그날 그 사람과 마주친 것이 큰 불행이라고 생각했다.

—『현대문학』 2003년 1월호

천사는
어디 있나?

천사는 어디 있나?

　신촌역 광장에서 넓은 차도 쪽으로 걸어나오다가 중간쯤에서 오른쪽을 바라보면 그 일대의 조잡하고 살풍경한 거리 모습과는 전혀 어울리지 않는, 조용하고 아담한 조선식 기와집 동네가 지척에서 보인다. 좁은 골목을 사이에 두고 사이좋게 지붕을 맞대고 붙어 있는 조선식 기와집들은 마치 한사람이 같은 설계로 지어놓은 집들처럼 건물 규모나 겉모습, 심지어 내부구조까지 서로 완벽하게 닮아 있다. 이런 형태의 가옥들은 한때는 그런대로 안정된 삶을 살아가는 중산층들이 선호하는 주택이었다. 이 동네에도 초기에는 그런 계층 사람들이 살았을 것이다. 그러나 지금은 그런 부류들이 대부분 떠났고 동네 분위기가 한층 썰렁해졌고 각박해졌다. 근처에 대규모 대학 캠퍼스가 몇 군데 더 생기면서 이 조선식 기와집들이 대부분 하숙생의 거처로 탈바꿈해버렸기 때문이다.

겨울 늦추위가 한창 기세를 떨치던 시기였다. 동계방학으로 지방 학생들이 모두 귀향한 탓인지 골목은 유난히 쓸쓸하고 한산했다. 움직이는 것이라곤 이따금 흙먼지를 일으키며 골목을 스쳐가는 바람뿐이었다. 그리고 하루에 몇차례쯤 복덕방 사람들이 임시 거처를 구하는 뜨내기 손님을 이끌고 이 골목에 나타나는 것이 고작이었다. 그 무렵에 나는 이 동네의 한 하숙집에서 부엌 옆에 붙은 모퉁이의 방을 차지하고 식객으로 지내고 있었다. 하루종일 찾아오는 사람도 없었고 밖에 나가서 만나야 할 사람도 없었다. 이처럼 칼바람이 불고 있는 추운 날씨에는 밖에 나갈 일이 아무것도 없다는 사실이 하나의 축복이었다. 나는 종일 좁은 하숙방에서 앉거나 누워서 철지난 헌 잡지나 날짜가 바뀐 신문을 뒤적이며 시간을 메워갔다. 아마 오후 두시쯤이었을 것이다. 누군가가 밖에서 방문을 가만히 노크했다. 나는 그 소리가 하숙집 여주인의 신호라는 것을 금방 알아챘다. 성격이 차분하고 조심성이 많은 여주인은 언제나 방문을 노크할 때 들릴락말락하게 가만히 문을 두드리곤 했던 것이다. 대낮에 이불을 뒤집어쓴 채 누워서 신문을 읽고 있던 나는 벌떡 일어나 앉아서 창호지를 바른 방문을 반쯤 열었다. 밖에는 하숙집 여주인과 복덕방 남자가 나란히 서 있었다. 가죽점퍼를 입은 중년의 복덕방 남자는 얼굴이 많이 익은 사람이었다. 그는 자주 손님을 데리고 이 집에 나타나곤 했다. 나는 그가 또 손님을 데리고 왔다는 걸 알았다. 여주인은 내가 묵고 있는 방에 또 한사람의 합숙자를 구하고 있었던 것이다.

"자, 방을 보세요. 여기 계신 손님도 보시구요."

여주인이 새 손님에게 말했다. 그런데 새 손님의 얼굴이 좀처럼 나타나지 않았다. 그런 사람들이 가끔 있었다. 마당에 들어서는 순간,

초라하고 협소한 하숙집 분위기에 그만 질려서 대문 근처에서 한발짝도 더 움직이려고 하지 않는 사람들도 있었다. 그런 손님은 마치 악취를 피해 달아나듯 말 한마디 붙여볼 틈도 주지 않고 대문 밖으로 도망쳐버린다. 나는 새 손님이 그런 부류일 거라고 짐짓 생각했다. 그런데 내 추측은 멀리 빗나갔다. 알다시피 재래식 기와집은 방 앞에 높은 쪽마루가 있고 문지방은 또 그 쪽마루보다 두어 자나 더 높다. 보통 키의 어린애가 섬돌 위에 서서 방안을 기웃거리는 건 쉽지 않은 일이다. 그렇더라도 새 손님이 설마 덜 자란 어린애일 턱은 없었다. 한동안 여전히 별다른 반응이 없었다. 나는 마음을 조아리며 어쩌면 나와 동거인이 될지도 모르는 얼굴이 눈앞에 나타나기만 기다렸다.

갑자기 쪽마루 위에 누가 털썩 올라앉는 소리가 들렸다. 동시에 마치 탈을 뒤집어쓴 것 같은 장방형의 크고 긴 얼굴이 눈앞에 불쑥 나타났다. 그것은 난쟁이 특유의 툭 튀어나온 왕눈과 짱구 머리통을 가진 얼굴이었다. 새 손님은 신장이 겨우 일 미터가 될까 말까 한 전형적인 난쟁이였다. 그가 방을 엿보기 위해 쪽마루 위로 올라앉은 것은 그로서는 부득이한 행동이었다. 새 손님과 얼굴을 마주친 순간 나는 몹시 놀랐지만 그런 감정을 겉으로 드러내지 않으려고 애썼다.

나는 길거리에서 오뚝이처럼 뒤뚱거리며 걸어가는 난쟁이를 몇차례 본 일도 있었고 써커스 영화에서 난쟁이가 재주를 피우는 장면을 본 일도 있었지만 이처럼 코앞에서 난쟁이의 얼굴과 마주친 것은 처음이었다. 그런데 놀란 건 나만이 아니었다. 방안에 웅크리고 앉아 있는 나를 발견한 상대방도 놀란 표정을 감추지 못했다. 아니, 그 표정은 놀랐다기보다 겁을 잔뜩 먹은 표정이었다. 뒷날 그때 왜 그처럼 겁을 먹은 표정을 짓고 있었느냐고 내가 물었을 때 그는 내가 자기를 틀림없이 거절할 것 같아 두려웠다고 솔직하게 고백했다. 사실은 이곳에 오기 전까지 그는 무수한 하숙방에서 거부당한 경험을 갖고 있던 것이다. 그는 이번에도 거절당할 걸 각오하고 복덕방 남자의 설득을 받아들여 마지막으로 이곳을 찾아왔다.

"어떠세요? 방이 맘에 들어요?"

여주인이 새 손님에게 물었을 때 손님의 입에서 금방 대답이 떨어졌다.

"네, 좋은데요."

그는 몹시 여린 목소리로 쾌활하게 대답했다. 여주인과 복덕방 남자가 내 얼굴을 쳐다보았다. 그들은 내 의사를 묻고 있었는데 내가 거절할까봐 그들 역시 몹시 초조한 표정을 짓고 있었다. 그래서 그들의 초조감을 빨리 해소시켜주기 위해 나는 조금도 머뭇거리지 않고 금방 고개를 끄덕여주었다. 그때 새 손님의 얼굴에 잔잔한 미소가 번지고 있었다. 그는 내가 자기를 받아들이기로 한 사실이 몹시 기쁘고 신기하게 느껴진 것 같았다. 그의 잔잔한 미소에 그런 뜻이 담겨 있었다. 그의 미소짓는 얼굴에서 나는 그의 전체적인 외형에서 받은 인상과는 아주 다른 느낌을 받았다. 그것은 몹시 평화롭고 안정감이 느껴지는 미소였으며 선량하고 착한 성품을 가진 인간의 얼굴에서만 볼 수 있는, 그런 미소였다.

손님은 잠시 후 복덕방과 함께 돌아갔으며 그는 그날 밤 자정을 살짝 넘긴 시간에 그의 새 숙소로 들어왔다. 보통은 직업상 귀가시간이 이보다 한두 시간 늦지만 이날은 새 숙소에 오는 첫날이라 조금 서둘러 온 것이라고 그가 말했다. 그는 당시 장안에서 한창 성가를 올리던 무교동의 이른바 '극장식 주점'에서 일하고 있었는데 그가 하는 일은 밤에 장난감 병정과 같은 요란한 복장을 하고 주점 입구에 서서 손님들을 끌어들이는 역할이었다. 그는 그 주점의 마스코트였으며 움직이는 광고탑이었다. 그는 영업을 하지 않는 낮시간에는 사면체의 광고판을 들고(실제로는 그 광고판 속에 몸을 감추고) 회사들이 모여 있는 빌딩가 거리를 몇시간씩 돌아다녔다. 나도 그런 움직이는 광고탑을 거리에서 몇차례 목격한 바도 있었으나 그 당시에는 그 광고내용만을 무심히 보아넘겼을 뿐, 그 사면체의 광고탑 속에 숨어 있는 인간에게 별다른 관심은 갖지 않았다.

그는 휴대한 짐이 전혀 없이 빈몸으로 들어왔다. 한겨울인데 이부자리도 없이 하숙방에 들어온다는 것은 지나치게 무모한 일이었다. 방에 들어온 뒤 매우 서먹한 분위기 속에서 그와 나는 몇마디 의례적인 인사만 나눴다. 그런 뒤에 그는 한쪽 모퉁이로 가더니 옷도 벗지 않은 채 그곳에서 몸을 뉘었다. 방은 얼음장처럼 차가웠다. 저녁 한때 연탄불을 잠시 넣어주긴 했으나 그 효과는 사라진 지 이미 오래였다. 나는 그를 아래쪽으로 끌어들이려고 몇번이나 권했지만 그는 꼼짝도 하지 않았다. 벽을 향해 비스듬히 등을 돌린 채 몸을 잔뜩 웅크리고 누워 있는 그의 모습이 매우 기묘하고 낯설었다. 그것은 아무리 좋게 보려고 애를 써도 조그만 우리 속에서 몸을 웅크리고 있는 동물의 모습만을 연상시켰다. 가까이서 봤더니 그는 다른 사람들보다 훨씬 크고 두꺼운 발과 손을 갖고 있었다. 이처럼 크고 튼튼한 발과 손이 그의 다른 쪽 결함을 어떤 식으로 보완해주는 것일까? 문득 그런 생각이 머리를 스쳐갔다. 그는 새 동거자인 나를 몹시 경계하고 두려워하고 있었다. 그는 잠자는 척 숨을 죽이고 있었지만 사실은 잠을 자고 있지는 않았다. 몹시 가쁜 그의 숨소리로 나는 그것을 알았다. 그가 나를 겁내고 두려워하는 것은 내게 특별한 책임이 있다기보다 그의 오랜 습성일 것이었다. 그는 그동안 치러온 경험에 의해서 나뿐 아니라 모든 정상적 인간을 겁내고 두려워하고 있는 것이다. 그와 나 둘 사이에 이미 벽이 생긴 것을 느꼈다. 그것은 누가 세운 것이 아니라 저절로 만들어진 것이었다. 그 벽이 더 견고해지기 전에 그것을 깰 필요가 있었다.

"이봐요, 벌써 꿈나라로 갑니까? 재미도 없게."

"너무 피곤해서 그래요."

"내가 그쪽을 뭐라고 불러야 하죠?"

"김동정이라고 불러주세요. 제 이름이죠."

"김동정씨. 그 이름 참 재미있군요. 누가 지었죠? 부모님께서?"

"그냥 사람들이 그렇게 불렀어요. 오래 전부터."

그는 부모나 선조 얘기는 전혀 입밖에 꺼낼 줄 몰랐다.

"그건 김형께서 진짜 동정이기 때문에 그런 이름을 지어준 모양이죠? 하하."

동정씨는 잠시 조용히 있다가 스스로 웃음을 참을 수 없었는지 낄낄거리며 소리내어 웃었다. 그런 뒤 얼굴을 이쪽으로 반쯤 돌리고 물었다.

"그럼 저는 사장님을 어떻게 불러야 하죠?"

"사장님이 입에 붙었군요. 내 이름은 이창수인데 난 내 이름을 별로 좋아하지 않아요. 그냥 이씨라고 불러요. 그게 무난할 겁니다."

"에이, 그래도 점잖으신 분을 어떻게 그렇게 막 부를 수 있겠어요. 좋은 호칭이 있어야지."

"가만있어봐요. 동정씨 말을 듣고 보니까 뭐 좋은 호칭 하나 없나

연구해봐야겠군요. 아마 그럴듯한 호칭이 금방 생길 겁니다."

호칭에 관한 이런 따위 대화는 어디까지나 농담에 지나지 않았다. 나는 동정씨의 얼어붙은 마음을 녹여주기 위해 농담이 필요했던 것이다. 그런데 농담이 곧 사실로 발전했다.

그날은 마침 공휴일이어서 동정씨도 집에 있었다. 이런 날은 그는 한층 시간 여유를 가지고 빈둥거리다가 오후 느지막한 시간에 직장으로 나가곤 했다. 아마 회사들이 쉬기 때문에 광고탑을 들고 낮에 거리를 돌아다니는 일을 휴일에는 하지 않는 듯했다. 그날 오전에 출판사 일을 보는 친구가 하숙방으로 나를 찾아왔다. 그는 하숙비 꾸려대기도 바쁜 친구를 위해 가끔 번역일 거리나 교정지를 물어다가 주곤 하는 고마운 친구였다. 그 친구는 기분이 좋을 때면 나를 '신촌거사'라고 불렀다. 그것은 좀처럼 시내 나들이를 할 줄 모르며 답답한 하숙방에서 사계절 변함없이 즐겨 갇혀 지내는 나를 놀리는 소리였다. 그 우스꽝스런 호칭에서 나중에는 '신촌'이란 말이 떨어지고 그냥 '거사님'이 되었다. 이조시대에 세도가에게 몰려 낙향한 선비들이 즐겨 사용했다는 이 낡은 호칭과는 물론 나는 아무런 인연도 없었다.

"이보게, 거사님 거기 계신가?"

친구는 늘 하던 버릇대로 쪽마루 앞에 서서 나를 찾았다. 방안에서 동정씨도 물론 그 소리를 들었다. 두어 시간 잡담을 하다가 출판사 친구가 돌아가고 나자, 아니나다를까 동정씨가 눈빛을 반짝이며 말했다.

"이제 거기 이름을 알았어요. 거사님. 저도 앞으로는 거기를 거사님으로 부를 겁니다. 거기하고 아주 딱 맞는 이름이에요."

동정씨는 마치 잃어버렸던 동숙자의 이름을 다시 찾기라도 한 듯 몹시 즐거워했다. 그가 싱글거리며 어찌나 즐거워했는지 나는 그 호칭 사용을 제지할 겨를조차 없었다. 이때 그의 좋아하는 얼굴을 보고 있던 내 머릿속에서 슬며시 장난기가 발동했다.

"나를 거사님이라고 부르는 건 좋아요. 그건 그렇고 우리 둘만 아는 비밀을 하나 만들면 어때요?"

"비밀이 뭔데요, 거사님?"

"그냥 거사님이라고 부르면 재미가 없으니까 우리끼리는 스님들이 인사하듯 이렇게 손뼉을 마주치며 인사하는 게 어때요? 그래야 거사라는 호칭과 어울릴 게 아닙니까?"

나는 두 손으로 합장을 해 보였다. 그러자 동정씨도 유난히 크고 두툼한 손바닥을 마주쳐 합장을 했다. 그는 새 인사법을 배우는 동자처럼 일어서서 허리를 조금 굽히고 인사하면서 합장하는 것을 매우 진지한 표정으로 몇번이나 되풀이해서 연습했다. 그런 뒤에 그는 선언하듯 내게 말했다.

"좋습니다, 거사님. 앞으로는 잊지 않고 이렇게 인사하기로 하겠어요."

단순히 한동안의 무료함을 달래기 위해 농담으로 건넨 얘기를 그가 이처럼 진지하게 받아들이는 것을 보고 나는 겁이 났다. 그러나 어렵게 달아오른 둘 사이의 흥을 금방 깨뜨릴 수는 없었다. 동정씨도 장난기가 많은 인물이었다. 그 눈빛을 보면 그는 자신에게 친밀감을 보여주는 모든 인간을 향해 언제나 눈으로 웃고 있었다. 그리고 무슨 재미있는 일을 금방이라도 만들어낼 수 없나 하고 늘 궁리하는 것 같은 표정을 그는 짓고 있었다. 나는 그가 길어봤자 고작 며칠 뒤에는 둘만의 인사법을 그만둘 거라고 생각하고 농담을 거두어들이지 않았다. 그런데 동정씨는 누구와 한번 약속한 것을 자기 쪽에서 먼저 어기는 사람이 아니었다. 비록 그 약속이 가벼운 농담 속에서 이루어진 것이라도 말이다. 그는 둘만의 그 비밀, 그 독특한 인사법을 좀처럼 잊지 않고 나와 헤어질 때나 만날 때는 언제나 합장으로 인사했다.

"거사님, 그럼 다녀오겠습니다."

아침에 직장으로 출근할 때마다 그는 섬돌 위에 서서 약간 허리를 굽히면서 합장으로 내게 인사했다. 그런 때 나는 방안에 서서 그가 한 것과 같은 방식의 인사로 그를 전송하곤 했다.

"거사님, 저 돌아왔어요."

밤늦게 귀가했을 때도 동정씨는 문을 열기 전 문밖에서 인사하는 것을 잊지 않았다. 어떤 때는 그의 목소리보다 먼저 그의 도착을 알리는 신호를 듣게 되는 경우도 있었다. 그것은 쪽마루 위에 어떤 물체가 떨어지는 둔탁한 소리였다. 그 물체는 사탕봉지나 빵 종류, 사이다병이나 맥주병 등의 물건들이었다. 그런 물건을 가져왔을 때는 그는 먼저 물건을 쪽마루 위에 던져놓은 다음 자신의 몸을 올려놓는 것이다.

"저는 사탕을 좋아해요. 술은 싫지만."

그는 종일 방안에서 무료한 시간을 보내는 동숙자를 생각하고 그런 물건을 가져왔지만 내가 그런 선물 앞에서 무안해할까봐 이런 말을 했다.

"동정씨는 이런 걸 자주 가져오는데 돈을 주고 사온 것입니까?"

"아니요, 절대 돈 주고 산 게 아니에요."

그는 손을 저었다.

"내가 사탕을 좋아하는 줄 알고 아가씨들이 자꾸 주는 거예요. 귀찮아 싫다고 해도 자꾸 주니 어떡해요."

"아가씨들 사이에 인기가 좋은가보군요."

어린애처럼 얼굴이 달아오른 동정씨가 또 손을 완강하게 저었다.

"거사님도 참 실없는 농담을 잘하셔요. 인기는 무슨 인기예요. 내게 잘 부탁한다는 뜻이지요."

"어떤 부탁인데요?"

"돈 많은 손님이 앉아 있는 테이블로 배정해달라는 것이지요. 저는 어쩌다 사람이 모자랄 때 그런 일을 하는데 돈을 찔러주는 아가씨도 있던데요. 저는 그런 돈 안 받아요."

동정씨는 자신도 그런 사실에 무척 놀랐다는 듯 눈을 크게 껌벅거렸다.

"왜 돈을 안 받지요?"

"에이, 거사님도. 그 아가씨들 돈 없어요. 어떤 땐 차비도 빌려달라고 하는걸요."

동정씨가 아가씨들 사이에 인기가 있다는 것은 그의 따뜻한 마음씨 때문이란 것을 알았다. 두어 달 함께 지내는 동안 그와 나는 서로 귓속말을 나눌 정도로 친밀한 사이가 되었다. 그렇게 된 데에는 둘만의 비밀로 정해둔 그 독특한 인사법이 한몫 크게 거든 것은 물론이었다.

어느날 동정씨는 몸이 아파서 출근을 하지 못했다. 그는 몸이 튼튼했고 대체로 건강한 편이었지만 지나친 과로는 그의 튼튼한 몸도 배겨내지 못하는 것 같았다. 그는 열이 심해서 아침식사도 거른 채 방에 누워 있었다. 약국에서 약을 사오겠다고 내가 말했지만 동정씨는 완강하게 거절했다. 겨울 낮의 햇빛이 창호지를 선명하게 물들이고 있었다. 그때 여주인이 문밖에서 누가 동정씨를 찾는다고 알려주었다. 동정씨의 허락을 받고 환자를 대신해서 내가 대문 밖으로 나갔다. 찾아온 사람이 금방 보이지 않았다. 나는 옆 골목까지 나가보았다. 뜻밖에도 서른이 채 되지 않은 듯한 젊은 여인이 골목의 벽 옆에 몸을 살짝 숨기고 서 있었다.

"동정씨를 찾아오셨나요?"

"네."

여인이 들릴락말락한 소리로 대답했다. 여인은 나를 똑바로 바라보지 못하고 수줍음을 타는지 얼굴을 외면했다.

"어디서 오셨지요?"

내 물음에는 대꾸하지 않고 여인이 물었다.

"동정씨 많이 아픈가요?"

"그런가봅니다. 어디서 오신 누구라고 전할까요?"

"오늘 출근하지 않아서 아픈 줄 알고 찾아와본 거예요. 제가 좀 들어가면 안되나요?"

그때부터 여인은 당돌하게 나왔다. 그녀는 고작해야 하숙생 동료인 나보다는 자신이 동정씨와 훨씬 가까운 관계라는 것을 내게 과시해 보이고 싶은가보았다. 내가 뭐라고 말하기도 전에 여인은 벌써 대문 안으로 쏜살같이 들어가버렸다. 내가 어슬렁어슬렁 마당으로 들어왔을 때는 여인은 이미 동정씨가 누워 있는 하숙방으로 들어간 뒤였다. 날씬한 여인의 하이힐이 동정씨의 투박한 구두와 나란히 섬돌 위에 놓여 있었다. 추운 날씨에 갑자기 바깥으로 내몰린 나는 마당에서 한동안 오들오들 떨면서 서 있었다. 대체 이 여인은 동정씨와 어떤 관계일까? 그런 문제를 골똘히 생각하면서. 여인의 거침없는 행동으로 미루어볼 때 둘 사이가 예사로운 관계가 아닌 것은 쉽게 알 수 있었다. 가족이 어디서 갑자기 나타난 것인가? 그런데 동정씨는 언젠가 내가 가족에 관해 물었을 때 자기는 어릴 적부터 혼자 세상을 버텨왔다고 단호하게 말했다. 가족에 관한 기억이 전혀 없다는 것이었다. 그럼 역시 동정씨의 숨겨둔 여인? 나는 이런 생각을 하다가 혼자 소리없이 웃고 말았다. 여인은 옷맵시가 깔끔하고 용모도 보통이 넘는 매력있는 젊은 여성이었다. 그런 여성이 동정씨와 나란히 팔짱을 끼고 길을 걷는 모습을 상상하면서 웃음이 절로 나와버린 것이다. 나의 동숙자에게는 좀 가혹한 얘기지만 지금 나타난 멋쟁이 여인을 동정씨와 연결시킨다는 것은 지나친 상상력의 비약이었다.

그 여인은 그날 오후 한나절을 하숙집에서 머물렀다. 그녀는 동정씨를 위해 약국에서 약을 사오고 주인여자의 허락을 얻어 부엌으로 들어가서 환자를 위해 미음을 만들기도 했다. 여인은 아주 즐겁게, 그리고 정성을 기울여 환자를 보살폈다. 그녀는 지금 동정씨를 보살피는 일이야말로 자신에게 가장 보람있고 기쁜 일이라는 듯 이 집에 머무는 동안 잠시도 환자로부터 눈을 떼지 않았다. 여인의 그런 헌신적인 자세는 잠시 내 마음속에 조그만 감동마저 불러일으켰다. 고독하고 불우한 나의 동숙자가 천사와 같은 여인의 따뜻하고 정성어린 보살핌을 받고 있는 모습은 옆에서 보기에도 기분좋은 풍경이었다.

여인이 돌아간 뒤 내가 동정씨에게 말했다.

"이제 봤더니 동정씨도 무서운 사람이야. 저런 미인을 감춰놓고 여태 내게 한마디도 하지 않다니."

"에이, 거사님도. 그냥 아는 사인데요."

그는 눈으로 웃으면서 말했다.

"그 여자 얼굴 표정을 봤더니 그냥 아는 여자가 아니던데요. 내가 그 정도도 눈치 못 챌 위인 같소?"

"그건 어디까지나 거사님 오해예요. 아는 사이라도 얼마든지 그 정도는 할 수 있는 거죠 뭐."

"어떻게 아는 사인데요?"

"직장 근처에서 가게 하는 여자예요. 오다가다 맨날 만나죠 뭐. 가게에서 물건도 자주 사주고."

동정씨는 여인에 대해 더 말하고 싶지 않은지 입을 꾹 닫아버렸다. 그의 그런 태도에 뭔가 조금 석연치 않은 기미가 있었지만 환자에게 더이상 캐물을 수도 없었다. 여인의 정성어린 간호 탓인지 동정씨는 이튿날 아침 거뜬히 일어나서 직장으로 다시 출근했다. 그 무렵에 그는 술을 마시고 귀가하는 날이 많았다. 술을 마신 날은 기분이 무척 좋아 보였다. 그는 비록 술가게에서 일을 하지만 술을 좋아하지 않는다고 내게 말한 일이 있었다. 특히 일하는 가게에서는 절대로 술을 마시지 않는다는 것이었다. 그런 그가 술을 마시는 걸 보면 술을 마셔야 할 새로운 이유가 발생한 것이 틀림없었다.

"회사 끝내고 가게 밖으로 나와서 마신걸요. 가게에선 안 마셔요."

내가 묻기도 전에 그가 먼저 말했다.

"혼자? 그럼 누구랑 마시죠?"

"아이, 혼자 마시는 사람이 어딨어요."

그가 눈으로 웃으며 말했다.

"그건 그렇지요. 그러니까 누구하고 마셨냐구요?"

"그건 말하지 않겠어요. 지금은 말하고 싶지 않거든요."

그는 그 비밀을 누가 훔칠까봐 겁먹은 사람처럼 재빨리 자기 자리로 가서 누워버렸다. 한번 자리에 누워버리면 그때부터 아침에 눈뜰 때까지는 그는 하나의 물체처럼 미동도 하지 않았다. 숨소리조차 남이 듣지 못하게 스스로 억제하는지 그는 정말 죽은 듯이 누워 있었다. 그렇게 죽은 듯 누워 있던 그가 어느날은 먼저 말을 붙여왔다. 그것은 아주 뜻밖의 일이었다.

"거사님, 저 같은 사람도 결혼할 수 있다고 생각하세요?"

캄캄한 방안에서 갑자기 그가 물어왔다.

"그거야 상대가 있다면 결혼 못할 이유가 없겠지요. 결혼할 상대는 있어요?"

"거사님, 저는요, 한가지 꿈이 있어요. 남들이 어떻게 볼지 몰라도 저는 꿈이 있어요."

"그 꿈이 뭔데요?"

"평범한 여자와 결혼해갖고 아이 둘만 낳고요, 물론 저 같은 아이 말고 건강하고 튼튼한 아이요. 그리고 서울을 벗어나 어디 조용한 곳에 집 하나 짓고 살고 싶어요. 그게 제 꿈이에요."

"아주 훌륭해요. 그런데 결혼할 여자가 있어요?"

"있어요. 있으니까 그런 꿈을 갖게 되었죠. 사실은 요즘 회사 끝내고 그 여자랑 밖에서 술을 마셨어요. 나는 술이 싫지만 그 여자를 만나면 술집말고 갈 데가 별로 없거든요."

"그래서 그 여자에게도 동정씨의 그 꿈을 얘기했나요?"

"했지요. 벌써 몇번씩이나."

"여자는 뭐라고 해요?"

"자기 생각하고 꼭 같다고 그래요. 그 꿈이 무척 맘에 든대요."

캄캄한 방 한쪽에 그가 등을 보이고 누워 있었기 때문에 말하는 동정씨의 얼굴 표정을 읽을 수는 없었다. 그러나 그의 목소리로 미루어 볼 때 그가 어느 때보다 진지한 마음으로 얘기하고 있다는 것은 충분히 알 수 있었다.

"그렇다면 고민할 게 뭐가 있어요? 나 같으면 이런 냉돌 방에서 고생할 게 아니라 내일이라도 당장 결혼해버리겠어요. 여자란 새와 같습니다. 그 여자, 날아가버리기 전에 빨리 붙잡아두세요."

동정씨는 한동안 대꾸하지 않았다. 그가 뭔가 말 못할 고민을 안고 있다는 것을 그 침묵으로 알아챌 수 있었다.

"거사님 말씀이 옳아요. 저도 그렇게 생각하고 있거든요."

한참 만에 그가 침묵을 깨고 말했다.

"그런데 저한테 고민이 있어요. 난 그 여자가 저랑 결혼하겠다는 말을 완전히 믿지는 못해요. 제가 너무 의심이 많은 것일까요?"

"그 여자, 지난번에 여기 와서 동정씨를 보살폈던 그 여자 맞지요?"

"아니, 그걸 어떻게 아셨어요? 전 말한 일이 없는데요."

"난 그때 그 여자 행동을 보고 이미 알았어요. 그 여자가 무엇을 요구합니까? 이를테면 결혼 전에 몇가지 조건을 들어달란다든가."

"우리 회사 근처에 있는 가게 하나를 사달래요. 그런 뒤에 결혼하겠대요."

"이제 봤더니 동정씨 부자로군요. 그건 그렇고 그 여자와 꼭 결혼하고 싶어요?"

이 어리석은 질문에 그는 묵묵부답이었다. 그는 대답 대신 깊은 한숨을 토해냈다. 나는 한참 망설이다가 기어코 말해버렸다.

"김형, 우리끼리니까 솔직하게 말하리다. 유감이지만 그 여자는 동정씨가 구하는 천사가 아닌 것 같소. 나는 지난번에 그 여자가 와서 동정씨 간병하는 걸 보고 그녀가 천사인 줄 알았소. 의심을 품고 그렇게 고민할 게 아니라 빨리 단념하는 게 좋을 거요. 기다리다보면 어디

엔가 숨어 있던 진짜 천사가 반드시 나타날 겁니다."

"단념해야 할까요? 역시 그래야겠지요."

슬픈 어조로 그가 혼자 자문자답했다. 그날 밤 동정씨는 아무래도 잠이 안 오는지 술을 사오겠다고 말하고 밖으로 나갔다. 거의 한시간이 지난 뒤에 그가 술병을 안고 돌아온 걸 보면 그는 혼자 밤거리를 꽤나 쏘다닌 게 분명했다. 마른안주를 놓고 동이 터올 때까지 둘이서 주거니받거니 하면서 술잔을 연거푸 기울였다. 나는 그를 위로할 목적으로 계속해서 지금 어디엔가 숨어 있는 진짜 천사 이야기를 지껄였다. 천사는 반드시 나타난다. 동정씨 자신이 천사 같은 인간이기 때문에 동정씨에게 걸맞은 천사가 언젠가 반드시 그의 앞에 모습을 보일 거라고 나는 거듭거듭 강조했다. 비록 내가 술김에 지껄인 얘기지만 동정씨는 나의 그 말이 무척 마음에 드는 모양이었다. 그가 왕눈을 꿈벅이며 몇번씩이나,

"정말일까요? 정말 그런 여자가 나타날까요?"

하고 묻는 걸 보면 그는 내 말을 어느 정도는 믿고 있는 눈치였다. 그는 한동안 그를 사로잡았던 울적한 기분을 털어버린 듯 다시 밝은 표정으로 돌아왔다. 그리고 아침이 되었을 때 그는 다시 전처럼 쾌활한 목소리로 섬돌 위에 서서 내게 인사하고 직장으로 나갔다.

"거사님, 잘 다녀오겠습니다."

—『미네르바』 2000년 봄호

태어난 곳

태어난 곳

1. 채찍

그날도 나는 낫과 망태기를 들고 쇄기풀을 뜯으러 들로 나갔다. 집에서 언덕배기까지는 그다지 먼 거리는 아니었으나 논고랑과 밭고랑 사이를 헤집고 가야 했기 때문에 길이 좋지 않았다. 처음부터 정한 길이 있었던 게 아니고 언덕배기에 이르는 길을 그때마다 찾아가는 식이었다. 장방형으로 길게 뻗어 있는 언덕배기는 내가 마른 잡풀을 찾아 헤매다가 발견해낸 새로운 땔감의 보고였다. 그곳은 경작지가 아닌 버려진 땅인데 뼛속까지 냉기가 스며드는 겨울인데도 두 뼘만큼 자란 쇄기풀들이 넓은 면적을 온통 뒤덮고 있었다. 그 작은 잡풀들이 보조용 땔감으로 유용하게 쓰인다는 걸 발견한 나는 몹시 기뻤다. 방을 데우거나 취사용으로 땔감이 많이 필요했는데 겨울이고 낯선 지방이라 땔감 구하기가 쉽지 않았던 것이다.

우리는 두 달 전 진주군(국군)의 105밀리 포성에 쫓겨 고향을 떠나왔다. 그때는 아직 겨울이 오기 전이었다. 전황의 추이에 대해 완전히 무지한 상태로 지내다가 갑작스럽게 읍내를 빠져나왔기 때문에 식량이나 살림도구 같은 건 하나도 챙겨오지 못했다. 이곳 저곳을 전전하던 초기에는 고생이 막심했다. 그나마 얼마 전부터 지금 거주하는 용두리의 큰 초가에 정착할 수 있게 되어 퍽 다행이었다. 들 가운데 외따로 있는 이 집은 방이 열 개도 넘는 초가인데 겨우 생계를 이어가는 빈농들이 드문드문 취락을 이룬 이 지역에서는 아주 드물게 보는 큰 규모의 농가였다. 우리가 여기 도착했을 때 이미 이 집은 주인을 잃고 빈집으로 남아 있었다. 사람들은 자기네들의 하루 생활을 꾸려가기도 벅차서 이 큰 농가의 주인과 그 가족의 운명에 대해 알려고도 하지 않았고 관심도 없었다. 그렇지만 십일세 소년인 나도 그 지역의 분위기로 볼 때 그들 가족이 지주라는 명목으로 어느 시기에 모두 처형되었을 거라고 어렴풋이나마 추측하고 있었다.

이 큰 집에는 주로 읍내의 같은 마을 출신들이 세대마다 방 하나씩 배정받아 거주했다. 식량과 땔감은 세대마다 자기들이 알아서 재주껏 구하는 길밖에 없었다. 식량은 이웃 마을로 가서 붉은 지폐(전시에 남쪽 일부 지역에서 일시적으로 통용되던 지폐. 남측 정부가 제조한 것으로 알려짐)나 휴대한 물건을 주고 구입했고 땔감은 산이나 들에서 산 나무, 나무 뿌리 등 가리지 않고 채취해서 사용했다. 나는 내 힘이 미치는 한 가족을 돕겠다는 갸륵한 마음으로 매일 오후마다 낫과 망태기를 들고 잡풀을 뜯으러 그 언덕배기로 나가곤 했다.

내가 그 언덕배기로 즐겨 나가는 이유가 또하나 있었다. 그곳에서는 고향이 바라다보였다. 고향은 거리로만 따지면 이십여 킬로도 채 안되는 지척에 있었다. 읍내를 에워싸고 있는 세 개의 산 가운데 북쪽에 있는 산자락 한쪽 끝이 손에 잡힐 듯 가까이서 보였다. 만약 자유왕래가 허용된다면 걸어서도 한나절이면 그곳에 닿을 수 있을 것이다. 그렇지만 내 가슴속에서 그곳은 마치 지구의 반대쪽만큼이나 멀게 느껴졌다. 언제쯤 집과 학교가 있는 읍내로 돌아갈 수 있을까? 그날을 나는 전혀 가늠해볼 수도 없었다. 공동주택이 된 농가의 어른들은 그곳에 적이 있기 때문에 적을 무찌르기 전에는 아무도 돌아갈 수 없다고 말한다. 읍내에 진주한 국군과 경찰은 전쟁이 시작되기 전인, 몇달 전까지도 적이 아니었다. 그러나 지금은 무서운 적이 되었다. 농가의 어른들은 곧 적을 무찌르고 환호성을 지르며 우리가 읍내로 돌아갈 수 있다고 장담하지만 나는 그 말을 곧이곧대로 믿지는 않았다. 그렇다고 다른 희망이 있지도 않았다. 앞길은 어둡고 막막했다. 나는 낫으로 풀을 베다 말고 고향 쪽 산자락을 바라보며 자주 생각에 잠기곤 했다. 그 시간이 그나마 혼자 생각에 잠길 수 있는 유일한 시간이었다. 나는 고향 집 앞마당에 있는 감나무와 살구나무를 떠올려보고 전쟁 전까지 내가 다니던 읍내 초등학교의 잘 닦인 매끄러운 이층 복도를 떠올려보곤 했다. 이층 복도 끝에는 세종대왕과 이순신 장군의 초상화가 나란히 걸려 있었다. 주말 방과후에 나는 친구와 함께 그 초상화 앞에 엎드려서 도화지에 왕과 장군의 얼굴을 열심히 그리곤 했다. 미술선생님은 그들을 그리는 것은 나라에 큰 공을 세운 그들의 정신을 배우는 것이라고 말했다. 읍내 초등학교 건물은 전쟁이 시작되자마자 불타 없어지고 말았다. 나와 함께 왕과 장군의 얼굴을 열심히 그리던 친구도 북의 군대가 읍내로 진주한 뒤 얼마 지나지 않아서 가족과 함께 처형되었다. 그런데 나는 아직도 학교가 그대로 살아 있고 친구도 살아 있는 것처럼 착각하고 있었다. 내가 읍내로 돌아가기만 하면 전쟁 전과 똑같은 읍내가 나를 맞아줄 거라고 믿고 있었다. 지난 몇달 동안 경험한 모든 것이 꿈만 같았다. 그것은 분명히 악몽이었다. 비록 악몽이지만 꿈에서 깨어나면 다시 즐거운 일상생활로 돌아간다. 언제쯤 가족들과 함께 고향으로 돌아갈 수 있을까? 고향의 산자락을 바라보며 나는 간절하게 그날이 빨리 오기를 기원했다. 그것은 너무도 절실하고 간절한 소망이었다.

지금은 전쟁이 끝난 지도 오래되었고 그 시절의 기억조차 가물가물하다. 그렇지만 잡풀을 뜯으러 올라간 그 언덕배기에서 고향에의 귀환을 갈망하던 시간이 이따금 기억 속에서 되살아나곤 한다. 마치 나태한 생활에 가하는 한개의 채찍처럼.

2. 태어난 곳

포천 면소에서 차를 빌려 타고 가라는 권유를 뿌리치고 나는 걷기로 했다. 포천 면소에서 그곳까지 고작 팔 킬로, 아무리 비활동적 생활에 젖은 사람도 산책 삼아 걷는 데 무리가 없는 거리다. 동행한 군청 서기 박규성도 걷는 데 별로 이의가 없었다. 그는 군에서 갓 제대한 뒤 군청 홍보과 임시 서기로 일하는 이십대 젊은이로 나와 같은 읍내 초등학교 출신이란 인연으로 읍내에서부터 길 안내를 자청하고 나섰다. 그렇지만 이 지방에서 줄곧 살아온 이 젊은이도 똘뽀는 초행이며 그런 이름의 마을이 있다는 것조차 몰랐다.

똘뽀가 속해 있는 포천의 정식 명칭은 군남면이다. 그러나 어릴 때부터 부모님에게서 자주 들었던 포천이란 이름이 내겐 더 익숙했고 뭔가 여운을 주는 명칭이었다. 처음 서울에서 고향에 내려올 때 똘뽀를 찾아가게 될 줄은 꿈에도 생각하지 못했다. 읍내에서는 몇해 전 작고한 한 향토사학자의 유덕을 기리는 기념사업 발기회가 열렸는데 나는 그 모임의 부름을 받았다. 하루 한나절 동안 진행된 그 모임에서 자리를 지켜준 것으로 내가 할 일은 끝났다. 특별히 볼일도, 만나야 할 사람도 없었으므로 여관비를 허비할 것 없이 나는 당일 막차로 서울로 돌아올 예정이었다. 그런데 모임이 대충 끝나고 차를 마시며 한담을 하는 자리에서 젊은 군청 서기가 내게 불쑥 물었다.

"선생님은 여기서 사셨지만 이곳 태생은 아니시죠?"

"아니, 난 틀림없이 이곳에서 태어난 사람인데요."

"그렇습니까? 읍에 몇해 만에 어쩌다 내려오시니까 이곳 토박이는 아닌 줄 알았습니다. 태어나신 곳이 어디죠?"

"저어…… 똘뽀라고, 포천면에 있는 마을이지요."

"똘뽀? 그런 이름 첨 듣는데요. 지금은 포천이라 하지 않고 정식 행정구역 명칭인 군남이라고 합니다. 똘뽀가 어디쯤에 있는 마을이죠?"

"나도 사실은 잘 몰라요. 한번도 가본 일이 없거든요."

"그러니까 군남면 태생이신 모양인데 똘뽀가 어디쯤인지 제가 동료직원에게 한번 알아보겠습니다."

군청 서기가 핸드폰을 꺼내 동료직원과 통화를 했다. 상대방이 군남지역 담당직원인 듯했다. 잠시 후 통화를 끝낸 서기가 머리를 절레절레 흔들며 내게 물었다.

"혹시 서정리란 이름은 알고 계십니까?"

"서정리? 처음 듣는데요."

"군남지역 담당인데 똘뽀라는 마을 이름은 없답니다. 지역도표에도 없고 들어본 일도 없다는데요. 이 친구는 군남 출신이니까 그 지역을 잘 알죠. 조그만 간이학교가 있었다고 했더니 이 친구는 혹시 서정리가 아니냐고 말합니다."

나는 마치 지상에는 존재하지 않는 마을 이름을 거짓으로 둘러댄 거짓말쟁이가 된 기분으로 얼굴이 화끈거렸다. 젊은 군청 서기가 내가 이 지역 태생이 아닌 줄만 알았다고 말한 것을 입증해준 꼴이었다. 나의 이런 기분을 눈치챘는지 군청 서기가 다시 말했다.

"현재로는 똘뽀라는 데가 있는지 없는지 확인할 길이 없네요. 직접 가보기 전에는. 이참에 오신 김에 한번 찾아가보시지 않겠어요? 여태 못 가보셨다면서요. 가시겠다면 저도 동행하겠습니다. 실제로 그런 마을이 있는지 저도 무척 궁금해지는데요."

서기의 권유를 받고 나는 잠시 생각에 잠겼다.

"너는 똘뽀에서 태어났어. 거기서 태어난 애는 너 하나뿐이야."

어릴 때부터 나는 이런 말을 자주 들었다. 어머니도 이런 말을 했고 나보다 한참 위인 누이들로부터도 이 말을 들었다. 이 말에는 그곳은 좋은 곳, 낙원 같은 곳이라는 뜻이 스며 있는 것처럼 느꼈다. 혹은 그곳에서 살던 시절을 그리워하는 마음도 조금은 느껴졌다. 이런 말을 들을 때마다 나는 약간 어감이 특이한 이 마을 이름을 입 속으로 몇번씩 되뇌며 그곳에 대해 잠시 생각해보곤 했다. 하지만 내가 아직 젖먹이 아이였을 때 우리 가족이 그곳을 떠났다니까 그곳에 대한 기억이 내게 남아 있을 까닭이 없었다. 그저 막연하게 '똘뽀'란 어떤 곳일까? 하고 혼자 이런저런 상상을 해보는 게 고작이었다.

언젠가는 그곳에 한번 찾아가보리라. 그때부터 그런 마음이 자리를 잡았다. 그러나 성인이 된 뒤에 여러차례 그 부근을 지날 기회가 있었지만 막상 그곳에는 찾아가지 않았다. 똘뽀는 여전히 내 마음속에 미궁으로 남아 있었다. 나는 그것을 도리어 즐겼다. 그곳이 정말 좋은 곳이라면, 아니, 실제로는 그럴듯한 곳이 아니라도 좋다. 마음속에 하나의 미궁을 안고 살아가는 것은 즐거운 일이었다.

나는 군청 서기에게 오늘은 늦었으니 하루를 묵고 다음날 오전에 그곳을 찾아가자고 말했다. 읍내에서 포천까지는 정기노선인 버스를 이용했다. 포천에 도착하자, 박규성이 잠시 면소에 들러서 똘뽀의 지리를 확인해보자고 말했다. 면소에는 박규성이 잘 아는 직원들이 여럿 있었다. 면소에서 박규성이 젊은 직원들을 한사람 한사람 붙잡고 '똘뽀가 어디쯤 있느냐?'고 물었지만 그곳을 아는 사람이 한사람도 없었다. 하나같이 모두 그런 마을 이름조차 처음 듣는다는 것이었다. 그들은 나를 마치 화성에서 날아온 사람을 보듯 의심쩍은 눈초리로 흘끔흘끔 쳐다보았다.

"결국 군청 친구가 일러준 대로 서정리로 일단 찾아가보는 수밖에 없나봅니다."

면소에서 나온 박규성이 낭패한 표정으로 말했다. 우리는 포천 면소 거리를 빠져나와 서정리로 가는 호젓한 일차선 도로를 천천히 걸었다. 초여름 오전, 해가 밝게 비쳤고 산책하기에는 좋은 날씨였다. 한참을 걸었지만 도로에는 왕래하는 사람이 전혀 보이지 않았다. 누군가 근처의 마을 사람이 나타나기만 하면 나는 달려가서 '똘뽀를 아느냐?'고 물을 작정이었는데 그런 기회마저 쉽게 주어지지 않았다. 반시간쯤 걷자, 등에서 땀이 나기 시작했다. 길동무인 군청 서기와 나는 서로 약속이나 한 듯 입을 꾹 닫고 있었다. 포천 면소에서 나온 뒤부터 한층 표정이 딱딱해진 군청 서기의 거동이 내 신경을 자극했다. 그는 오늘 자칫하면 헛걸음치게 될 거라는 예감 때문에 틀림없이 불쾌한 기분에 젖어 있었다. 한대의 소형트럭이 흙먼지를 일으키며 우리와는 반대방향으로 달려갔다.

"서정리란 곳은 아직 멀었나요?"

몇걸음 앞서 걸어가는 박규성에게 내가 물었다.

"이미 다 왔어요. 저 모퉁이만 돌면 서정리죠."

박규성이 무뚝뚝한 어조로 대답했다. 자전거를 탄 남자 중학생 두명이 포천 쪽에서 마을로 오고 있었다. 그들을 보자, 나는 구원자라도 만난 듯 반가웠다. 내가 나서려고 하는데 박규성이 먼저 다가오는 자전거 쪽으로 달려갔다. 그는 팔을 벌려 자전거를 세워놓고 앞에 있는 학생에게 물었다.

"너 똘뽀라는 얘기 들어봤어?"

"똘뽀라고요? 그게 뭔데요?"

"이 근처에 있는 마을 이름이지. 못 들었어?"

"처음 듣는데요. 여긴 그런 데 없어요."

"너도 듣지 못했어?"

박규성이 뒤에 있는 학생에게 물었다. 그 학생은 머리만 절레절레 옆으로 흔들었다.

"너희들 서정리에 사는 것 맞아?"

"맞아요."

"포천으로 통학하니?"

"네."

"그런데 오늘은 왜 이렇게 일찍 오지?"

"학교행사가 있어서 수업을 안했어요."

"그렇구나. 알았다."

학생들이 다시 자전거를 몰고 쏜살같이 마을 쪽으로 달려가버렸다. 박규성이 나를 돌아보며 신중한 표정으로 물었다.

"마을까지 더 들어가보시겠어요?"

이쯤에서 단념하고 돌아가는 것이 어떠냐는 의사가 얼굴에 씌어 있었다.

"기왕 여기까지 왔는데 마을로 들어가봅시다. 어른들 얘기도 들어봐야겠죠."

박규성은 말없이 다시 걷기 시작했다. 모퉁이를 돌아서자, 얕은 야산을 배경으로 줄잡아 이십여호는 되는 농가들이 모여 있는 작은 마을이 모습을 드러냈다. 대부분 파란 함석지붕을 이고 있는 개량형 농가주택들이었다. 우리는 마을 복판까지 들어갔다. 담뱃가게 표지판을 달고 있는 조그만 가게를 발견하고 내가 안으로 들어갔다. 오십쯤 되어 보이는 아주머니가 방에서 문을 한뼘쯤 열고 얼굴을 내밀었다.

"여기가 서정리 맞죠?"

"그런데요."

"혹시 똘뽀라는 데가 어디 있는지 아십니까?"

"똘뽀라…… 그게 이 근처에 있답니까?"

"아마 그럴 겁니다."

"글쎄요, 저도 이 동네로 시집온 지 삼십년이 다 되었지만 그런 소린 첨 듣네요."

"그렇다면 여기 있던 간이 초등학교는 언제 문을 닫았습니까?"

"그게 작년인가, 작년 봄부터 학생을 안 받았지요, 아마."

"역사가 꽤 오래된 학교였던 모양인데 왜 문을 닫았지요?"

"그야 학생이 없으니까 그렇지요. 한 오십년은 넘었다고 들었는데. 지금은 여기 애들도 포천 초등학교로 통학해요. 그래봤자, 열명도 안 되지만."

"초등학교는 어디 있지요?"

"저기 개울 건너편에 건물 보이잖아요? 그게 초등학교랍니다."

아주머니가 신발을 끌고 가게 밖까지 나와서 맞은편 큰 잣나무가 서 있는 쪽을 손가락으로 가리켰다. 잣나무 뒤편으로 그다지 크지 않은 회색 콘크리트 건물이 있고 주변에 작은 부속건물 몇채도 보였다. 마을과 학교 사이에는 작은 개울이 흐르고 있었다. 가게 여주인에게 고맙다는 인사를 하고 나는 학교 쪽으로 몇걸음 걷다가 돌아서서 다시 가게 쪽으로 갔다. 박규성은 말없이 내 뒤를 따르고 있었다. 나는 방으로 들어간 가게 여주인을 다시 불러냈다.

"아주머니, 혹시 이 마을분들 가운데 이곳 간이 초등학교가 막 생겼을 때 다녔던 분은 안 계시나요? 그런 분이 한분쯤은 있을 것도 같은데."

여주인이 잠시 생각하더니 불쑥 말했다.

"조금만 일찍 오셨어도 양씨 노인을 만나셨을 텐데. 조금 전 경운기 몰고 논에 나가시면서 담배 사러 가게에 들렀거든요. 그 양반이 이 마을 제일 연장자세요."

"몇이신데 경운기를 몰고 다니세요?"

군청 서기가 물었다.

"팔순 지났을걸요, 아마. 지금도 청년처럼 팔팔하세요. 논에 오래 머물지는 않으시니까 여기서 기다리면 그 양반을 만날 수도 있을걸요."

우리는 먼저 학교를 둘러보기로 했다. 가게 여주인에게는 양씨 노인이 나타나면 가게에서 기다리게 해달라는 부탁을 남겼다.

"똘뽀라는 곳은 이 부근에 아예 없는 것 아닙니까?"

학교를 향해 가면서 군청 서기가 드디어 본심을 털어놓았다. 나는 마땅한 답변이 떠오르지 않아 잠자코 걷기만 했다. 이때쯤엔 내 마음도 흔들리고 있었다. '그렇다면 그곳은 가족들이 꾸며낸 가상의 마을인가? 그들은 다만 재미 삼아서, 혹은 어린 내 상상력을 돋워주기 위해 허구를 동원한 것인가?' 가게에서 나온 뒤부터 이런 의문이 불쑥불쑥 솟구쳤다. 학교는 폐허나 다름없었다. 모든 문들은 굳게 잠겨 있고 교실의 유리창마다 거미줄들이 요란한 무늬를 새겨놓고 있었다. 건물 가까이 다가서서 유리창을 통해 교무실과 몇군데 교실 내부를 들여다보았다. 책상과 의자들이 쓰레기장처럼 서로 뒤엉켜 쌓여 있고 서류뭉치들이 어지럽게 바닥에서 뒹굴고 있었다. 한참 동안 그렇게 건물 내부를 기웃거리고 있었는데 뒤에서 누군가가 큰 소리로 우리를 부르는 소리가 들렸다. 돌아다보았더니 백발의 노인 한사람이 학교 뜰을 가로질러 빠른 걸음으로 우리에게 다가오고 있었다. 그는 나이에 걸맞지 않게 빛바랜 청바지와 노란색 점퍼를 입고 있었고 걸음걸이도 청년처럼 활달했다.

"당신네들, 나를 찾았다면서. 어디서 온 사람들이지?"

우리와 마주서자, 노인이 의심쩍은 눈초리로 살피며 물었다.

"실례지만 양씨 노인이십니까?"

내가 물었다.

"그렇소만, 웬일로?"

"그러시면 혹시 정기호란 이름을 기억하시는지요? 이 학교 초기에 근무하신 걸로 알고 있는데요."

"내가 그 선생님에게 배웠소. 그분이 이 학교에 최초로 부임했던 선생님이셨지. 그런데 그 선생님하곤 무슨 관계지?"

"제 부친이십니다. 이미 오래 전에 작고하셨지만요."

노인의 딱딱했던 표정이 금방 환한 얼굴로 바뀌었다. 그는 투박한 두 손으로 내 손을 굳게 잡아주기까지 했다.

"저는 여기서 태어났습니다. 부모님은 늘 제가 똘뽀에서 태어났다고 말씀하셨어요. 그런데 여기 와서 보니까 그 이름을 아는 분이 한사람도 없네요. 혹시 똘뽀라는 이름을 아십니까? 분명히 이 부근에 있었던 마을 이름 같은데요."

"똘뽀…… 그런 마을은 없는데."

노인이 머리를 갸웃거렸다. 군청 서기가 그것 보란 듯 히죽거리는 얼굴로 나를 쳐다보았다. 나는 혀가 바짝 마르는 걸 느꼈다. 일분쯤 흐른 뒤에 노인이 갑자기 뭔가 생각해낸 듯 생기를 얻은 표정으로 말했다.

"이제야 생각났어. 나를 따라오게. 그곳을 보여주지."

노인이 재빨리 앞에서 걷기 시작했다. 우리는 학교 뜰을 벗어나 잡초가 무성한 들로 나갔다. 버려진 밭들이 군데군데 나타났고 작은 개울도 보였다. 주먹보다 몇갑절이나 큰 자갈들이 물이 말라버린 개울 주변에는 유난히 많이 뒹굴고 있었다. 학교에서 겨우 이백여 미터 떨어진 곳까지 온 노인이 걸음을 멈추고 내게 말했다.

"여기가 그곳이네. 개울 주변에 돌을 많이 쌓아 보를 만들었다 해서 돌보(똘뽀)라는 이름이 붙었네. 그땐 개울에 물이 넘칠 만큼 많았고 이 부근 경관이 좋았네. 여기에 집이 세 채 가량 있었지. 맞아. 그 선생님네 가족이 여기서 사셨던 기억이 나."

"집들이 다 어디로 갔나요?"

"그야 오래 전에 없어졌지. 언제 없어졌는지 나도 자세히 기억 못해. 보다시피 지금은 개울도 막혀버렸고."

"사진 한장 찍으실래요? 저 개울 쪽을 바라보시고."

어느 틈에 준비해왔는지 군청 서기가 점퍼 주머니에서 소형 카메라를 꺼내들고 내게 말했다.

"사진은 무슨……"

"그래도 태어나신 곳을 처음 찾으셨는데 기념사진 하나는 남기셔야죠."

갑자기 진지해진 군청 서기의 말에 나는 쓴웃음이 나왔다. 잡초와 자갈을 밟고 서서 나는 입가에서 어색한 웃음을 지우려고 애쓰면서 카메라의 눈을 바라보았다.

―『실천문학』 2002년 여름호

신뢰받는
인간

신뢰받는 인간

그는 내게 올 때마다 아내가 운전하는 차를 타고 왔다. 그는 혼자 오는 법이 없고 늘 아내와 동행이었다. 동네 찻집에 나가보면 김씨는 언제나 창가의 자리에 아내와 나란히 앉아 있었다. 신도시란 참 별천지군요. 여기까지 오는 길이 우리 부부에겐 아주 멋진 드라이브 코스였답니다. 김씨는 아내와 붙어다니는 걸 내가 이상하게 여길까봐 그러는지 올 때마다 이런 말을 했다. 처음에는 아내와 늘 동행하는 게 김씨의 생활습관인 줄만 알았는데 그가 아내와 반드시 동행해야 하는 이유는 따로 있었다. 아내는 그의 자동차 운전기사로 그가 승용차를 이용할 경우에는 반드시 필요한 동반자였다.

"이 양반은 여태도 운전을 배우지 못했답니다."

수다쟁이는 아니지만 남편에 비해 상대적으로 활달하고 비윗살이 좋은 그의 아내가 말했다. 아내가 이런 말을 할 때 김상규씨는 무척 민망한 듯 얼굴까지 붉히고 다른 곳을 쳐다보았다. 그게 정말이십니까? 이런 말이 입밖으로 튀어나오는 걸 나는 간신히 참았다. 뉴욕 같은 국제도시에서 삼십년도 넘게 살았다는 사람이 자동차 운전도 할 줄 모르다니! 내겐 그 사실이 무척 신기하게 들렸다. 이 사람은 그만큼 시간에 쫓기며 살았다는 것일까? 대체 거기서 어떤 일을 했는데 운전도 배울 틈이 없을 만큼 바쁘게 살았을까?

동네 상가에 있는 찻집에서 처음 마주앉았을 때 김씨가 내게 건네준 명함에는 의류수출입업 회사 대표의 직함이 적혀 있었다. 그러나 이것은 김씨가 귀국 후 서울에서 최근 마련한 회사 직책이었다. 그는 명함을 건네면서 이제 막 만든 회사라 거래실적 같은 건 하나도 없다고 말했다.

"의류관계 사업경험이 많으신가보군요. 그쪽에서도 같은 일을 하셨겠죠?"

내가 물었더니 그는 손을 저으며 가볍게 대꾸했다.

"아닙니다. 옷과는 전혀 관계없는 일을 했습니다."

"어떤 일인데요?"

나는 빈손으로 건너간 한국인들이 뉴욕 같은 국제도시에서 어떤 일로 생계를 꾸려가는지 그게 늘 궁금했다. 김씨는 별로 답변하고 싶지 않은지 한참 머뭇거리다가 심드렁한 표정으로 말했다.

"그러니까 일종의 하청업인데 부두에 들어오는 선박을 상대로 청소를 해주는 일입니다. 매일 노동자들을 끌어모아 그 일을 했지요."

이때 옆에 있던 그의 아내가 그 일에 관해서라면 더 자세한 해명이 필요하다고 느꼈는지 한마디 거들었다.

"첨에는 이 양반도 부두에 나가서 직접 육체노동부터 시작했어요.

이 양반 지금 몸을 보시면 상상이 안 가시죠?"

김씨는 평균치보다 작은 체구에 몹시 마른 체질이었다.

"이 양반 몇년 동안 그 일을 했더라? 맞아, 사년은 족히 넘었지. 밑바닥부터 시작한 거죠. 경험을 조금 하니까 요령이 생겨서 나중에는 직접 일을 맡아다가 일꾼들을 부리게 됐답니다. 이 양반 처음 부두에 뛰어들어 막일을 할 때는 고생 참 많이 했지요."

윤기라곤 없는 김씨의 마른 얼굴에 무수히 그어진 잔주름들이 눈앞에서 크게 부풀어올랐다. 그것은 연필로 그은 것처럼 선명했다. 김씨는 잠시 앉아 있는 동안에도 이마에서 식은땀이 자꾸 흘러내려 손수건을 꺼내 여러차례 땀을 닦아냈다.

"그러니까 이번에 영구 귀국하신 셈입니까?"

나는 어느 신문에서 며칠 전 읽었던 역이민이란 말을 떠올리며 김씨에게 물었다. 그 신문은 최근 미국이 전례없는 불황을 겪게 된 것이 교포 가운데 역이민자가 늘고 있는 한 이유라고 보도하고 있었다. 김씨가 겨우 들릴 듯 말 듯한 소리로,

"그런 셈입니다."

하고 대답했다. 그것은 자신도 확신하지 못하는 듯한, 자신없는 대답이었다. 이번에도 그의 아내가 거들었다.

"거기 우리 아이들 둘이 있는데요, 큰아이는 대학 마치고 회사 다니고 둘째는 휴학하고 아르바이트하고 있어요. 이제 자랄 만큼 다 자랐으니까 거기서 저희들끼리 충분히 지낼 수 있을 거예요. 아이들 교육도 다 끝났는데 거기서 뭐 큰 재미 볼 게 있다고 더 눌러붙어 있겠어요? 나이 들수록 역시 내 땅이 제일이란 생각밖에 안 들지요."

"여기 애들은 독립심이 약한데 자제분들 교육을 아주 잘 시키셨군요."

118

"애들은 다행히 착하게 잘 자라줬어요. 우리 내외가 미국에서 그 오랜 세월 고생한 게 남은 거라면 애들 잘 자라준 것, 그것뿐이지요. 그런데 이 양반은 미국 체질이 아닌가봐요. 삼십년을 살았는데 뉴욕 거리 어디에 뭐가 있는지도 여태 몰라요. 뉴욕에서 영화관 하나도 아마 찾아가지 못할걸요. 지하철도 무섭다고 안 타고 맨날 집앞에서 버스 타고 일터까지 꼭 같은 코스를 왔다갔다만 했다구요. 그러니 자동차 운전을 배울 필요도 없었죠. 오죽하면 미국에서 친구 한사람 사귀지 못했을라구요."

애기를 마친 부인이 남편 얼굴을 힐끗 쳐다보았다. 남의 얘기 듣듯 덤덤한 얼굴로 앉아 있던 김상규씨는 별다른 반응을 나타내지 않았다. 부인은 이제 정작 중요한 용건을 꺼낼 때가 되지 않았느냐고 남편에게 신호를 보냈는데 남편은 반응이 없었다. 김씨는 나를 찾아오기 전 이미 두 차례나 형의 문제로 나와 전화통화를 했는데 그때의 나쁜 기억 때문인지 내 앞에서 형 얘기를 선뜻 꺼낼 용기가 차마 나지 않는 모양이었다. 처음 전화를 걸었을 때 김씨는 자기는 뉴욕에서 삼십년 만에 돌아온 형의 친구인데 형의 연락처를 가르쳐주거나 형을 당장 만나게 해달라고 다짜고짜 내게 요구했다. 그는 형과 과거 한때 같은 직장에서 일한 직장동료였다고 자신을 소개했다. 내가 형과는 지금 연락이 되지 않는다고 말하자, 그는 내가 자기를 경계한다고 생각했는지 자기는 형을 평생의 유일한 친구로 생각해왔고 아마 청도(형의 이름은 박청수인데 그는 청이라고 불렀다) 자기 이름 석자 정도는 기억하고 있을 거라고 말했다. 그가 어떤 사람이건 나는 여전히 같은 대답만 되풀이할 수밖에 없었다. 서로 얼굴도 모른 채 전화선을 사이에 두고 김씨와 나는 한동안 불쾌한 언쟁에 휘말려들어갔다. 나는 그를 설득시킬 수도 없었고 그렇게 할 수 있을 거라고 믿지도 않았다. 옥신각신 말이 오가는 도중에 내가 그의 얘기를 중간에서 막고 전화를 끊어버렸다. 나의 불손한 반응에는 김씨도 무척이나 당황했겠지만 나도 전화를 끝내고 나서 한동안 넋을 잃고 앉아 있었다. 그 일로 며칠 동안 일도 손에 잡히지 않았다. 그는 단념하지 않고 며칠 뒤에 두번째로 전화를 걸어왔는데 이번에는 좀더 침착하고 예의바른 말씨로 나를 설득하려고 무척 노력했다. 그는 시간이 걸려도 좋으니 형을 꼭 만나게 해달라고 내게 간청했다. 그가 그렇게 나올수록 내 입장은 더욱 난처했다.

"기다려보세요. 운이 좋으면 며칠 뒤에라도 연락이 올 수 있으니까요. 그땐 틀림없이 말씀을 전해드리죠."

진땀을 흘리며 그 순간을 모면했다. 나는 그때 김씨가 시간이 조금 지나면 곧 형을 단념할 거라고 생각했다. 귀국 직후에는 누구나 옛 친구 생각을 하는 게 당연하다. 그렇지만 모국생활에 차츰 익숙해지고 생활에 매이다보면 옛날의 추억 같은 것은 매일 마주치는 일상사 속에 묻혀버리고 말 것이다. 나는 내심 이런 기대를 했다. 그런데 내 기대는 보기 좋게 빗나갔다. 김씨는 가만히 앉아서 전화로만 친구를 찾는 데 만족하지 않고 아내와 함께 차를 몰고 이곳까지 찾아온 것이다.

남편에게서 아무런 반응이 없자, 부인이 남편 대신 입을 열었다.

"곧 연락이 올 거라고 하셨다는데 아직 연락은 오지 않았나요?"

"네, 아직. 저는 연락이 반드시 온다고 한 건 아니고 기다리다보면 올 수도 있다고 말씀드렸는데요."

두 마디 대화로 분위기가 금방 가라앉았다. 나는 마치 묵은 빚을 채근당하는 채무자가 된 것 같은 기분에 빠졌다. 곤경에서 헤어나기 위해 말을 바꾸고 돌리고 비틀어도 빚은 조금도 유예되거나 탕감되지 않고 고스란히 남아 있는 것이다.

"그렇군요. 그러니까 이쪽에서 연락할 방법은 전혀 없다는 말씀이세요?"

"부끄럽지만 그렇습니다. 그쪽에서 어쩌다 갑자기 전화를 걸어올 때가 있긴 한데 대개 밤늦게 전활 걸어서 자기 얘기만 몇마디 불쑥 하고는 곧 끊어버립니다. 저도 이런 경우를 예상해서 연락처라도 알아두려고 노력했지만 잘 되지 않았어요."

"그래도 언제 무슨 일이 생길지 모르는 게 요즘 세상인데 한군데 연락처는 어떻게 해서라도 알고 계셔야 하는 것 아니에요?"

나는 할말이 없어서 잠자코 있었다. 부인의 눈길이 내 이마에 따갑게 와서 닿았다. 부인은 내 말을 믿지 않는 눈치였다. 좁은 한국땅에 살면서 형제 사이에 서로 거처도 모르고 지낸다는 게 말이 되는가. 그녀는 미소를 보이고 가급적 부드럽게, 예의를 갖춰 말하려고 애썼지만 실제로는 은근히 나를 추궁하고 있었다. 잠시 어색한 분위기가 이어진 뒤 김상규씨가 모처럼 침묵을 깨뜨렸다.

"나는 청을 이해해요. 그 친구라면 몇년 동안 잠적해버릴 수도 있을 거야. 남들은 쉽게 이해 못할 점이 많았어. 아주 괴팍하고 이상한 친구지만 나하곤 그래도 잘 지냈어요. 그 친구도 그 점은 인정할걸요. 난 이번에 청을 만나면 어디 조용한 시골 낚시터나 찾아가서 하루 낮과 하루 밤 동안 함께 지내려고 두 사람 몫의 낚시도구까지 준비해 왔어요. 청은 나하곤 통하는 데가 있었거든."

"이 양반 지금 하시는 얘기를 나는 지난 삼십년 동안 노래처럼 들었답니다."

부인이 남편 얘기를 다시 거들었다.

"이 양반 귀국할 때 최대 꿈이 뭔 줄 아세요? 지금 얘기한 바로 그거예요. 그 친구분하고 둘이서 하룻동안 낚시터에서 시간 보내는 것. 이 양반은 그동안 미국에서 누구에게도 하지 못한 얘기들을 그 친구분한테 하룻동안 한꺼번에 다 털어놓고 싶어 잔뜩 벼르는 거예요."

"그건 사실일 거야. 그런데 그 친구 지금 어떤 일을 하고 있지요?"

김씨가 갑자기 생각난 듯 내게 물었다. 나는 이번에도 적당한 답변이 쉽게 떠오르지 않아 우물쭈물하다가 간신히 대답했다.

"전에 몇군데 회사에 다닌 건 알지만 지금 정확하게 형이 무슨 일을 하고 있는지는 잘 모르겠습니다."

몇군데 회사에 다녔다는 것은 내가 즉석에서 꾸며낸 말이었다. 김씨는 내 입에서 이런 애매한 대답이 나올 걸 미리 알고 있었다는 듯 이의를 달지 않고 고개만 끄덕였다.

"난 청이 잘됐으면 지금쯤 디자인회사 같은 걸 하나 차려놓고 있을 거라고 생각했는데. 그 친구는 도안이나 만화 쪽에 뛰어난 재능이 있었거든."

"그쪽에 재능이 있었죠. 그걸 살렸으면 바랐는데 그렇게 되지 못했어요."

"참 결혼은 물론 하셨겠지요? 형님 말씀이에요."

부인이 물었다.

"결혼을 못했답니다. 일부러 안한 게 아니라 못했다고 해야겠죠."

"저런! 연세가 몇이신데."

부인이 이마를 찌푸리며 남편을 돌아보았다. 그녀의 얼굴에 몹시 실망하는 기색이 드러났다.

"그럼 자녀도 아직 두지 못했겠네요?"

"그렇지요. 결혼을 못했으니까."

나는 형의 신상에 관한 얘기가 더 진전될까봐 조마조마했다. 나의 그런 조바심을 이번에는 부인이 덜어주었다.

"이 양반은 하루도 그 친구분 얘기를 거르고 넘어간 일이 없었어요. 그렇게 두 사람이 좋아하고 잘 지냈었나봐요. 남자끼리 얘기고 또 이 양반이 미국에서 친구 하나 사귀지 못하고 지낸 처지였기 때문에 그 심정을 이해는 하지만 가끔은 샘이 나더라구요. 대체 그 친구란 분은 얼마나 대단한 분이고 어떤 매력이 있는 분이기에 미국까지 와서 눈 코뜰새 없이 바쁘게 사는 남편이 저러나 하구요. 저도 이번 기회에 그 분이랑 그분 가족이랑 꼭 한번 만나보고 싶었어요. 그런데 정말 대단한 분은 대단한 분인가봐요. 이렇게 한번 뵙기가 힘든 걸 보면."

"죄송합니다. 저도 마음 같아서는 당장이라도 형을 여기 데려다놓고 싶군요."

"당신이 생각하듯 그렇게 서로 좋아했던 것만은 아니야."

아내의 과장이 좀 지나치다고 느꼈는지 김씨가 입을 열었다.

"사실은 맨날 둘이서 싸웠어. 솔직히 말한다면 그 친구 기억이라곤 둘이서 티격태격 싸웠던 기억밖에 남은 게 없다구. 그때 무슨 일로 그렇게 자주 다퉜는지 전혀 기억도 나지 않아요. 직책도 다르고 사귄 지도 얼마 안돼 싸울 일도 없었을 텐데. 당시 사무실에 주로 우리 둘밖에 없었기 때문에 그랬었나."

"좋아하는 사람끼리 더 자주 다툰다지 않아요. 그래서 당신은 그 친구분 생각을 더 하게 됐나봐요."

부인이 동의를 구하는 듯 내게 웃어 보였다.

"아, 이제 하나가 떠올랐어요. 얘기를 하다보니까 그때 일이 점점 새로워지는군."

김씨가 큰 발견이라도 한 듯 목소리를 높였다.

"그때 청은 노래를 참 잘 불렀고 기타도 쳤었지. 기분이 좋을 때는 가끔 사무실에서도 혼자 기타 반주에 맞춰 노랠 부르곤 했어요. 그런데 옆에 아무도 없을 때만 노랠 불렀다구. 옆에 한사람이라도 있거나 사람이 들락거릴 때는 절대로 노래를 하지 않았어요. 노래를 하다가도 누가 들어가면 즉시 노래를 그만뒀지. 청이 노래 부르는 걸 물론 자주 들어보셨겠죠?"

"저야 물론 어릴 때부터 자주 들었죠. 어른이 되고 나서는 별로 들을 기회가 없었지만."

"그러니까 어른이 된 뒤엔 가족 앞에서도 잘 부르지 않았구나. 그래서 그렇게 화를 냈었군. 한번은 내가 밖에서 잠깐 누굴 만나고 사무실로 돌아오는데 청이 기타 반주에 맞춰 노랠 부르고 있더라구요. 나는 노랠 별로 모르니까 무슨 노랜지 잘 기억나지 않지만 라틴계열 노래였던 것만은 분명해요. 그 친구 라틴음악을 아주 좋아했거든. 내가 사무실 문을 열고 들어가다가 그 친구 노래하는 걸 보고 문을 소리나지 않게 닫은 다음 벽에 바짝 붙어서서 노래가 다 끝날 때까지 몰래 듣고 있었어요. 나는 숨소리도 크게 내지 못했지요. 그런데 그 친구 예민한 것은 말도 못할 정도였지. 뒤에 누가 있는 걸 어떻게 알았는지 그는 노래를 하다 말고 갑자기 휙 돌아보더니 나를 집어삼킬 듯 노려보는 거였어요. 청은 내게 기타를 집어던지고 주먹으로 나를 치려고 막 달려들었어. 그때 내가 잘 피했으니까 무사했지, 안 그랬으면 코가 깨졌거나 입술을 몇바늘은 꿰맸을 거야."

"우리가 전에 그 사무실에서 한두 번 얼굴을 마주쳤던 기억이 나지 않습니까?"

두번째 나를 찾아왔을 때 김상규씨는 자리에 앉자마자 내 얼굴을 빤히 보면서 물었다. 그는 처음보다 서로 얼굴이 익은 탓인지 지난번에 비해 한층 적극성을 띠었고 행동이 자연스러웠다.

"맞습니다. 몇차례라고 꼬집어 말하긴 어렵지만 저도 그때 사무실에서 형의 친구분 얼굴을 봤다는 걸 기억해요. 두번째 뵈니까 기억이 더 확실해지는 것 같습니다. 저는 어쩌다 그곳에 들러도 오래 있지 못하고 금방 나왔기 때문에 처음 친구분이 여기 오셨을 때 금방 알아보지 못한 겁니다. 그런데 제 연락처는 어떻게 아셨지요? 가르쳐준 사람도 없을 텐데."

"아, 그거 아느라고 한참 고생 좀 했지요. 처음부터 청의 연락처를 쉽게 알게 될 거라곤 기대하지 않았죠. 신문 같은 데 광고를 낼 생각까지 했으니까요. 당시 아우님과 직접 대화할 기회는 없었지만 아우님께서 서예와 전각에 대단한 재능을 가졌다는 걸 청을 통해 들었죠. 그래서 난 이렇게 생각했죠. 내 기억이 맞다면 그 사람은 지금쯤 중견 서예가가 되어 있지 않을까. 충분히 그럴 수 있겠다. 그래서 서예가협회로 전화를 하게 된 거죠. 그런데 막상 전화를 하고 봤더니 글씨 쓰는 사람들도 단체가 열 개가 넘더군요. 그 바람에 통화료가 꽤 들었을 겁니다. 그때 아우님은 아마 학생신분이셨죠?"

"네, 겨우 대학 이년생이었죠."

"그때 두꺼운 한자 자전과 서예도구 같은 걸 잔뜩 걸머지고 사무실에 들렀던 아우님 모습이 지금 떠오릅니다."

나는 대학의 역사과에 적을 두고 있었지만 그 무렵에 역사공부보다
는 글씨 쓰는 일에 몰두하고 있었다. 호화롭고 깨끗했지만 언제나 텅
비어 있던 그 사무실 풍경을 나도 기억하고 있다. 입사 초기에 형은
자기의 근사한 직장을 자랑하고 싶어서 가끔 나를 회사로 불러냈다.
그가 나를 청하지 않았을 때도 근처를 지나다가 문득 형이 어떻게 하
고 있는지 궁금해서 사무실을 기웃거리기도 했다. 회사는 시청 부근
의 신축 빌딩에 있었는데 그 빌딩 현관에는 회전식 유리문이 있고 그
옆에는 감색 제복을 입은 수위가 언제나 자리를 지키고 있었다. 사무
실은 빌딩 3층에 있었다. 회전식 유리문을 통과해서 3층으로 가느라
고 번쩍이는 대리석 계단을 올라갈 때마다 나는 형이 이런 건물에서
일하고 있다는 사실이 꿈처럼 느껴졌다. 군에서 제대한 뒤 몇해째 빈
둥거리고만 있던 형이 그 회사에 도안사로 채용되어 출근하게 되었을
때 집안은 축제분위기로 들떴다. 형은 첫출근을 위해 새 양복을 지어
입었고 구두도 새것을 신고 나갔다. 모두 당시 우리 형편으로는 엄두
내기 힘든 고급품들이었다. 가족들은 형의 기적 같은 행운에 대한 축
하와 기대심리 때문에 무리한 지출을 기꺼이 감수했다.
　"우린 그때 두 사람 다 운이 좋았죠. 나도 어렵게 줄이 닿아 간신히
총무과에 배정을 받았는데 청도 알고 봤더니 기적처럼 엉뚱한 사람
도움으로 들어왔더군요. 그때 그런 자리 하나 얻기는 정말 하늘의 별
따기만큼이나 어려웠지. 처음엔 서로 대단한 배경이 있는 줄 알고 오
해했어요. 피차 배경이 뭐냐 묻지도 않았죠. 그런 걸 얘기하는 놈은
바보니까. 그땐 배경이 없다는 게 알려지면 몹시 괄세받았죠. 그런데
함께 지내면서 두 사람 모두 뒤에 아무것도 없는 약자들이란 걸 알았
어요. 피차 같은 처지였지. 그런 공통점이 우리 둘을 가깝게 만든 점

도 있을걸요."

김씨는 그 시절이 그리운 듯 잠시 눈을 감고 생각에 잠겼다.

넓은 사무실에는 새로 들여놓은 사무용 집기들이 질서있게 배치되어 있었다. 책상, 의자 등이 모두 직급이 아주 높은 사람에게나 어울리는 고급품들뿐이었다. 도안사는 하급직이었지만 형도 빙글빙글 돌아가는 회전의자에 버티고 앉아 있었다.

형의 책상 위에는 제작중인 포스터나 차트가 늘 펼쳐져 있었는데 내가 찾아갔을 때는 형은 일은 하지 않고 우두커니 앉아 있거나 자리를 비워놓고 뒷골목 대폿집으로 가서 혼자 술을 마시고 있었다. 그런 점으로 볼 때 이 회사 업무는 아직 본격적으로 시작되지 않았거나 도안사란 직책이 업무량이 극히 적은 한가한 직책이거나 둘 중 하나임을 알 수 있었다.

"그 친구 혼자 술 마시는 이상한 버릇이 있었지. 아마 놀던 시절 습관이었나봐. 자리에 안 보여 뒷골목 대폿집에 가보면 벽을 향하고 돌아앉아 혼자 술 마시고 있는 거야. 내가 끼여들려고 하면 아주 싫어했어. 그런 때는 못 본 척하고 돌아섰지."

김씨가 문득 생각난 듯 말했다.

"이게 형의 자리 맞아?"

형이 차지하고 있는 분수에 맞지 않는 고급집기에 내가 놀라서 물으면 형은 기분좋게 웃었다.

"넌 내가 삐걱거리는 나무의자에나 앉아 있어야 격이 맞는다고 생각하지?"

"그런 건 아니지만 너무 호화판이라 왠지 불안해."

형은 마치 예식장에서 방금 빠져나온 새신랑처럼 외모나 옷차림이 깔끔했다. 형의 그런 모습도 내겐 불안감을 안겨주었다. 사무실에서 일하는 사람이라면 옷 매무새가 흐트러지고 몸에서는 땀냄새가 물씬 풍겨야 할 것 아닌가.

"빈자리가 많은데 저건 뭐지? 전시용이야?"

"아직 회사 정비가 끝나지 않아서 그래. 사람들이 곧 들어올 거다. 지금 저 빈자리 하나를 차지하려고 얼마나 많은 사람들이 줄을 찾아 법석을 떠는지 넌 모를 거다. 여기 근처 찻집에 가보면 그런 사람들 많다. 별 우스운 사람도 다 봤다. 내가 찻집에 어쩌다 나가면 도안사인 나를 붙잡고 매달리는 사람도 있거든. 참 기가 막혀서. 너 점심 못 먹었지. 자장면 먹을래? 원하면 시켜줄게. 제법 잘하는 집이 있어. 전화 한통이면 금방 배달된다."

전화 한통에 자장면을 시켜먹을 수 있다는 형의 말이 몹시 부럽게 들렸다.

"외상으로 먹고 월말에 갚아도 돼."

형의 이 말을 듣고 나는 형이 드디어 성공했다는 결론을 내렸다.

"차비 있니? 용돈 좀 보태줄까?"

나는 형이 주머니에 아직 현금은 없다는 걸 알고 있었는데 형은 기분좋을 때면 무리한 행동도 서슴지 않았다. 형은 주머니를 뒤져서 틀림없이 마지막 한장 남아 있는 지폐를 꺼내 내 손에 쥐여주었다. 그 돈을 뿌리치고 싶었지만 처음으로 윗사람 노릇을 하고 싶어하는 형의 소망을 깨뜨릴까봐 마지못해 돈을 받았다. 내가 만약 그 돈을 뿌리쳤다면 형은 불같이 화를 냈을 것이다. 그가 화낼까봐 겁이 나기도 했다. 그는 내게 기회만 있으면 돈을 주려고 했다. 그래봤자, 지금까지 살아오면서 형이 내게 돈을 준 것은 기껏해야 두어 차례뿐이다. 모두 그 사무실에서 있었던 일이다. 그때 내가 받아쓴 몇장의 지폐의 댓가는 엄청난 것이었다. 나는 두고두고 몇십배 몇백배로 갚아야 했다. 물론 형이 미리부터 그런 계산을 하고 내게 돈을 주었던 것은 결코 아니었다.

그 넓은 사무실에서 내가 만난 사람은 형과 김상규씨 두 사람뿐이었다. 그곳은 사람들이 한창 일할 시간인 대낮에도 무슨 유령단체처럼 자리들이 언제나 비어 있었다. 나는 채워지지 않은 그 빈자리들을 볼 때마다 불길한 예감이 들었다. 결국 그 예감이 적중했다. '기생충구제협회'라는 그 기구는 한사람의 유력한 여당 의원의 즉흥적 발상에 의해 태어난 기구였다. 그런데 2년을 버티지 못하고 회사 간판을 내렸다. 간부의 공금횡령 때문에 문을 닫게 되었다는 보도가 신문에 큰 활자로 나와 있었다. 그 보도내용 가운데는 '기생충구제협회'가 사회적 기생충의 온상이 되어 있었다는 익살맞은 표현도 있었다. 그리고 이미 전국에서 기생충이 급속도로 소멸되어 그런 별도 기구가 더이상 필요하지 않다는 전문가의 견해도 곁들여 있었다. 하급직인 형은 공금횡령 같은 어마어마한 단어와는 전혀 관련이 없었지만 사회적 기생충이란 오명까지 뒤집어쓰고 첫직장에서 물러났다. 그리고 그 직장은 형에게 마지막 직장이 되었다.

"그러니까 그때 그 회사 그만두고 나는 바로 사촌누나가 있는 뉴욕으로 건너갔지요. 뾰족한 수가 있어 간 게 아니고 무작정 간 거예요. 여기나 거기나 막막하긴 마찬가지였지만 이왕이면 모르는 곳에 가서 한번 시작해보자는 속셈이었죠. 난 그때 신혼이었는데 이 사람이 다행히 내 뜻을 따라줘서 큰 갈등 없이 떠날 수 있었죠."

김씨가 옆에 앉아 있는 아내를 돌아보며 말했다. 그러자 부인이 머리를 흔들었다.

"당신은 갈등이 없었겠지만 나는 무척 고민했다구요. 뱃속에 아이만 없었어도 그때 따라가지 않았을지 몰라요. 그앤 결국 태어나지도 못했지만."

김상규씨의 표정이 잠시 어두워졌다가 곧 풀렸다.

"떠날 때 나 자신 너무 경황이 없어서 청하고 작별주 한잔 못 나눈 게 지금도 후회가 돼요. 하다못해 떠난다고 전화는 했어야 하는데 그것마저 못했어요. 미국 가는 비행기 안에서도 난 그 친구 생각만 했는데. 지금쯤 이 답답한 친구가 어떻게 하고 있을까. 틀림없이 뒷골목 어느 대폿집에 앉아서 혼자 소주잔을 기울이고 있겠지. 내 욕을 해대면서. 얌체 자식. 혼자만 살겠다고 말도 없이 훌쩍 날라버려? 너 그런 놈인 줄 알았어. 난 전부터 네놈을 믿지 않았으니까. 틀림없이 이렇게 내 욕을 하고 있을 거라고 생각했죠. 보지 않아도 그 모습이 훤했어. 그런데 그 친구 지금도 혼자 술 마시는 버릇이 여전할까? 미국에서 그런 모습을 자주 봤는데 그런 사람들은 참 위험하더라구요. 대개 그런 사람들이 알코올중독증에 빠지는 걸 자주 봤거든. 나는 그런 사람 볼 때마다 청을 생각했어요. 내가 이런 얘길 왜 하느냐 하면 한번은 꿈에서 청이 혼자 술 마시는 걸 봤거든. 미국 가서 얼마 되지도 않았을 땐데 청이 부둣가 난간에 올라앉아서 무슨 병 하나를 들고 혼자 병째 들이켜고 있더라구. 난 이 친구가 언제 미국엘 왔나, 이런 생각을 하면서 옆으로 다가갔지. 이봐, 뭘 마셔? 나도 나눠 마시자구. 이랬더니 웃지도 않고 빈 병을 들어 보이며 벌써 다 마셨다고 하더라구. 그리고 빈 병을 물속으로 던져버리는 거야. 거기까지만 기억나는데 청이 꿈에 나타난 것은 그때 딱 한번뿐이었어요. 그 뒤 다시는 나타나지 않더군요."

"그런데 요즘 이 양반은 꿈에 그 친구분을 자주 만나세요."

부인이 자기도 내게 들려줄 재미있는 얘기가 있다는 듯 미소를 지어 보이며 말을 꺼냈다.

"이 양반은 주무시다가도 벌떡 일어나서 혼자 중얼중얼해요. 그 친구분을 앞에 놓고 말할 때처럼. 그분 이름도 불러요. 이봐, 청. 끝내 내 앞에 나타나지 않을 거야? 난 자네 이해하지. 자존심이 허락하지 않는다는 걸. 자네 돈도 많이 벌지 못했고 형편도 썩 좋지 않다는 것도 다 알고 있다구. 난 뭐 다른 줄 아나? 나도 빈손으로 돌아왔다네. 내게 얼굴 감추는 건 자네답지 않아. 자넨 남과 쉽게 어울리지 못하는 족속인데 그런 위인이 돈은 무슨 돈을 벌겠어? 벌었다면 그게 되레 이상하지. 끝내 나타나지 않을 거야? 나 그러면 정말 화낸다구. 이 양반 하시는 소리를 가만히 들어보면 이 양반은 앉아서 꿈을 꾸고 있는 거예요. 이러다가 이 양반이 어떻게 되지 않을까 겁이 덜컥 나더라구요. 애 아빠가 이러는 건 처음 봤어요."

남편이 얼굴을 붉히며 허허허 하고 소리내어 웃었다. 그런 뒤 그는 점잖게 아내를 나무랐다.

"그런 얘기 하지 말어. 이런 식으로 이분에게 심적 부담 드리는 걸 나는 원치 않는다구. 그리고 내가 언제 그런 넋두리를 했다는 거야? 나는 그런 기억이 전혀 없어. 당신이야말로 꿈속에서 그런 말을 들었나보군."

부인도 결코 물러서지 않았다.

"당신이 안 그런 줄 아세요? 당신 잠꼬대를 내가 기억하는 것만 세 번이 넘을걸요. 일부러 당신에겐 모른 척하고 지냈는데 당신이 꿈애기를 하시니까 나도 그 얘기를 꺼내게 된 거예요. 나도 이분에게 부담을 드릴 생각은 조금도 없어요. 다만 옆에서 보기가 너무 안타까워서 그러는 것뿐이죠."

형도 나를 만날 때마다 언제나 같은 말을 입버릇처럼 했다.

"네게 더이상 부담을 주고 싶은 생각은 추호도 없다. 이제부터 내가 알아서 할 거야."

그는 이 한마디로 언제나 자신의 난처한 입장에서 가볍게 벗어나곤 했다. 그곳으로 떠나기 전 아파트로 나를 찾아왔을 때도 맨 먼저 그 말부터 했다. 그는 전화로 나를 아파트의 놀이터로 불러냈다. 밤에는 인적이 끊어지고 조용한 놀이터를 형은 나를 불러내는 장소로 늘 활용했다. 전화를 받고 내가 나갔을 때 형은 놀이터의 미끄럼틀 아래 우두커니 서 있었다.

"너 혹시 구두 신다 버린 것 있니?"

내가 다가서자, 그는 다짜고짜 물었다.

"하나 있을걸. 지금 필요해?"

"그래. 입지 않는 외투도 있으면 하나 가져와."

나는 다시 집으로 돌아와서 헌 구두와 양복 한벌을 보자기로 싸서 가져다주었다.

"네 마누라가 뭐라고 말하지 않더냐?"

"그 사람은 잠자고 있어. 신경 쓰지 말어. 그런데 어떻게 된 거야? 마치 어디로 떠날 사람처럼 보이는데."

"그래. 전에 있던 곳으로 갈려고 그런다. 네게 더 부담을 주고 싶지 않다. 내가 스스로 결정했어."

전에 있던 곳이란 형이 알코올중독증을 치료하기 위해 머물렀던 지방의 요양소를 가리키는 말이었다. 형은 그곳을 자주 드나들어서 그곳 분위기에도 익숙하고 그곳 사람들과도 꽤 친숙한 편이었다.

"그 집에서 그러니까 아주 나와버린 거야?"

형은 고개를 끄덕였다. 나는 며칠 전 그 하숙집 주인여자의 전화를 받고 그 집에 다녀온 일이 있었다. 여주인에겐 내가 형의 후견인으로 되어 있었다. 여주인은 전화로 다른 말은 하지 않고 그냥 한번 와달라고만 했다. 그 집은 신설된 지하철역 부근에 있었는데 그 일대가 본래는 가난뱅이들만 모여사는 빈민촌이었다. 교통이 갑자기 좋아져서 사람들이 북적대기 시작했으나 그렇다고 금방 동네의 풍경이 달라지는 것은 아니었다. 골목을 몇번 돌아 내가 그 하숙집에 도착했을 때, 아직 오전이었는데 형은 보이지 않았다. 중년의 하숙집 주인여자는 마루에 걸터앉아 있다가 내 인사에는 대꾸도 하지 않고 형이 묵고 있는 방을 턱으로 가리켰다. 나는 방 앞으로 다가가서 조심스럽게 문을 두드렸다. 문이 갑자기 벌컥 열리더니 허름한 작업복을 입은 사십대 남자가 얼굴을 내밀었다. 그는 코 언저리를 붕대로 싸매고 있었다.

"누구를 찾소?"

몹시 험상궂은 표정으로 그가 물었다.

"여기 함께 묵고 있는 사람인데요."

"그 자식하고 어떻게 돼요?"

"내 형입니다."

"형이라고?"

남자가 내 얼굴에서 발끝까지 쓸어보았다. 그는 몹시 흥분한 상태였다.

"내가 지금 그 자식을 찾고 있는데, 나타나기만 하면 이번에는 죽여버릴 테야. 당신 잘 만났어. 그 자식 때문에 내가 병원에 가서 치료비를 오만원이나 썼고 오늘 일도 나가지 못했다구. 당신 형을 찾아 끌고 오든지 그 자식 대신 치료비하고 오늘 일당을 보상해줘야 할 거야."

"어른들이 왜 자주 싸웁니까?"

"내가 싸워? 그 미친놈하고 내가 싸웠다구? 이거 왜 이래. 자기 형이라면 그 작자가 얼마나 돌아버린 작자인지 누구보다 잘 알 거 아냐. 이건 그 자식이 다짜고짜 재떨이를 집어던져 코뼈가 부러진 거라구."

나는 주머니에 있는 돈을 다 털어서 그 남자에게 주고 간신히 그 방 앞에서 물러났다. 마루에 앉아 있는 주인여자에게 다가갔더니 그녀가 말했다.

"형제분 성의를 봐서라도 내가 견디려고 했는데 아무래도 안되겠어요. 우리집 손님 다 떨어지게 생겼어. 그 사람은 알 수 없는 사람이야. 어떤 땐 싹싹하고 성인군자 같다가도 갑자기 맹수로 변한다니까. 우리집에 그런 사람 더 둘 수가 없어. 그런 줄 알아요."

자기 할말만 끝내고 주인여자는 방으로 들어가버렸다. 그 집에서 나온 뒤 나는 지하철역으로 가기 위해 상가들이 늘어선 거리를 천천히 걸었다. 햇볕이 몹시 뜨겁게 느껴졌다. 그때 누가 나를 부르는 소리가 들렸다. 나는 그 자리에 멈춘 채 주위를 둘러보았다. 형이 어느 구멍가게 벽에 몸을 기대고 서서 내게 손짓하고 있었다.

내가 다가서자, 형은 손부터 내밀었다.

"너 돈 가지고 있으면 조금만 줘. 어제부터 먹지 않았더니 죽을 맛이야."

형은 생각보다 얼굴이 멀쩡했다.

"어젯밤 어디서 잤어? 또 술 마시고 싸웠군."

"그거야 알 것 없고. 그 자식 봤어?"

"코가 크게 깨졌던데. 치료가 잘 될지 걱정이야."

"그 새끼 엄살에 넘어가지 말아. 네가 돈 있는 줄 알고 돈 뜯어내려고 연극을 한 모양이군. 그 새끼 날마다 일나간다고 기세좋게 점심까지 싸가지고 나가지만 매일 공치고 오거든."

"건축공사장에서 벽돌공으로 일한다던데."

"벽돌을 아무나 쌓는 줄 아니? 벽돌 나르는 일이나 했겠지. 그나마 일이 없어 요즘 밤낮 빈둥거리고 지냈어. 내가 뭐 이유없이 그런 줄 아니? 피차 놀고먹는 주제에 이 새끼가 나더러 남에게 얹혀사는 빈대라고 하는 거야. 이걸 그냥 죽여버릴까 하다가 인간이 가엾어서 겨우 참아준 거야."

"방을 비워달라던데 어떻게 하지? 그 사람하고 같은 방을 또 쓸 수도 없는 것 아냐?"

"그 여자 말을 고스란히 믿는 거야? 그 방에 들어올 사람도 없고 그 촌놈도 독방에 묵을 형편이 못 되니까 나 없으면 거기서 당장 쫓겨난다는 걸 알고 있어. 지금쯤 두 사람 다 눈이 빠지게 나를 기다릴걸. 넌 걱정 말고 돈이나 조금 주고 가."

형의 얘길 듣고 보니까 조금 마음이 놓였다. 당장 형의 새 숙소를 찾아야 할 수고는 면한 셈이었다. 그런데 결국 형은 스스로 그 집에서 나온 것이다.

"밖에 있다가 내가 무슨 짓을 저지를지 몰라서 나도 겁이 날 때가 있다. 너도 불안해하는 것 같고. 그 집에서는 내 발로 나온 거야. 거기 들어가 있으면 마음은 여기보다 편할 것 같다. 밖에 있으면 나를 노리는 놈들이 많아."

가져다준 옷으로 바꿔 입고 구두까지 바꿔 신은 뒤 형이 말했다.

"겨우 두 달도 못 버틸 거면 뭐 하러 나온 거야? 어린애 짓도 아니고."

나는 화가 나서 마구 쏘아댔다.

"거기 있으면 너무 답답해서 그랬지. 미안하다. 이젠 소리없이 견디고 있을 거야."

차비를 받아쥐고 형은 어둠속으로 사라졌다. 며칠 뒤 나는 요양원으로 전화를 걸어서 형이 거기 있다는 것을 확인했다. 그리고 형은 내게 약속했듯이 밖으로 불러내달라고 졸라대지 않고 오래 잘 견뎠다. 그가 들어간 지 벌써 십년째가 된다.

초기에는 매년 몇번씩은 그곳을 방문했지만 차츰 횟수가 줄었다. 그러다가 몇해 전부터 송금만 해주고 바쁘다는 핑계로 발길을 끊게 되었다. 형의 얼굴도 잊어버렸다. 평소에 기억에서 지우려고 노력한 것이 그런 결과를 빚은 것 같았다. 어떤 때 그 얼굴을 떠올려보려고 일부러 노력해도 잘 되지 않았다. 자기의 어두운 부분을 온몸을 던져서라도 가려보려고 하는 평범한 인간의 심리에서 나도 예외자가 될 수는 없었다. 나는 김상규씨가 다시 나를 찾지 말기만을 기대했다. 그런데 그 기대는 또 어긋났다.

그들이 돌아간 지 보름쯤 지났는데 부부가 차를 타고 다시 나를 찾아왔다. 가을이 무르익어가는 때였다. 아파트 화단의 나뭇잎들이 하나둘씩 붉게 물들기 시작하고 있었다. 일요일이었는데 날씨가 무척 맑아서 교외로 드라이브하기에 아주 좋은 날이었다. 그런데 내가 찻집으로 들어가서 맞은편에 앉자마자 부인이 뜻밖의 말을 했다.

"저희는 다시 미국으로 돌아가기로 했어요. 벌써 짐도 부쳤고 이제 우리 두 사람 몸만 가면 되는 거예요."

"저는 아주 귀국하신 줄 알았는데, 뜻밖이군요."

"역시 서울에서 적응하기가 어려워요. 고국인데 뭐 어쩌랴, 그랬는데 너무 쉽게 생각했어요. 그동안 굉장한 시간이 흘렀다는 건 모르고. 내 또래들은 모두 은퇴하고 있는데 난 이제 뭘 시작해보겠다고 나서는 것 자체가 무리죠."

김씨가 우울한 표정으로 말했다.

"처음에는 이 양반 친구들이 서로 돕겠다고 나섰는데 시간이 조금 지나니까 하나둘씩 물러나데요. 역시 이 양반은 서울에서는 뭔가 잘 안 풀리는 분이에요. 아이구, 서울은 너무 복잡하고 사람을 쓸데없이 소모시키는 곳이야. 미국은 큰 도시라도 이렇지는 않아요. 미국이란 데가 동양사람에게 썩 친절한 곳은 아니지만 거긴 자기 일만 열심히 하면 부자는 못 되더라도 먹고사는 데 따로 신경 쓸 일은 없지요. 이 양반은 아무래도 미국 체질인가봐요. 서울 온 지 두 달도 안되었는데 못 견뎌하거든요."

"여기 오는 것도 이번이 마지막이라고 생각하고 염치 불구하고 또 왔어요."

김상규씨가 낮게 가라앉은 목소리로 말했다.

"이번에 청을 못 보면 다시 보기는 어려울 것 같다는 생각도 들어요. 서울에는 다시 올 기회가 있겠지만 사람 일이란 게 그때 어떻게 될지 알 수 없는 거니까."

"여보, 나는 몰라도 당신은 한번 오기가 좀 힘들어요? 그 일은 한번 시작하면 일년 내내 쉴 틈이 없잖아요? 남들 쉴 때 하는 게 청소업인걸요. 당신 그동안 서울 몇번 왔지? 아버님 돌아가실 때하고 우리 친정어머니 급환으로 입원했을 때하고 딱 두 번이에요. 이제는 노인들도 다 가셨는데 언제 당신이 서울에 또 오겠어요?"

나는 이미 내 나름으로 결론을 내려놓고 있었지만 그 말이 선뜻 입 밖으로 나오지 않았다. 그들이 나타나기 전부터 나는 마음을 정했다. 결론을 얻어내자 가슴이 후련했다. 형의 문제는 내가 도맡아 처리할 일이 아니다. 보호자의 이름으로 형의 판단을 대신하겠다고 버틴 것은 형의 판단능력을 무시한 탓이었다. 그러나 형을 보호하겠다는 것보다 나 자신을 보호하겠다는 의도가 더 크게 작용했다는 것을 부인할 수가 없다. 꽤 오래 침묵이 흐른 뒤에 나는 겨우 김씨를 향해 말했다.

"오늘 오후에 시간을 조금 내주시죠. 거기까지 왕복하자면 네 시간은 조금 넘을 겁니다."

부부가 서로 얼굴을 쳐다보았다. 그들은 미처 이런 상황까지 예측하지 못했던 것 같았다. 행선지에 관해 나는 구차하게 해명하고 싶지 않았는데 다행히 김씨도 부인도 묻지 않았다. 우리는 곧 찻집에서 나와 밖에 세워놓은 김씨의 승용차에 탔다. 부인이 역시 핸들을 잡았고 혼자 뒷자리에 앉은 나는 부인에게 차가 나갈 방향을 지시해주었다. 차는 곧 신도시를 빠져나와 남쪽으로 가는 국도로 접어들었다. 도로 주변에는 추수가 막 끝난 빈 논들과 푸른 야채밭이 끝없이 이어지고 있었다. 두 시간을 달린 끝에 차는 국도에서 벗어나 겨우 차 한대가 다닐 만큼 좁은 샛길로 방향을 꺾었다. 샛길 입구에 '에덴요양원 입구'라고 씌어진 입간판 하나가 외롭게 서 있었다. 멀리 길게 누워 있는 야산이 보이고 그 산 아래 자리잡은 요양원의 건물들이 모습을 드러냈다. 학교건물처럼 길게 지은 이층 회색 건물이 본관건물이고 그 주변에 병원과 매점 등 소규모 부속건물들이 몇동 있었다. 나는 이곳을 몇차례나 방문한 일이 있었지만 너무 오래 전 일이라 눈앞에 전개되는 풍경들이 처음 대할 때처럼 낯이 설었다. 샛길로 들어설 때부터 김씨 부부는 몹시 긴장된 표정을 감추지 못했다. 그들은 차를 타고 오는 동안 미국에 있는 아이들 문제, 그쪽 사무실 문을 다시 열어야 하는 문제 등에 관해 끊임없이 둘이서 대화를 계속했는데 샛길로 접어들면서 대화마저 뚝 끊었다. 차가 요양원 마당 입구까지 다가갔을 때 김씨가 갑자기 차를 세웠다.

"무작정 들어갈 게 아니고 여기서 숨 좀 돌립시다. 갑자기 들어가면 사람들이 놀랄 것도 같고."

"차가 다 들어가게 되어 있습니다. 쉬더라도 안으로 들어가서 쉬지요."

그러나 차는 이미 서버렸고 김상규씨는 차 문을 열고 먼저 밖으로 나갔다. 하는 수 없이 나도 차에서 나왔다. 입구에 서 있는 큰 소나무가 그늘을 만들고 있었는데 김씨와 나는 그 그늘로 들어갔다. 머리 위에는 한낮의 해가 제법 따갑게 비치고 있었다. 골대 하나만 서 있는 미니 농구코트에서 메리야스 셔츠만 입은 남자들이 농구게임을 하고 있었다. 마당 한쪽에 있는 그 코트는 우리가 서 있는 곳에서 오십보도 채 안되는 가까운 거리였다. 놀이에 몰두하고 있는 사람들은 소년에서 머리가 벗겨진 중년까지 나이가 일정하지 않았다. 그들과 우리 사이에 어망 같은 큰 그물이 가로막고 있었는데 그래도 그곳은 잘 보였다. 골대 뒤편에는 십여명의 여자들이 몰려앉아 농구게임을 구경하고 있었다. 그들은 점심식사 뒤의 휴식시간을 즐기고 있는 것이 분명했다. 공을 잡으려고 필사적으로 다투던 한 사내가 상대로부터 공을 빼앗아들고 골대를 향해 달려가더니 공을 골대 속에 던져넣는데 보기

좋게 성공했다. 메리야스가 흘러내려 거의 벌거벗다시피 상체가 드러난 그 사내는 기뻐서 그 자리에서 펄쩍펄쩍 뛰었다. 농구대 주변에 있던 여자들이 그 선수를 향해 뜨겁게 박수를 쳐주었다. 박수소리와 여자들의 웃음소리가 맑은 허공으로 퍼져 올라갔다.

"지금 저기에 청이 나와 있을까요?"

김씨가 내게 물었다.

"있을걸요."

나는 얼떨결에 자신없이 대답했다. 형의 얼굴을 기억하지 못하는 나는 대체로 모습들이 서로 닮은 그들 속에서 형을 찾아내는 일이 쉽지 않았다.

"그럼 여기서 본 걸로 만족하고 이대로 돌아가고 싶군요."

김씨가 뜻밖의 말을 했다.

"나는 지금 이런 생각을 했어요. 내가 만약 청을 만나자고 저쪽으로 갔다가는 분명히 주먹이 날아올 거요. 이 새끼! 여긴 뭘 하러 왔어? 그 친구 성격상 틀림없어요. 그게 겁이 나서 그러는 게 아니고 그가 싫어하는 일은 하고 싶지 않은 겁니다. 사실 여기까지 왔으니까 마음 같아서는 당장 달려가서 손을 잡아주고 싶지만 내 기분만 내세울 수야 없지요."

그는 친구로서 가장 큰 배려를 베푼 셈이었다. 김씨는 내 의견 같은 건 기다리지도 않고 먼저 차 속으로 들어가버렸다. 우리는 요양원을 뒤로 하고 차를 타고 다시 샛길을 천천히 빠져나왔다.

—『황해문화』 1999년 겨울호

자비와
동정

자비와 동정

어느날 오후 나는 종로 네거리에서 인사동 방향으로 혼자 걷다가 뜻밖에 낯익은 얼굴과 마주쳤다. 가을이 무르익어가는 시기였다. 나는 보통 길을 걸을 때 마주 오는 사람들의 얼굴은 보는 둥 마는 둥 대충 스쳐버리고 도로 주변의 건물이나 상점, 풍경을 주로 유심히 살펴보는 버릇이 있다. 그래서 어쩌다 한길에서 아는 얼굴과 마주치게 될 경우, 대체로 나보다는 그쪽에서 먼저 아는 체를 하게 마련이다. 그런데 이날은 상황이 약간 달랐다. 두 사람이 반보 직전까지 아무것도 모른 채 걸어오다가 서로 이마가 닿을 만큼 지근거리에서 얼굴을 딱 맞닥뜨린 다음에야 상대의 얼굴을 보게 된 것이다. 우리는 피할 수 없는 상황에서 상대방의 얼굴을 동시에 쳐다보았다.

"어! 아니, 이 사람이 여긴 웬일로?"

"누구야? 이게."

눈앞에서 머리를 박박 밀어버린 화상이 긴 눈꼬리를 치켜뜨고 약간 짜증난 표정으로 나를 보고 있었다. 검은 피부에 시뻘건 반점이 여기저기 돋아나 인상이 매우 강인해 보이는 얼굴이었다. 자세히 살펴보니 그는 주황색 가사를 두른 정갈스런 장삼을 입고 있었는데 그의 옆과 뒤에 수행승 네댓 명이 따르고 있었다. 화상보다 십여년은 젊어 보이는 수행승들은 이 돌발적인 사태에 어리둥절한 표정으로 모두 나와 화상의 얼굴을 번갈아 쳐다보고 있었다. 나는 정갈스런 승복을 입고 눈앞에 서 있는 화상의 이름을 기억하고 있었지만──그의 속명은 성한경이다──수행승들 앞에서 차마 그의 아명을 부를 수가 없어서 잠자코 있었다. 그는 내 이름이 잘 떠오르지 않는 듯 한동안 고개를 갸웃거리고 입을 열 듯 말 듯하다가 곧 내 이름 부르는 걸 체념하고 입가에 엷은 웃음만 흘렸다.

"저희들 먼저 들어갈 테니 스님께서는 그럼 이따가 천천히 오십시요."

눈치빠른 수행승 한사람이 화상에게 말했고 화상이 고개를 끄덕였다. 젊은 스님들이 극진한 태도로 화상을 대하는 걸 보면 종단에서 그가 큰 비중 있는 스님이란 걸 금방 알 수 있었다. 수행승들은 뒤도 돌아보지 않고 조계사 쪽으로 분주하게 걸어가버렸다. 스님과 나는 바로 옆에 있는 지하찻집 계단을 내려갔다. 나는 비좁고 어둑신한 계단을 내려가면서 햇수를 대강 헤아려보았다. 내가 십육세에 중학교를 마쳤으니까 삼십육년 만에 옛 친구를 만난 셈이었다. 그동안에 저쪽의 토막소식조차 들은 바가 없고 성한경이 이 지상에서 어떤 일로 생계를 꾸려가는지도 알지 못했다. 아주 드물게 눈꼬리가 유난히 길고 여드름 후유증으로 제주의 하르방처럼 얼굴에 무수한 작은 구멍들이 퍼져 있는 더벅머리 소년의 얼굴이 기억 속에 떠올랐지만 그뿐이었다. 그에 관해 생각을 진전시킬 아무런 단서도 없었던 것이다. 물론 성한경도 같은 처지였을 것이다. 그는 나보다 더 심해서 내 이름마저 기억해내지 못했다.

차를 시켜놓고도 스님과 나는 선뜻 입을 열지 못하고 마치 금방 심하게 다투고 난 뒤끝처럼 찌뿌드드한 얼굴로 묵묵히 앉아 있었다. 특히 스님은 나를 똑바로 보지 않으려고 눈을 내리깔고 이마를 잔뜩 찌푸린 채 앉아 있었다. 이마에 깊이 팬 스님의 굵은 주름살이 내 눈앞에서 크게 부풀어올랐다. '하필이면 이런 녀석과 지금 여기서 맞닥뜨릴 게 뭐야!' 그의 표정에는 틀림없이 이렇게 씌어져 있었다. 그렇지만 그런 표정이 성한경의 일상적 표정이란 걸 나는 알았으므로 거기에 마음 쓰지는 않았다. 그러나 지금 눈앞에 앉아 있는 사람은 역전 품팔이 지게꾼 아들인 성한경이 아니라 조계종에서 틀림없이 중요한 직책을 맡고 있는, 덕이 높은 큰스님이었다. 깨끗한 장삼으로 성장한 채 눈을 내리깔고 앉아 있는 스님 얼굴에서 저절로 풍겨나는 위엄을 느끼지 않을 수 없었고 겉으로 내색하지 않으려고 애썼지만 나는 얼마간 위축되었다. 스님은 안 보는 척하면서도 가늘게 뜬 눈으로 이따금 나를 슬쩍 쳐다보곤 했는데 그때마다 나는 내가 입고 있는 낡은 카키색 점퍼와 후줄근한 남색 바지에 신경이 쓰였다. 내 남루한 차림새는 주황색 가사를 두른 스님의 깨끗한 승복과는 무척이나 대조적이었다. 성인이 된 후로 몸에 걸친 옷 때문에 이처럼 남 앞에서 초라하게 느끼긴 처음이었다.

"결국 너는 네 길을 가는구나."

오랜 정적을 깨고 내가 먼저 입을 떼었다. 스님은 내 말을 못 들은 척하고 있더니 한참 시간이 지난 뒤에야 입가에 야릇한 웃음을 흘렸다. 나도 무슨 큰 의미를 갖고 이런 말을 한 것은 아니었다. 말도 하지 않고 우두커니 앉아 있기가 거북살스러워서 그냥 인사 삼아 해본 소리에 지나지 않았다. 스님은 내가 던진 말에 쓰다달다 한마디 대꾸도 하지 않았다. 그런데 약간 의아스러운 것은 삼십육년 만에 스님이 되어 내 앞에 나타난 성한경을 보고 내가 조금도 놀라거나 신기하게 느끼지 않은 점이었다. 그리고 그것보다 조금 더 의아스러운 일은 성한경이 스님이 되어 있을 거라는 사실을 내가 미리부터 알았던 것처럼 나 스스로 착각하고 있다는 점이었다. 만약 내가 그날 오후 조계사와 가까운 종로 길바닥에서 승복을 입은 성한경과 맞닥뜨리지 않았던들 나는 그가 불타의 제자가 되어 있을 줄은 까맣게 몰랐을 게 분명했다. 그런데도 나는 으레 그럴 줄 알았다는 듯 스님의 장삼을 입은 그를 자연스럽게 받아들였다.

"자네 이름이 뭐였더라?"

모처럼 스님이 목소리를 냈다. 그는 아무래도 내 이름이 떠오르지 않는다는 듯 가볍게 쥔 주먹으로 자기 이마를 툭툭 두드렸다.

"자네가 쓴 글을 어디서 본 것 같은데. 자네 이름은 잊었지만 그 글 내용을 보고 '아아, 이 글은 틀림없이 그 녀석이 쓴 글일 거야'라고 생각했거든."

"내 글을 봤다구? 어떤 거였지?"

마치 기억을 짜내듯 스님은 여전히 주먹으로 이마를 툭툭 두드리면서 느리게 말했다.

"그다지 오래되지 않았는데. 그 내용이 뭐더라? 조그만 잡지에 난 간단한 수필이었던 것 같은데. 맞다. 이제 생각이 나는군. 자네 혹시 러시아에 갔었나?"

"몇차례 다녀왔지."

"그래, 그럼 내 추측이 맞은 거야. 모스끄바 교외 별장 마을을 자네가 산책했다는 얘긴데 요점은 그 멋진 별장을 통째로 사서 거기서 글을 쓰고 싶다는 것이었어. 아주 황당한 얘기더군. 아무리 가볍게 쓰는 수필이지만 자기 형편과 걸맞지도 않은 그런 황당한 얘기는 맘에 안 들어. 자네가 쓴 글 맞지?"

스님이 입가에 미묘한 웃음을 흘리며 처음으로 내 얼굴을 뚫어지게 쳐다보았다. 스님은 나를 비웃고 있다는 것을 감추지 않았다.

"그래, 내가 쓴 거야. 자네 눈이 무섭군. 이름도 잊었으면서 내가 쓴 걸 알아보다니."

스님의 얄궂은 웃음 때문에 기분이 언짢았지만 그에게 내 근황을 구차하게 설명할 필요가 없어져서 그나마 마음이 홀가분했다.

"그런 황당한 글을 쓸 사람은 자네밖에 없을걸. 그래서 내가 대뜸 자네가 쓴 글이란 걸 알아본 거야. 망상 속에 사는 버릇은 여전하더군. 난 그 글을 읽으면서 자네가 전에 가출했던 얘기가 생각났어. 자네 이름은 까먹었는데 그 얘기는 이상하게도 왜 기억에 분명하게 남아 있지? 자넨 그때 어딘가 큰 세상으로 나가면 천사 같은 사람들이 자넬 환영하고 반길 거라는 말을 자주 했었지. 이리(理里)까지 기차를 타고 실제로 가출도 해봤다면서? 이리는 그다지 큰 도시도 아니야. 그래, 지금은 어떤가? 천국을 찾았나?"

스님이 처음으로 빙긋 웃었다. 나도 싱긋 웃는 걸로 답변을 대신했다. 그의 웃는 얼굴에서 더벅머리 소년인 성한경의 모습이 확연히 드러났다. 스님도 아마 내 얼굴에서 옛 모습을 보고 있는 것 같았다. 우리는 한동안 다시 침묵 속으로 빠져들어갔다. 대화는 여기서 끝이었다. 더이상 얘기할 거리도 없었고 특히 스님은 다시 입을 열려고 하지 않았다. 십여분이 채 안되는 짧은 시간 동안 겨우 몇마디 대화를 나누었을 뿐이지만 성한경이 나를 보는 시각이 조금도 변하지 않은 것을 확인할 수 있었다. 짜증날 정도로 상대의 얘기를 꼬치꼬치 따지고 교묘하게 비양거리는 버릇도 여전했다. 삼십육년이 흘렀지만 변한 것은 아무것도 없었다.

"어때, 우리 그만 일어설까?"

오분쯤 시간이 흐른 뒤에 스님이 먼저 몸을 일으켰다. 거북살스런 침묵이 몹시 부담스러웠던 나도 기다렸다는 듯 얼른 몸을 일으켰다.

우리는 어둑신한 계단을 지나 지하찻집에서 밖으로 나왔다.

"언제 또 만나지?"

스님과 작별 악수를 하면서 내가 인사치레로 말했고 스님도 건성으로 대꾸했다.

"다시 만나게 되겠지."

스님은 돌아서서 장삼의 소맷자락을 펄럭이며 조계사 쪽으로 빠른 걸음으로 걸어갔다. 나는 그가 시야에서 모습을 감출 때까지 그 자리에 서 있었다. 그리고 그가 완전히 사라진 다음에야 그곳을 떠났다.

나는 그날이 나의 마지막 등교일로 알고 학교에 나갔다. 비록 형편상 학업을 중단하게 되었지만 하루치 수업이나마 충실히 받고 집으로 돌아가고 싶었다. 아직 담임선생님이나 같은 학급의 누구에게도 그런 내 절박한 사정을 알리지는 않았다. 이런 경우에는 구차하게 남에게 알리고 그들에게 불필요한 마음의 부담을 주는 것보다는, 그냥 말없이 떠나는 게 도리일 거라고 나는 멋대로 판단했다. 그런 방법이 내 자존심을 지키는 데도 부합되었다. 집은 학교 소재지인 송정리에서 사십리나 떨어져 있었다. 나는 반년 동안이나 임시 숙소로 삼았던 시내 중심거리의 서점에서 기거하며 중학교에 다닐 수 있었는데 그날 아침에 그곳에서 쫓겨났다. 서점에는 가게 뒤쪽에 딸린 방이 하나 있는데 그곳에서 서점을 경영하는 삼형제가 함께 살았다. 그토록 좁은 방에서 더부살이로 내가 얹혀 지냈으니 삼형제가 그동안 불편을 참아준 것만 해도 한없이 고마운 일이었다. 나는 그 가게 뒷방에서 물러나는 그 순간까지 그들을 원망하긴커녕, 삼형제가 내게 베풀어준 은혜에 늘 고마움을 잊지 않았다.

반년 전 이곳 중학교 졸업반으로 편입해 올 때 아버지는 내가 묵을 숙소에 대한 대책을 전혀 세워주지 않았다. 당시 아버지에겐 그럴 능력이 없었다. 중학 편입도 가세 형편상 어려운 일을 내가 어거지 떼를 써서 얻어낸 결과였다. 학교 편입수속을 끝냈을 때 어디서 외삼촌이라는 인물이 나타나서 자기가 내 숙소문제를 책임지겠노라고 아버지에게 큰소리쳤다. 마흔살쯤 되어 보이는 그는 내가 그날 처음 만났는데 그도 아버지처럼 지독한 술꾼이었다. 아버지는 아마 처음부터 이 외삼촌을 믿고 내 거처 걱정 따위는 놓아버린 듯했다. 술집에서 해가 기울도록 외삼촌과 거나해질 때까지 술판을 벌인 아버지는 허풍쟁이 외삼촌에게 나를 맡겨놓고 아주 유쾌한 기분으로 집으로 돌아갔다. 외삼촌이 나를 끌고 간 곳이 서점이었다. 그는 삼형제 가운데 맏이와 아는 사이였는데 맏이가 외삼촌을 대하는 태도로 미루어 그다지 깊은 친교관계는 아니었다. 외삼촌이 술꾼 특유의 어거지 말투로 "임시로 며칠 동안만 맡아줘. 겨우 며칠!" 이런 말을 되풀이하며 졸라대자, 외삼촌보다 열살은 아래인 맏이가 마지못해 "그럼 일주일만!"이란 단서를 붙이고 나를 받아주기로 했다. 그 일주일을 반년이나 끌었으니 서점 형제들을 무정하다고 탓할 여지는 조금도 없었다. 도리어 그들의 인내력과 이해심은 상찬을 받아야 할 정도였다. 술꾼 외삼촌은 그날 이후 서점에 한번도 얼굴을 내밀지 않았다. 내가 서점에서 나오는 날 아침에 서점 운영을 실질적으로 책임지고 있던 둘째가 나를 앞에 불러놓고 말했다.

"졸업이 불과 반년 남았으니 그때까지 너를 데리고 있고 싶지만 보다시피 이 방에서 장정 네 명이 함께 지내는 건 너무 힘들다. 게다가 큰형 친구 한사람이 오늘 여기로 또 온다는구나. 그러니까 네가 잘 생각해서 결정해주렴."

"알겠어요. 그동안 정말 고마웠습니다."

나는 최후통고를 언제나 받아들일 마음의 준비를 하고 있었기 때문에 크게 당황하지는 않았다. 나는 옷 몇가지와 교과서 몇권, 그리고 침구로 사용하던 모포 한장을 큰 보자기로 싸서 풀리지 않도록 단단히 여몄다. 내게 딸린 짐이라곤 그것들이 전부였다. 침구라도 따로 있을 법한데 모포 한장밖에 아무것도 없었다. 짐이 가볍고 간단했기 때문에 나는 그것을 서점에 따로 맡겨두지 않고 등교길에 가져가기로 했다. 다른 애들보다 조금 일찍 학교에 도착한 나는 짐보따리를 책상 밑에 감춰놓고 옆자리의 동급생들이 그것을 발견할까봐 종일 경계심을 풀지 않고 지냈다.

'겨우 반년 동안 학교를 다니고 그만둘 거였다면 차라리 이 학교에 들어오지 말걸.'

교실 창밖으로 텅 비어 있는 교정을 바라보며 나는 마음속으로 탄

식했다. 그러나 어쩔 수 없는 일이었다. 편입학을 하기 전에 나는 어떻게 해서라도 학교에 다시 들어가야겠다는 열망으로 밤잠을 이루지 못했던 것이다. 그때의 열망을 생각하면 이런 결말은 너무나 허망한 것이었다. 이 학교는 큰 도시의 이름난 명문고와는 거리가 먼, 지방 소도시의 평범한 중학교였다. 다만 특색이 있다면 불교재단에서 설립한 사립학교라는 것과 교장선생님과 교감선생님이 머리를 삭발한 스님 출신이라는 것 정도였다. 삭발한 교장선생님은 아침 조회시간에 연단에 올라서면 말씀을 아주 오래오래 끌었다. 그러면 학생들은 지루해서 다리를 비비 꼬거나 옆사람과 소리를 낮춰 노골적으로 잡담을 벌이기도 했다. 불교재단이라 그런지 교사들은 체벌에는 매우 관대했다. 나는 규율이 느슨한 학교의 그런 분위기가 마음에 들었다.

마지막 수업이 끝나면 은테안경을 끼었고 성격이 꼬장꼬장한 담임선생님이 교실로 들어와서 매일 반복하는 형식적인 종례시간을 가질 것이다. 그 시간까지 모두 치른 뒤 나는 짐짓 아무 일도 없다는 듯, 평소와 다름없이 조용히 학교에서 떠날 예정이었다. 담임선생님이나 학급의 누구에게도 전혀 내색을 하지 않겠다고 나는 거듭 다짐했다. 나는 가벼운 짐보따리를 어깨에 메고 오후의 시골길을 혼자 걸어서 집까지 갈 생각이었다. 읍에서 집이 있는 마을까지는 사십리가 조금 덜 되는 거리인데 지름길에 해당하는 그 길은 대부분이 야산을 가로지르는 오솔길로 되어 있었다. 다만 읍의 외곽지역을 조금 벗어나면 물길이 얕은 극락강(極樂江)이 있고 강을 건너는 철교가 놓여 있는데 그곳까지는 차와 마차가 다니는 번잡한 도로가 이어져 있었다. 극락강은 번잡한 시가지와 한적한 오솔길의 경계선이었다. 나는 극락강을 건넌 뒤 시작되는 한적한 오솔길을 혼자 걷는 것을 특히 좋아했다. 혼자 걷기에는 다소 멀고 지루한 거리지만 그 길을 걸을 때면 나는 길이 끝날 때까지 조금도 지루한 줄 몰랐다. 길을 걷다보면 가끔 산새들이나 어디서 불쑥 나타난 들개들이 길동무가 되어주기도 했다. 개들 중에는 몇킬로씩이나, 때로는 길이 다 끝나는 지점까지 동행해주는 개도 있었다. 그 오솔길에서 자주 만나 나와 서로 낯이 익은 개도 있었다. 나는 길을 걸으면서 노래도 흥얼거렸고 가끔 휘파람도 불었다. 휘파람은 그 오솔길을 걷기 시작하면서 겨우 소리를 낼 줄 알게 되었는데 반년쯤 뒤에는 음정을 제대로 맞출 수 있는 정도가 되었다. 극락강을 건너면 시작되는 그 오솔길은 내게는 진짜 극락처럼 흥겹고 자유로운 지역이었다.

가족들은 보름이나 한달 간격으로 돌아오는 나를 별로 반겨주지 않았다. 쇠락하는 집안 분위기가 가족들에게서 마음의 여유를 빼앗은 탓일 것이다. 어머니마저 나를 그다지 반기는 기색을 보이지 않았는데 그것은 내가 나타나는 순간 내가 가져가야 할 약간의 식량과 현금 걱정이 앞서기 때문이었다. 그렇지만 가족과의 재회에 대한 기대감이 마음에서 떠난 적은 한번도 없었다.

그날도 담임선생님은 여느때처럼 몇가지 주의사항을 간단하게 들려주고 종례시간을 빨리 끝냈다. 담임선생님의 훈시내용은 언제나 비슷했는데 밤외출을 삼가고 책을 읽거나 자습을 하라는 것, 그리고 등록금 미납자들은 중간고사 전까지 반드시 납부해야 한다는 것 등이 늘 되풀이되었다. 이윽고 담임선생님이 종례를 마치고 슬리퍼 끄는 소리를 내면서 교실 밖으로 나갔다. 삼학년 교실의 학생들은 그 순간 앞다투어 일제히 썰물처럼 교실 밖으로 빠져나갔다. 금방 교실이 조용해졌다. 내가 책상 밑에 감춰둔 보따리를 들고 학교를 떠날 시간이

다가온 것이다. 나는 숨을 한번 깊이 몰아쉬고 나서 천천히 보따리를 집어들었다. 그때 누가 뒤에서 다가와 내 등에 가만히 손을 얹었다. 교실에 아무도 없는 줄만 알았던 나는 깜짝 놀라 돌아다보았다. 뜻밖의 얼굴이 거기 있었다. 녀석은 마치 몰래 나쁜 짓을 하고 있는 현장을 발견한 감시자처럼 야릇한 표정으로 나를 바라보았다. 그는 성한경이란 학생인데 평소에 나와 친한 사이도 아니었고 내가 별다른 관심을 갖지도 않던 학생이었다. 그는 교실에서 그다지 인기가 없는 녀석이었다. 우선 용모부터 호감을 주지 못했다. 턱은 길쭉하고 피부에는 검붉은 여드름 자국이 덕지덕지 붙어 있고 이마에는 때이른 깊은 주름살이 몇가닥 지나가고 있었다. 표정은 늘 우울하고 어두웠다. 그는 애늙은이라는 말이 딱 들어맞는 용모의 소유자였다. 그의 행동거지를 보면 이 말이 더욱 걸맞았다. 학급에서 가끔 토론이 벌어질 때 그는 남들이 쉽게 생각하지 못하는 기발한 주장을 펼치곤 했는데 그의 주장이 이치상 옳을 때에도 아무도 그에게 동조해주지 않았다. 그런 경우 보통 아이라면 토라지거나 크게 화를 냈을 것이다. 그러나 성한경은 자기에 대한 남들의 무관심에 크게 개의치 않고 태연하게 자기 주장을 끝까지 펼쳐나갔다. 그는 고집불통이고 뚝심있는 아이였다.

"너, 그 보따리 속에 뭐가 들어 있지?"

성한경이 보따리를 손으로 가리키며 물었다.

"네가 알 것 없다. 별것 아냐."

"너 그러면 안돼. 정직하게 얘기해야지."

"지금 무슨 말을 하는 거야? 내가 속일 게 뭐가 있다고."

"너는 나를 속이고 있어. 하지만 내 눈은 못 속인다. 나는 네가 지금 무슨 생각 하고 있는지도 다 알고 있어. 끝수업 시간부터 너를 죽 지켜봤거든. 너 학교 그만두려고 하지? 인마, 조금만 견디면 졸업인데 왜 그만둬?"

나는 더이상 대꾸를 못하고 우두커니 서 있었다. 그가 아주 진지한 표정으로 말했다.

"우리집은 가난해. 방도 좁고 환경이 좋지 않다. 그래도 괜찮다면 나랑 같이 우리집으로 가자."

그가 아주 뜻밖의 말을 했다. 조금 전까지는 상상조차 하지 못했던 말이었다. 처음에는 믿어지지 않았지만 그의 진지한 표정을 보고 곧 진담임을 알았다. 그렇지만 선뜻 그의 제안을 받아들이겠다는 말이 나오지 않았다. 그와는 친한 사이도 아니고 말을 건네기조차 서먹한 관계였던 것이다.

"너희 부모님이 허락해주실 것 같아?"

한참 만에 겨우 내가 한 말이었다. 성한경이 또 한번 나를 놀라게 했다.

"그런 건 신경 쓸 것 없다. 우리집에서는 내가 왕이야."

그가 내 손에서 보따리를 빼앗아들었다. 그리고 앞장서서 교실 밖으로 나갔다. 나는 얼떨떨한 기분으로 그의 뒤를 따라갔다. 이 돌발사태가 행운인지 불행인지조차 아직 알 수 없었다.

"방은 내 방을 함께 쓰면 돼. 우리 가족은 먹는 게 부실해서 식사는 네가 따로 해결해야 할 거야. 잘 부탁하면 우리 어머니가 가끔 도와주실 거구. 그리고 미리 꼭 얘기해둘 게 있는데 우리집은 다른 집들과 다르다. 하루이틀 지내보면 아마 넌 크게 실망할 거다. 그래도 견딜 수 있다면 졸업 때까지 우리집에 있어도 돼."

운동장을 가로질러 나가면서 성한경이 말했다. 나는 그가 말하는

'다른 집과 다른 점'에 대해 대수롭게 생각하지 않았다. 소년들은 누구나 자기 집과 가족들이 다른 이웃들과는 조금 다른 분위기와 성격을 가졌다고 생각하는 경향이 있다. 나는 그저 그런 뜻으로 한 말일 거라고 받아들였다. 우리는 학교에서 벗어나 큰 도로를 조금 걷다가 도로에서 다시 샛길로 접어들었다. 도로는 시내로 가는 길이고 샛길은 철로를 건너가는 길인데 시내 중심지와는 방향이 조금 다른 길이었다. 샛길을 조금 걷다가 우리는 철로를 건너뛰었다. 그곳은 횡단이 금지된 곳인데 지키는 사람이 없는 탓인지 사람들이 자유롭게 건너다녔다. 철로를 건넌 뒤 샛길을 조금 더 걸어가자, 성한경네 동네가 나타났다. 그것은 엄밀히 말하면 동네라기보다 커다란 하나의 집단가옥이었다. 오래된 낡은 창고를 다세대주택으로 개조해서 한지붕 아래 여러 세대들이 함께 살고 있었는데 겉모습은 여전히 낡고 우중충한 창고에 지나지 않았다. 이 건물은 일반 주택가는 물론 큰 도로에서도 멀리 떨어진, 외딴 지역에 있기 때문에 멀리서 보면 이곳에 사람이 거주하고 있다고 믿을 사람은 없었다. 건물 앞마당에 도착한 뒤에 나도 전에 큰길을 지나다가 멀리서 이 우중충한 건물을 몇차례나 바라다보았던 일을 기억해냈다. 그때 나는 괴물스럽게 생긴 저 낡은 건물 속에 무엇이 있을까 하고 무척 궁금해했다.

창고 앞마당의 공동수도 주위에는 네댓 명의 여인들이 물을 받아놓고 빨래를 하고 있었고 한쪽 마당 끝에서는 아이들이 땅에 엎드려 땅따먹기를 하느라고 여념이 없었다. 성한경은 공동수도 옆을 지나면서 빨래하는 여인들에게 모자를 벗고 매우 정중하게 인사를 했다. 남루한 옷을 입은 이웃 여인들을 향한 그의 예의바른 인사법이 내게는 무척 인상적이었다. 성한경네 집은 공동주택의 한가운데 있었는데 낮은 출입문을 열고 들어가자 바로 어두컴컴한 부엌부터 나타났다. 출입문과 판자 벽 사이의 좁은 틈새 사이로 몇줄기 빛이 스며들어왔다. 사방이 막혀 있기 때문에 한낮에도 전등을 켜야만 사물을 볼 수 있을 만큼 집안이 어두웠다. 집은 비어 있었다. 방은 두 개가 나란히 있었는데 하나를 그의 부모님이 사용하고 하나가 아들 방이었다. 성한경이 외톨이 아들이란 것도 그때 알았다. 그가 자기 방의 문을 벌컥 열어젖히고 책가방을 안으로 집어던졌다.

"이게 내가 쓰는 방이야. 보따리를 거기 내려놓아."

나는 그가 시키는 대로 보따리를 방안으로 밀어넣었다. 한평 반도 채 안될 것 같은 작은 방이었다. 방 윗목에는 작은 앉은뱅이책상이 하나 놓여 있고 바로 옆에 초라한 침구가 놓여 있었다.

"너희 부모님은 어디 계시니?"

나는 그의 부모님이 나에 대해 어떤 반응을 보일지 무척 궁금했고 두려웠다.

"우리 부모님? 낮에는 모두 집에 안 계셔. 돈벌러 다들 나가셨지."

성한경이 부엌에서 밥통과 김치통을 찾아들고 먼저 방으로 들어갔다.

"이게 내 늦은 점심이야. 같이 먹자."

나도 점심을 걸렀으므로 그가 내미는 숟가락을 선뜻 받아들었다. 우리는 좁은 방에서 머리를 맞대고 앉아 늦은 점심을 맛있게 먹었다. 점심을 먹고 나자 성한경이 말했다.

"나는 지금 역전으로 가서 어머니와 교대해야 돼. 너는 이 방에서 공부를 하든지 답답하면 밖에 나가서 산책하든지 알아서 하렴."

"너는 언제 돌아오는데?"

"조금 늦을 거다. 저녁 아홉시는 지나야 하거든."

"나도 함께 가면 안되니?"

"그냥 여기 있어라. 내가 하는 일이 별로 재미있는 일도 아냐."

그는 내게 더 말할 틈도 주지 않고 혼자 밖으로 휙 나가버렸다. 빈 집에 혼자 남은 나는 한동안 끌려온 포로처럼 방안에서 꼼짝도 못하고 앉아 있었다. 나는 아직도 과연 내가 이 작은 방에서 학교를 마칠 때까지 기거할 수 있는 것인지 알 수 없었고 몹시 불안했다. 반시간쯤 지났을 때 성한경의 어머니가 집으로 돌아왔다. 친구의 어머니는 방금 아들에게 하던 일을 물려주고 집으로 온 것이다. 친구의 어머니는 키가 조그맣고 곱상하게 생긴 마흔살 안팎의 여인이었다.

"자네가 우리 한경이 친구야? 얘긴 다 들어서 알고 있지."

부인은 내게 아주 친절한 말투로 말했다.

"우리집이 너무 불편해서 견딜 수 있을까 몰라."

부인의 말에 나는 잠자코 있었다. 나는 친구의 어머니가 나를 대뜸 거부하지 않은 데 안도를 느꼈다. 집에 온 부인은 십분도 집에 머물지 않고 큰 자루 하나를 들고 곧 밖으로 나갔다. 부인은 석탄을 줍기 위해 철로변으로 나가는 길이었다. 부엌 바닥에는 석탄 부스러기가 여기저기 흩어져 있었다. 나는 철로 주변에서 자루 하나씩 어깨에 메고 땔감으로 쓰기 위해 석탄을 줍는 여인들과 아이들을 가끔 본 일이 있었다. 해가 질 무렵이면 철로 주변에서 그들을 보기는 어렵지 않았다. 대부분 남루한 옷차림에 얼굴에는 시꺼먼 석탄가루 얼룩을 잔뜩 묻히고 있었는데 그들은 이 소도시에서 최하층의 극빈자들이었다. 성한경의 어머니도 그들 가운데 하나라고 생각하자, 나는 조금은 당혹스러웠다. 한때나마 그들을 동정했던 나 자신이 부끄럽고 딱하게 여겨졌다. 지금 나는 내가 동정했던 대상에게 거꾸로 동정과 도움을 기대하고 있는 것이다.

해가 기울고 바깥이 어두워질 때까지 집에는 아무도 나타나지 않았다. 혼자 컴컴한 빈집을 지키고 있기가 무료하고 답답해서 나는 살며시 출입문을 열고 밖으로 나왔다. 공동주택 주위는 모두 논과 밭뿐이었다. 아직 모를 심지 않은 논에서 들려오는 개구리 울음소리가 주변의 깊은 정적을 깨뜨리고 있었다. 밤이 되어 집집마다 불을 밝힌 주택가의 집들이 멀리 바라다보였다. 그곳이 갑자기 별세계처럼 멀게 느껴졌다. 나는 논 사이의 샛길을 걷기 시작했고 어느새 큰길로 나와 있었다. 나는 친구가 있는 역 방향 쪽으로 천천히 걸었다.

역전 마당에 도착한 나는 성한경을 금방 찾아냈다. 그는 역마당 한 켠에 줄지어 앉아 있는 좌판 아주머니들 사이에 학생모자를 깊이 눌러쓰고 끼여앉아 있었다. 좌판마다 각자 가스등을 켜놓았는데 성한경의 좌판에는 오징어와 땅콩, 몇가지 싸구려 과자가 가지런히 놓여 있었다. 좌판 행인들 속에 남자는 성한경 한명뿐이었다. 그래서 그가 모자 챙으로 얼굴을 반 이상이나 가리고 있었지만 금방 눈에 띄었다.

"왜 나왔어?"

내가 옆으로 다가서자, 그는 화난 듯한 표정으로 물었다.

"너희 어머니도 여태 돌아오지 않으셨어. 아버지도 안 오셨고."

나는 그의 질문을 슬쩍 피했다.

"누가 오든 말든 너하곤 관계없어. 그런 데 신경 쓰지 말고 네 일이나 잘해. 네가 그 방에 있는 동안 아무도 너를 건드리지 않을 테니까. 참, 너 취사도구는 준비했냐?"

"아직 못했지. 내일쯤 마련할까 그래."

"그럼 오늘 저녁은 어머니에게 부탁해야겠군. 내일부터는 네가 해결해. 먹는 것은 우리집에 기대하지 말라구."

"알았어."

"오늘은 손님도 더럽게 없네. 그러잖아도 치우고 들어갈 참이었다."

성한경은 좌판을 정리하기 시작했다. 정말 장사가 안되어 좌판을 치우는지 훼방꾼이 나타나 장사할 기분이 안 나서 그러는지 알 수 없었다. 물건을 큰 보자기에 싸고 판자를 엮어 만든 좌판을 접은 다음 그것들을 양쪽 손에 들고 그는 자리에서 떠났다. 내가 짐 하나를 나눠 들겠다고 말했지만 그는 내 손을 완강하게 뿌리쳤다.

우리가 집에 도착했을 때 성한경의 어머니는 먼저 돌아와 있었다. 부인은 부엌 아궁이 옆에 혼자 쭈그리고 앉아 있었는데 얼굴 표정이 몹시 어두웠다. 옆에는 빈 자루가 뒹굴고 있었다.

"뭐야? 그 새끼들하고 또 마주쳤군. 그러니까 내가 이럴 줄 알고 가지 말라고 그랬잖아."

성한경은 마치 누이를 대하는 듯한 말투로 어머니를 질책했다. 아들 앞에서 친구의 어머니는 큰 잘못을 저지른 아이처럼 아무런 대꾸도 못하고 다소곳한 자세로 앉아 있었다.

"개새끼들! 자기네가 버린 것을 애써 주웠는데 그걸 다시 뺏어? 순 악질들."

성한경은 철로변을 지키는 역무원들을 향해 심한 분노를 터뜨렸다. 비록 지나가는 화차에서 흘러내린 석탄이지만 철로변에 널려 있는 석탄 부스러기를 채집하는 것은 국가재산 절취로 간주되었다. 그래서 어쩌다 재수없게 역무원에게 걸려들면 그날 주워모은 석탄을 모두 빼앗기는 것은 물론이고 역사로 끌려가서 서약서까지 써주는 곤욕을 치르게 되는 것이다. 해명을 듣지 않아도 나는 그날 성한경의 어머니가 겪은 일을 환히 알 수 있었다.

"그 사람들에게 욕하지 말어. 내가 남들처럼 빨리 뛰지 못해서 그런 거야. 나 하나만 붙들렸어. 봐주고 싶어도 너무 뒤에 처지면 할 수 없지 뭘."

부인은 아들의 분노를 진정시키려고 애썼다.

"이 새끼들, 내가 당장 가서 몇배로 갚아줄 테다."

성한경은 상품을 담은 보자기와 좌판을 부엌 바닥에 팽개치고 그곳에 널브러져 있는 빈 자루를 주워들었다. 그의 어머니가 벌떡 일어서면서 놀란 표정으로 말했다.

"저녁도 안 먹고 어딜 가려구 그래? 너 지금 너무 이른 저녁이란 것도 잊었니? 사람들이 다 보고 있어. 그러지 말고 네 친구랑 저녁이나 먹고 마음을 진정시켜."

어머니가 만류하자, 아들은 입구에서 잠시 멈칫거리다가 할 수 없다는 듯 돌아섰다. 나는 성한경이 빈 자루를 들고 어디로 가려고 하는지 알았다. 그는 역 구내의 석탄저장소로 가서 낮에 어머니가 역무원에게 빼앗긴 석탄을 갑절로 되찾아올 궁리를 하고 있었다. 그것은 철로변에 흩어진 석탄 부스러기를 채집하는 일과는 성격이 아주 다른 분명한 절도행위일 뿐 아니라 위험성도 컸다. 석탄저장소는 역 건물 바로 맞은편에 있는데 일대를 불빛이 환히 비추고 있으며 밤에도 역무원들의 왕래가 잦은 지역이었다. 그런 위험한 지역까지 들어가서 석탄을 훔쳐내겠다는 것은 보통 담력 가지고는 엄두도 낼 수 없는 일이었다.

늦은 저녁을 먹고 잠시 쉬고 있던 성한경이 다시 자루를 들고 일어섰다. 그의 어머니는 방에 있었기 때문에 이번에는 만류하는 사람도 없었다.

"잠시 다녀올 테니 넌 책이나 보고 있어. 피곤하면 먼저 자도 좋아."

"나도 함께 가면 안돼?"

"붙잡히면 경찰로 넘어갈 수도 있는데 그래도 괜찮아? 그렇게 되면 학교고 뭐고 다 끝장이야."

성한경은 내 마음을 떠보느라고 일부러 엄포를 놓았다.

"난 역 구내까지 들어가지 않을 거야. 근처까지만 갈게."

"맘대로 해. 혹시 뒤탈이 나도 난 책임 못 진다."

부엌에서 밖으로 나오면서 어떨지 몰라서 나도 자루 하나를 집어들었다. 외등이 설치되지 않은 공동주택 일대는 사람 얼굴을 식별하지 못할 만큼 어두웠다. 우리는 논 사이의 샛길을 지나 금방 철로의 건널목에 이르렀다. 시내를 거치지 않은 이 길이 역으로 가는 지름길이었다. 건널목에서는 역 일대가 환히 바라다보였다.

"왜 위험한 일을 하려고 하지?"

역 구내 쪽으로 천천히 접근해가면서 내가 물었다.

"넌 철로변에서 주워오는 석탄 부스러기로 땔감이 충분하다고 믿어? 어림없다. 그걸로는 밥짓기도 모자라. 난 이게 처음이 아니야. 맨날 하는 일이라구. 여기 역에 석탄이 없었다면 우리 동네 사람들 지난 겨울에 모두 얼어죽었을걸. 겁이 나면 여기서 그만 돌아가라."

나는 그 말에 대꾸하지 않고 교차점의 신호등이 있는 곳까지 묵묵히 그를 따라갔다. 우리는 거의 역 구내로 들어와 있었다. 우리 앞에 분리된 화차 한대가 외톨이로 서 있었다.

"넌 여기서 기다려. 혼자 갔다올 테니까."

성한경은 번개처럼 금방 어둠속으로 사라져버렸다. 나는 화차 뒤에 몸을 숨기고 한참 기다렸다. 이따금 나는 얼굴을 내밀고 역 건물과 석탄저장소 사이에 있는 플랫폼 쪽을 살폈는데 다행히 아무도 나타나지 않았다. 성한경은 십분쯤 뒤에 석탄을 가득 채운 자루를 어깨에 메고 돌아왔다. 그는 메고 온 자루를 땅바닥에 내려놓고 내게 말했다.

"너도 자루 가져왔지? 그걸 내게 줘."

내게서 빈 자루를 받아든 그는 숨돌릴 겨를도 없이 다시 어둠속으로 사라졌다. 갑자기 두려움이 왈칵 몰려왔다. 별생각 없이 자루 하나를 더 가져온 걸 후회했다. 나도 한사람 몫을 하고 싶었고 그렇게 하는 게 친구네 집을 돕는 일이라고 생각했다. 플랫폼 근처에서 사람 그림자가 어른거렸다. 자세히 봤더니 키가 큰 역무원이 손전등을 들고 천천히 이쪽으로 오고 있었다. 그 순간 나는 재빨리 석탄자루를 어깨에 메고 건널목 쪽으로 뛰기 시작했다. 나는 다급한 나머지 친구가 뒤에 남아 있다는 것마저 한순간 잊었다. 나는 단숨에 건널목까지 달려갔다. 그곳에서 뛰기를 멈추고 겨우 숨을 돌렸다. 그제야 뒤에 남은 성한경이 생각났다. 녀석은 어떻게 되었을까? 역무원이 석탄저장소를 살피러 갔다면 그는 빠져나오지 못하고 필경 붙잡혔을 것이다. 제발 역무원이 그곳에는 가지 않았으면 좋을 텐데.

나는 자루를 땅에 내려놓고 철로 위에 걸터앉아 친구를 기다렸다. 온갖 불안한 징조들이 머리를 스쳐갔다. 만약 성한경에게 무슨 일이라도 생긴다면 나는 다시 극락강을 건너서 집으로 돌아가야 할 처지였다. 지금 내가 의지할 수 있는 사람은 성한경뿐이었다. 그의 존재가 새삼스럽게 소중하게 느껴졌다.

시간이 몹시 더디게 흘러갔다. 그곳에서 불과 이십분 가량 기다렸을 뿐인데 몇시간이 지난 것 같았다. 신호등 쪽에서 누가 천천히 걸어 오고 있었다. 나는 반가워서 벌떡 일어나 소리쳤다.

"성한경, 너 맞지?"

석탄자루를 어깨에 멘 성한경은 옆으로 다가올 때까지 말이 없었다. 그는 조금 화가 난 것처럼 보였다.

"잡히지 않고 용케 빠져나왔구나. 난 네가 잡힌 줄만 알았다."

"왜 내가 잡혔다고 생각했지?"

"역무원이 그쪽으로 가지 않았어? 손전등을 든 키 큰 사람 말이야."

"너 겁쟁이구나. 나도 그 사람을 봤다. 그 사람은 교환기를 돌려놓으려고 나온 사람이야. 그쪽에는 얼씬도 안했어."

"그런데 왜 이렇게 늦었지?"

"화차 뒤에 짐을 감춰놓고 여태 너를 찾아다녔다. 난 네가 혹시 잡혀갔을까봐 역사무소까지 가봤어. 사무소를 기웃거리다가 하마터면 잡힐 뻔했다."

성한경은 내가 겁을 집어먹고 달아난 것에 대해 크게 화내거나 비난하지는 않았다. 그는 석탄자루를 둘러멘 채 말없이 앞장서서 집을 향해 걷기 시작했다. 그가 그럴수록 나는 자신의 서툰 행동이 부끄럽고 민망스러웠다.

역전 지게꾼인 성한경의 아버지는 자정을 넘긴 뒤에야 만취상태로 돌아왔다. 아들의 말을 빌리자면 그는 이 집에서 가장 팔자가 편한 사람이었다. 그는 집에 오자 지게를 부엌에 내려놓고 방으로 들어간 뒤 다시는 밖에 얼씬도 하지 않았으므로 나는 이튿날 아침까지 그를 볼 수 없었다. 집에 돌아온 그는 자기네 부부 방에서 아내를 상대로 오랫동안 주정꾼의 푸념을 늘어놓았다. 그 푸념에는 약간의 욕지거리도 섞여 있었다. 방과 방 사이의 벽이 방음상태가 썩 좋지 않았기 때문에 친구 아버지의 푸념은 대부분 이쪽 방까지 선명하게 들려왔다. 푸념은 한시간 가량 계속되다가 곧 끊어졌다. 그 대신 그때부터 남자의 코고는 소리가 벽을 타고 요란하게 들려왔다.

"하루 번 돈을 몽땅 마시는 게 우리 아버지 취미야. 호인이고 걱정도 없으시지."

나와 나란히 자리에 누워 잠을 청하던 성한경이 말했다. 그는 마치 남들이 아버지의 좋은 점을 자랑할 때처럼 유쾌한 목소리로 말했다. 그는 주정뱅이 아버지에 대한 미움이나 원망 같은 감정을 전혀 드러내지 않았고 나는 그의 그런 태도를 쉽게 이해할 수 없었다. 그리고 내가 더욱 이해할 수 없는 것은 한평 반이 채 안되는 이 좁은 방에 그가 나를 동숙자로 받아들인 점이었다. 나는 오랫동안 그의 그런 처사를 이해하지 못했다. 내가 그 방에서 기거하며 중학교를 마칠 그때까지도.

—『문학과 경계』 2001년 여름호

성자의
그늘

성자의 그늘

    몇해 전 볼일이 있어서 광주에 내려갔다가 나는 그곳에서 오랫동안 교직에 종사하고 있는 옛 친구를 만났다. 김규석은 내가 아직 이십대였을 때 지방의 한 학교에서 동료 교사로 함께 근무했던 친구로 그 당시는 물론이지만 서로 길이 갈린 뒤에도 나와 각별한 우정을 나눠온 사이였다. 그는 뛰어난 능력이나 남을 감동시키는 특별한 재주 같은 것은 갖고 있지 않지만 그 대신 이해심이 많고 심지가 곧아서 주변에는 늘 따르는 사람이 많았다. 서로 멀리 떨어져 살면서도 삼십년 넘게 나와 우정이 지속되어온 것도 순전히 김규석의 그런 무던한 성품 때문이라고 할 수 있었다.

    도착 첫날 낮에 나는 시내에서 대충 일을 처리하고 오후 느지막한 시간에 미리 약속해둔 도심의 찻집에서 김규석과 만났다. 우리는 오랜만에 함께 저녁을 먹었고 다시 찻집으로 돌아와서 상대방의 근황에 관해 이런저런 얘기들을 묻기도 하고 들려주기도 했다. 예전 같았으면, 그러니까 우리가 한창 어울리던 이십대 후반이었더라면 당연히 식후에 주점으로 달려가서 밤이 이슥하도록 술잔을 기울였을 것이다. 그때는 김규석이 결혼 전이었는데 그는 술과 담배를 몹시 즐겼고 세상의 어느 것에도 얽매이지 않는 자유분방한 생활을 하고 있었다. 비록 그는 시골 출신이지만 살림이 넉넉한 집안의 막내로 자란 사람답게 성격이 활달하고 쾌활해서 좀 심하게 말하면 방탕기질마저 엿보일 정도였다. 그 당시 그는 어떤 달에는 봉급보다 많은 돈을 단골로 드나드는 술집에 갖다바친 일도 있었다. 그런 김규석이 한 여성을 만나 사귀고 결혼을 하는 과정에서 완전히 다른 사람으로 탈바꿈해버렸다. 상대는 갓 대학을 마치고 같은 학교에 음악교사로 부임해온 여성인데 그녀는 이웃 지방 기독교 교회에서 목사로 일하고 있는 명망높은 성직자의 따님이기도 했다. 나는 한 여성이 남자를 완벽하게 지배하고 과거와 전혀 다른 인물로 개조하는 분명한 실증을 김규석의 결혼을 통해 보았다.

그가 결혼하고 몇해가 지난 뒤 역시 광주에서 김규석과 만날 기회가 있었는데 내가 예전 버릇대로 담배를 권하자, 그는 질겁하며 손을 저었다.

"난 담배 못 피워! 담배 끊은 지가 벌써 몇년째야. 술도 전혀 못하네. 가끔 포도주 한잔 정도는 마실 때가 있지만. 지금은 담배연기만 맡아도 질식할 것 같네."

그는 내가 담배를 다시 권할까봐 겁먹은 눈초리로 내 손을 바라보았다.

"그래? 참 재미없게 되었군."

내가 실망하는 기색을 보이자, 김규석은 몹시 민망해하며 몇해 전에 있었던 신부와의 약속을 들려주었다.

　"결혼 전에 아내가 세 가지 전제조건을 제시했다네. 술과 담배를 완전히 끊을 것. 그리고 당장 기독교 신앙생활을 시작할 것. 물론 일방적으로 자기 조건만 내세운 건 아니네. 이 세 가지만 지켜준다면 물질적인 풍요나 남자의 사회적 출세 같은 것에 자기는 눈을 돌리지 않겠다고 약속했네. 그런 태도가 맘에 들었다네. 그래서 나도 선뜻 조건을 받아들였지. 처음에는 참 어려웠지만 지금까지 나는 약속을 충실히 지켜왔다고 자부하고 있네."

　김규석은 이미 주말 시간의 대부분을 교회 일에 매달리는 장로님이 되어 있었고 금연으로 체중이 많이 불어나서 겉모습마저 다른 사람으로 변해 있었다. 오랫동안 우정이 지속되었다고 하지만 그가 아내를 따라 교회로 들어간 뒤부터 나와 관계가 다소 소원해진 것만은 사실이었다. 그의 아내에 관해 나는 지금껏 소문만 들었지, 직접 한자리에서 얼굴을 대한 적이 한번도 없는 것만 보아도 그걸 알 수 있었다.

　찻집에서 한담이 거의 끝나갈 즈음 김규석이 내가 전혀 기대하지도 않았던 뜻밖의 제안을 했다.

　"이봐, 오늘밤은 우리집에서 묵게. 사실 결혼 이후 자넨 우리집에 한번도 못 와봤지. 몇해 만에 만났는데 자네를 또 여관에서 재울 수야 있나."

　찻집 근처에 벌써 숙소를 잡아놓았기 때문에 나는 선뜻 대답을 할 수 없었다. 내가 망설이는 이유는 또 있었다. 그의 아내가 끽연을 끔찍이 싫어하기 때문에 그 집에는 아예 접객용 재떨이조차 마련해놓지 않았다는 것을 나는 알고 있었다. 한 남성을 단숨에 과거로부터 격리

시켜버린, 그런 무서운(?) 여성과 첫대면을 하는 것도 내겐 부담스런 일이었다. 김규석의 아내 쪽에서 보면 나라는 존재는 이미 단절해버린 남편의 과거에 해당되는 인물이었던 것이다. 그런데 김규석은 단순한 인사치레로 그 말을 한 것이 아니었다. 그는 찻집으로 나올 때부터 그런 작정을 하고 있었던 듯, 내가 다른 말을 할까봐 미리 내 입을 막았다.

"아내도 자네가 집에 와서 묵는다는 걸 알고 있어. 자, 너무 늦기 전에 일어나세."

결코 내키지는 않았지만 모처럼 친구가 베풀려는 호의를 뿌리치는 것은 너무 야박한 짓이었다. 하는 수 없이 나는 김규석의 차를 타고 그의 집으로 갔다. 규석의 아내는 자그마한 키에 가냘픈 몸매를 지닌 여인이었다. 내가 우려했던 것과는 달리 그녀는 처음 만나는 남편의 옛 친구를 무척 조심스럽게 대했다. 규석과 내가 얘기를 나눌 때 그녀는 옆에 다소곳한 자세로 앉아 주로 조용히 듣는 편이었지만 이따금 분명한 억양으로 자기 견해를 주저하지 않고 말하기도 했다. 그런 그녀의 태도에서 나는 그녀가 빈틈이 없고 아주 치밀한 성격을 지닌 여인이란 인상을 받았다. 이윽고 밤이 기울어 집주인 내외는 건넌방에 내 잠자리를 봐주고 안방으로 함께 건너갔다. 그런데 내가 잠시 읽던 그날 조간신문을 접어놓고 막 전등을 끄려고 하는데 방금 자기 침소로 건너갔던 규석이 갑자기 다시 나타났다. 그는 놀랍게도 조그만 유리 재떨이를 가져와 바닥에 슬쩍 내려놓았다.

"자네 담배 참느라고 혼났지? 그래서 이걸 갖다주려고 다시 건너왔네."

규석이 내 옆에 주저앉더니 소리를 낮추어 말했다. 조금 전보다 더

무거워 보이는 얼굴 표정으로 볼 때 그가 다만 내게 끽연을 권하기 위해서 건너온 것 같지는 않았다.

"아니, 김선생. 근엄한 장로님이 이게 무슨 짓이야? 자네 부인은 담배냄새만 맡아도 구토를 한다는데 연기가 새어나가면 어쩔려고. 이 재떨이는 새것 같은데 어디서 구해왔지?"

비록 모처럼 초대받은 손님이지만 나는 이 집 여주인의 뜻을 거역하면서까지 담배를 피울 생각은 없었다. 담배나 술에 관한 한 극기의 화신처럼 내 눈에 비쳤던 규석이, 다른 곳도 아닌 자기 집에서 내게 끽연을 권할 줄은 조금 전까지 상상도 못한 일이었다. 규석은 갑자기 사람이 변하기라도 한 것처럼 느긋한 웃음을 지어 보이며 말했다.

"괜찮으니 걱정 말고 피우라구. 나도 생각이 있어서 자네를 집으로 모신 거야. 자네가 담배 없이 한시간도 못 견디는 줄담배란 걸 내가 왜 모르나. 이 재떨이도 아까 자네가 발 씻고 있을 때 내가 잠시 나가서 집앞에 있는 잡화점에서 구해온 거야. 아내 앞에서는 좀 곤란하지만 이 정도는 아내도 눈감아주기로 되어 있네."

그의 아내마저 손님의 흡연에 동의했다는 것은 정말 뜻밖이었다. 나는 규석이 지금까지 자기 아내에 관해 잘못된 선입관을 내게 심어준 것은 아닐까 하는 의심도 했다. 그게 아니라면 규석의 아내가 변한 것이다. 그녀가 왜 갑자기 이처럼 관대해졌을까? 그것이 궁금해서 규석에게 물었더니 그는 웃음으로 적당히 얼버무린 채 우선 담배나 한 대 피우라고 권한 다음 아주 엉뚱한 얘기를 꺼냈다.

"자네, 혹시 소설 소재가 궁하진 않은가? 필요하다면 내가 소재 하나 제공하지. 소설거리가 될지 안될지 판단하는 건 물론 자네 몫이고."

나는 처음에 그의 말을 별로 진지하게 받아들이지 않았다. 이런 애기는 어디서나 흔히 듣는 것이고 대체로 반 이상이 농담이게 마련이다. 저쪽에서는 진지한 태도로 말을 꺼내는 경우라도 이쪽에서는 농담처럼 들린다. 그것은 소설이라는 무형의 물체에 대한 엄청난 시각차 때문이다. 다만 이날 밤의 경우는 평소에 허튼 농담을 즐기지 않는, 근엄한 장로님의 입에서 이런 얘기가 나왔다는 것이 다소 색다른 점이었다.

"이봐, 나는 남의 이야기를 듣고 소설을 쓴 일이 아직 한번도 없네. 아무리 굉장한 이야기라도 남이 전해준 얘기는 내겐 공허해. 전혀 의욕을 못 느끼지."

"그건 왜 그렇지? 믿음이 가지 않기 때문인가?"

"반드시 그런 건 아니지만, 이야기를 하는 사람은 이미 이야기 속에 자기 해석과 견해를 담아서 전하게 마련이지. 이야기의 구조도 자기도 의식하지 못하는 사이에 바꿔놓기 십상이야. 그런 점을 보면 모든 사람은 작가적 본능을 갖고 있다고 볼 수 있지. 그러니까 남이 전해주는 얘기는 사건의 실체나 진실과는 한참 거리가 떨어진 허구일 수 있다는 거야. 그런 얘길 얻어듣고 작품을 쓴다는 건 내겐 마치 남이 쓴 작품을 보고 흉내를 내는 것과 크게 다르지 않은 것처럼 생각되거든."

"무슨 말인지 충분히 이해는 가네. 교회 목사님들 가운데도 묵상이나 성경해석을 통해 자기 나름의 설교를 준비하는 사람이 있고 여기저기 책자에서 남의 글을 적당히 베껴다가 자기 얘기인 양 말하는 사람도 있지. 어느 쪽 설교가 가슴에 와닿는지는 뻔한 이치야. 요즘은 교회가 많다보니 목사님들도 꾸준히 공부하지 않으면 금방 뒷전으로 밀려나게 되어 있어. 이봐, 그렇더라도 내 얘기만은 들어두게. 누구든 장담을 해서는 안되는 거야. 자네가 이담에 혹시 이 얘기가 필요하게 될지 누가 알겠나? 만약 자네 아닌 다른 사람이라면 난 절대로 이런 얘기를 하지 않을 거야. 이 얘기는 나 자신과 깊은 관계가 있다네."

가볍게 꺼낸 얘긴 줄 알았는데 그게 아니었다. 규석의 표정이 점점 진지해졌고 만약 내가 그 얘기 듣기를 거부라도 한다면 그는 화를 낼 것 같은 기색마저 엿보였다.

"나는 이 얘기를 지금까지 누구에게도 발설하지 않았네. 흥미삼아 함부로 떠들 수 있는 얘기가 아니거든. 그런데 나 혼자만 가슴속에 그것을 품고 있으니까 내가 마치 자기의 음흉한 치부를 꼭꼭 감추고 있는 위선자 같다는 자괴감이 생기는 거야. 교회에서는 나를 믿음이 두텁고 그른 일은 참지 못하는 훌륭한 장로님으로 알고들 있네. 나 자신도 그들 앞에서 선량하고 모범적인 신자로 행세하지. 그렇지만 사람들 눈길을 느낄 때마다 자신이 위선자라는 자괴감이 송곳처럼 심장을 쿡쿡 찌르네. 내가 몸담은 곳이 가톨릭이었다면 난 벌써 신부님을 찾아가서 모두 털어놨을 거야. 자네가 소설 소재로 삼든 말든 아무래도 좋네. 그냥 친구의 고해를 듣는 셈치고 들어주게."

규석은 심각하다 못해 얼굴빛이 백지처럼 하얗게 변했다. 이쯤 되자, 나는 그가 털어놓을 얘기가 궁금하기도 했고 한편 겁도 났다.

"그렇게 심각한 얘기라면 구태여 털어놓을 필요가 있겠나? 나도 엄연히 타인인데 말이지. 털어놓고 나중에 후회하지 않을까?"

"아냐, 자네라면 괜찮네. 자넨 그 모든 정황을 충분히 이해할 수 있을 테니까. 그래서 자네를 선택한 거야."

이제야 규석이 나를 자기 집에서 하룻밤 묵도록 불러들인 이유가 밝혀진 셈이었다. 규석은 마음을 정리하려는 듯 한동안 천장을 물끄러미 올려다보다가 이윽고 다시 입을 열었다.

"가능하면 자네가 우려하는 각색 따위는 삼가도록 노력하고 생각나는 대로 말하겠네. 오년 전 봄이었네. 아직 오전인데 나는 학교에서 수업에 들어가 있었지. 그때 갑자기 집에서 전화가 걸려온 거야. 사환이 아주 급한 전화라고 해서 교무실로 달려가 전화를 받았는데 아내가 다급한 목소리로 지금 내가 집으로 와줘야겠다고 하더군. 아내는 내가 그날 서울에 급한 볼일로 올라가야 하니까 더 지체하지 말고 빨리 오라는 거야. 기가 칵 막히더군. 서울에 내가 왜 가야 하는지 해명도 없었어. 자네가 알다시피 나는 서울과는 아무런 인연이 없네. 찾아갈 만한 친척 한사람도 없다구. 남들은 서울 유학들을 많이 갔지만 공교롭게도 나는 그 무렵에 누나가 대구에서 거주했기 때문에 대학을 대구에서 다녔지. 그 이후로는 고향에서 떠난 적이 없네. 처가 쪽은 본적지가 삼팔이북인데다 남에 내려온 뒤에는 이 부근에서만 살았으니까 여기가 고향이 된 셈이네. 정말 나는 서울과는 인연이 없는 거야. 그런데 전에는 아무리 위급한 상황이 닥쳐도 절대로 허둥대는 법이 없고 정말 얄미울 정도로 냉정하고 침착하기만 하던 아내가 그날은 좀 이상하더군. 전화선을 타고 들리는 목소리가 떨리는 게 평소와는 느낌이 달랐어. 그렇지만 누구 말인데 내가 꾸물대고 있겠나. 나는 학교에 적당히 둘러대고 백묵을 집어던지고 허둥지둥 집으로 달려갔네. 아내가 어떻게 하고 있었는지 아나? 아내는 이미 서울에 갈 준비를 다 끝내놓고 내가 오기만 기다리고 있었어. 아내는 평소에 잘 가지 않던 미장원에도 다녀왔고 내가 처음 보는 값이 꽤 비싸 보이는 옷까지 어디서 구해다가 입고 있더군. 자네도 봐서 알겠지만 사치라는 걸 모르고 사는 여자야. 그런 여자가 갑자기 멋쟁이가 되어 있더라구.

당신도 함께 가는 거요? 내가 물었지. 그러자 아내는 내게 한숨 돌릴 틈도 주지 않고 마당에서 그대로 돌려세우더군. 얘기는 버스를 타고 가면서 하자는 거야. 우리 부부는 마치 동네에서 큰 빚을 지고 분초를 다퉈 몰래 도망가는 사람들처럼 집을 빠져나와 버스터미널로 달려갔네. 서울 가는 직행버스에 자리를 잡고 앉은 다음에야 비로소 아내가 그날 내가 출근한 뒤에 서울에서 걸려왔다는 처 외할아버님의 전화 내용에 관해 말해주더군.

솔직히 말해 나는 그때까지 아내에게 그런 외할아버지가 계시다는 것도 몰랐었네. 아내는 물론이고 처가 쪽 어디서도 그런 얘길 듣지 못했으니까 당연하지. 여보, 당신은 외할아버지가 계시다는 걸 알고 있었소? 내가 아내에게 물었더니 아내도 몰랐다더군. 다만 자기가 어렸을 때 어머니가 할아버지 이야기를 몇번 들려준 것 같은데 그 뒤로는 한번도 입에 올리지 않았기 때문에 당연히 천국에 계신 걸로 치부했다는 거야. 그러니까 천국에 계신 고인이 서울에 나타나서 외손녀에게 전화를 건 셈이지.

'애야, 네가 너의 외조부다. 나는 일본에서 며칠 전에 귀국했다. 지금 내가 이 고국땅에서 제일 보고 싶어하는 사람이 누군지 아니? 희숙이 너하고 네 남편 되는 사람이다. 내가 지금 시청 앞에 있는 태평호텔 특실에 묵고 있으니 가급적 빨리 둘이 함께 오너라. 난 사업상 만나야 할 사람도 많고 시간도 빠듯하다만 모처럼 서울에 왔으니 너희들은 만나봐야 할 게 아니냐? 난 곧 일본으로 다시 갈 거야.'

아내가 전한 외조부님 말씀을 요약하면 이렇네.

그날 저녁 나와 아내는 호텔로 가서 외조부님을 알현했네. 알현이란 말이 이 경우엔 딱 어울려. 호텔 특실이란 게 그토록 호화판인 줄은 몰랐네. 처음 구경했거든. 하긴 그 태평호텔이 서울서도 첫손에 꼽히는 곳이긴 하지만 말이야. 외조부는 어땠는지 아나? 로마황제가 내실에서 가운을 걸치고 거닐고 있는 것 같더군. 난 그렇게 근사하고 멋진 노인을 본 적이 없어. 노인이 걸치고 있는 황금색 부챗살 무늬의 가운하며 끼고 있는 은빛 안경테, 그리고 가지런히 빗어넘긴 약간 긴 은회색 머리 등 그 모든 것이 이목구비가 분명한 노인의 잘생긴 용모와 멋지게 조화를 이루고 있었네. 게다가 노인의 얼굴에는 인생의 여러 고비를 거쳐온 경륜과 위엄이 넘쳐흘렀네. 아마 누가 그 앞에 섰더라도 저절로 머리가 숙여졌을 거야. 나는 속으로 대뜸 짐작했네. 이양반은 재일동포 거부구나. 재일동포 재벌이란 말을 가끔 신문이나 소문을 통해 보고 들었는데 지금은 내가 직접 그 실물과 만나고 있구나. 그것도 남이 아닌 처 외조부를.

그렇다고 내가 뭐 그때 당장 허황된 기대를 품었던 건 아니야. 자네도 알다시피 나는 지금까지 그런대로 교직에 만족하며 살아온 사람이네. 나라고 왜 재산이나 직위 욕심이 없겠나. 하지만 그런 게 다 나와는 인연도 없고 내 능력 밖이라는 걸 알기 때문에 엉뚱한 욕심 따위는 갖지 않기로 했어. 그런데 우리가 외조부님을 알현하고 나올 때 사정이 달라졌네. 나는 대강 인사만 드리고 접객실로 나와 앉아 있었는데 외조부님은 아내만 내실로 따로 불러 오랫동안 이야기를 하시더군. 그야 어릴 때 딱 한번 보고 성장한 이후에는 소식도 모르던 외손녀를 처음 봤으니 당연하겠지. 아무튼 그날 우리는 외조부님과 뜻깊은 해후를 마치고 호텔에서 일단 나왔네. 호텔에서 나오면서 아내가 불쑥 묻더군.

'당신, 교직에 얼마만큼 사명감을 가지고 있어요?'

'갑자기 무슨 소리요?'

'다른 일자리가 생기면 지금 당장 그만둘 수도 있느냐고 묻는 거예요. 당신은 정말 눈치도 없군요.'

그제야 나는 아내의 뜻을 알았네.

'여보, 사명감이 아주 없다고 할 수는 없겠지만 당신이 걱정할 만큼 그렇게 대단하지도 않소.'

'그럼 됐어요. 외조부님은 그걸 걱정하셨어요. 우리를 부른 건 당신에게 일을 맡기고 싶어서래요. 여기에 호텔도 짓고 건축자재 공장도 짓는다는데 일을 믿고 맡길 현지 책임자가 필요하시대요. 외조부님은 당신을 적임자로 보신 거예요. 그래서 내가 말씀드렸죠. 당신은 아주 유능하고 정직한 사람이고 그리고 틀림없이 외조부님 말씀대로 따르게 할 터이니 걱정 마시라구요.'

나도 별수없는 평범하고 속된 인간이란 걸 고백해야겠네. 그날부터 나는 마음이 달아올라 구름 위에 타고 있는 기분이었네. 학교에 출근은 했고 수업시간에 책을 끼고 들어가긴 했지만 활자가 제대로 보이지 않더군. 눈앞에는 하늘로 치솟아올라간 신축 특급호텔만 어른거리는 거야. 곧 서울의 특급호텔 사장이 될 사람이 조무래기 아이들 몇 명 앞에 놓고 기초영어나 가르치고 있으니 이게 무슨 꼴이람! 답답한 교실도 아이들도 지겹다 못해 혐오스럽더군. 며칠 전만 해도 학교에 나가 아이들 얼굴만 보면 우울했던 기분이 확 걷히고 신바람이 나곤 했는데 상황이 완전히 바뀐 거야. 나는 자신이 그래도 제법 괜찮은 교사라고 자부해왔는데 전혀 그렇지 않다는 것을 그때 깨달았네."

여기까지 얘기가 진행되었을 때 나는 세번째 담배를 다 피우고 재떨이에 꽁초를 버렸다. 한자리에서 꼼짝도 못하고 앉아 얘기를 듣다 보니 금방 피로감이 몰려왔다.

"이거 봐, 얘기가 이제 겨우 출발선에 온 것 같은데 자넨 새벽까지 나를 이렇게 앉혀놓고 고문할 셈인가? 내 생각 같아서는……"

"알았네. 자네가 무슨 말 하려는지 알겠다구. 얘길 하다보니 나도 모르게 자꾸 흥분되어 자기 감상을 장황하게 늘어놓게 되는군. 그러지 않겠다고 약속까지 하구선. 이제부터는 자잘한 것들은 건너뛰고 요점만 말하겠네. 자네 수면시간을 까먹지 않도록 빨리 끝낼게 걱정 말게."

규석은 내가 혹시나 이야기를 도중에 중단시킬까봐 쩔쩔맸다. 물론 나는 그럴 생각은 전혀 없었다. 이때쯤 나도 그 멋쟁이 노인의 후일담에 상당한 관심과 궁금증을 갖게 되었던 것이다.

"서울서 우리 내외가 돌아온 뒤의 이야긴데 그때부터 아내는 서울에 돈을 보내기 시작했네. 나는 한동안 까맣게 몰랐지. 이유는 재외동포 재산반입 절차가 복잡해서 외조부가 아직 그 문제를 시원하게 해결하지 못했기 때문이야. 처음이라 국내법에 서툴러서 시행착오를 범했다던가. 그래서 외조부님은 개인 경비도 조달하지 못해 쩔쩔매고 계셨지. 이건 외조부님이 아내에게 들려준 해명이네. 아내는 그러니까 상당 기간 동안 나도 모르게 외조부님의 호텔 특실 숙박비와 기타 부대경비를 감당하고 있었네. 그 금액은 우리 상식을 초월한 금액이야. 나는 아내와 이십년 동안이나 서로 감추는 것 없이 함께 살아왔지만 아내가 그렇게 야망이 크고 배포가 두둑한 여자란 걸 그때 처음 알았네. 나는 아내가 결혼 전 자기 입으로 말했던 것처럼 물욕이나 사회적 지위 같은 세속적 욕망 따위에는 관심이 없고 별로 가진 것이 없지만 진실된 신앙생활만으로 만족할 줄 아는, 그런 여자라고만 생각해왔지. 그런데 내가 아내를 완전히 잘못 본 거야. 아내는 마음속에 보통 여자들은 꿈도 못 꾸는 엄청난 욕망을 감추고 있었어. 그것이 워낙 깊이 감춰져 있었기 때문에 남편인 나도 전혀 눈치를 못 챘던 거라구. 아내가 가진 통장은 한달도 채 못 버티고 바닥이 났네. 결국 집을 저당잡히고 은행빚을 나 몰래 얻어 보냈다네. 그뿐인가? 아내는 전에 교직에 함께 근무했던 옛 동료들 돈까지 빌리고 동네에서 가깝게 지내는 몇몇 이웃들에게까지 손을 내밀었어. 서울에서는 계속해서 송금을 재촉하는 연락이 왔어. 그때까지도 나는 상황을 전혀 몰랐네. 나는 외조부님이 교직을 그만두고 상경하라는 지시를 보낼 날만을 학수고대하고 있었지. 아직 학교에 공식적인 사의를 제출하지는 않았지만 몇 사람 관리자들과 친한 교사들은 내가 곧 학교를 그만둘 거라는 사실을 대강 알고 있었다네. 내 입으로 경솔하게 발설한 기억도 없는데 소문이 어디서 시작되었는지 몰라도 내 주변에는 그런 분위기가 어느새 자리를 잡아버리더군. 아마 내가 사석에서 실언을 했든지 아내 쪽에서 말이 새나갔든지 둘 가운데 하나겠지. 돈을 빌리자면 아내도 뭔가 그럴듯한 구실을 내세웠지 않았겠어. 광주는 워낙 바닥이 좁은 지역이라 소문이 퍼지는 건 금방이야. 아내는 혼자서 버티다 버티다 이제 자기 힘으로 더이상 버틸 수 없는 지경에 이르러서야 내게 그동안의 전말을 고백했네. 조금만 일찍 말해줬어도 피해를 반으로 막을 수 있었을 텐데. 너무 안타깝더군. 아내가 겁이 없다는 게 병이었어. 아내 얘길 듣고 나는 비로소 꿈에서 깨어났네. 나는 싫지만 장인과 의논하는 길밖에 없다는 결론을 내렸어. 우리 장인이 목사님인 줄 자네도 알지? 내 장인이라서가 아니라 아주 훌륭한 분이네. 이 지역에서는 가장 깨끗하고 양심적인 목사님으로 통하고 있어. 신자들은 물론이고 비신자들까지 어려운 일이 닥치면 장인에게 의논하러 온다구. 그 집에 가보면 무슨 대합실처럼 항상 찾아온 사람들이 진을 치고 앉아 있어. 모두 돈도 없고 권력도 없는 서민들이야. 그런데도 장인은 싫은 내색 없이 몇시간씩 그들의 하소연을 들어주고 때로는 사비까지 털어서 그들을 돕고 계셔. 항상 말보다 실행을 앞세우지. 나는 장인을 성자 같은 분이라고 생각하고 있어. 그런데 내가 장인에게 가겠다고 나서자, 아내가 내 팔을 꽉 붙들고 매달리는 것이었네.

'여보, 이번 일을 우리 둘만의 비밀로 지켜줄 수는 없겠어요? 당신 아내로서 평생 한번 부탁하는 거예요. 여보, 제발!'

아내가 눈물을 뚝뚝 흘리며 애걸하더군. 아내는 오랫동안 감춰졌던 자기의 세속적 야망이 가족들에게 여지없이 탄로나는 것이 죽기보다 싫었겠지. 특히 신망있는 목사의 장녀로서 어릴 때부터 가족 가운데서 독실한 신앙심의 표상처럼 행세해온 아내니까 아버지를 실망시키고 싶지 않은 아내의 그 심정은 나도 충분히 이해할 수 있었지.

'나도 그러고 싶지만 이미 너무 늦었소. 우리 둘 힘만으로 이 일을 해결할 수 있다고 믿소?'

'조금 시간을 두고 천천히 생각해보면 아주 길이 없지도 않을 거예요. 그리고 외조부님이 아직 서울에 계시지 않아요?'

'당신, 그 외조부님 이야기는 그만 하라구. 아직도 당신은 꿈에서 못 깼어. 나는 내 능력으로 어쩔 수가 없소. 돈문제도 그렇지만 당신 외조부란 그 양반이 대체 어떤 인물인지 알 수도 없고 앞으로 또 무슨 일을 벌일지 두렵단 말이오.'

나는 매달리는 아내를 뿌리치고 장인에게 달려갔네. 내가 아내와 그렇게 다투고 아내의 뜻을 거역한 건 결혼 이후 그때가 처음이었네. 그런데 내 이야기를 듣고 대경실색할 줄 알았던 장인의 반응이 정말 뜻밖이었다네. 장인은 표정 하나 흩트리지 않고 끝까지 담담하게 얘기를 들었어. 그 표정은 마치 자기가 충분히 예감하고 있던 일이 일어난 것 같은 그런 표정이었지. 얘기를 다 듣고 난 장인은 한참 동안 말 없이 생각에 잠기더군. 거의 십분이나 침묵이 흐른 뒤에 장인이 생각을 정리한 듯 입을 열었어.

'너희들에게 내가 그 양반 이야기를 일찍 들려주지 않은 것이 큰 잘못이었다. 특히 사위인 자네에게는 미리 귀띔이라도 해줬어야 좋았을 텐데 후회가 되는구나. 나는 내 위신에 너무 집착했던 것 같고 한편으로는 자네 처나 자네를 너무 믿기도 했어. 자네 처 말이야, 절대로 그런 꾐에는 넘어가지 않을 아이라고 믿었지. 그 양반은 오래 전 여기서 수차례 사기행각을 벌여놓고 수사망이 좁혀오자 일본으로 달아났네. 그 뒤 확인할 수 없는 소식을 몇가지 들었지만 이쪽에는 얼씬도 안해서 다행으로 여기고 마음을 놓고 지냈네. 그 양반이 여기서 일을 벌이고 다닐 때 내가 고통받았다는 얘기는 할 필요가 없을 거다. 내 직업상 어떤 때는 정말 견딜 수 없을 때도 있었다네. 한번은 자네 장모 되는 사람이 내가 괴로워하는 것을 보다 못해 나와 이혼하겠다고 애원하더군. 내가 끝내 거부하자, 이 사람은 자기 아버지를 찾아가서 다시 또 목사인 사위에게 피해를 주는 일이 생기면 그땐 자기는 정말 그 사람과 살지 못하고 이혼하고 말겠다고 울며 애원했다네. 그러자 그 양반이 딸에게 굳게 약속했네. 앞으로 너희 가족 근처에는 얼씬도 하지 않을뿐더러 비록 하나뿐인 딸이지만 자식의 행복을 위해 사위네 가족을 남처럼 완전히 잊고 살겠다고. 그러니 너희도 내가 이 세상에 존재하지 않는다고 생각하고 깨끗이 잊으라고 했다더군. 그게 일본으로 떠나기 불과 얼마 전이었지 아마. 그 양반은 그 약속을 지금까지 잘 지킨 거야. 이십년 동안이나. 내가 자네에게 그 양반 얘길 미리 귀띔하지 않은 이유 가운데는 그 양반 약속을 어느 정도는 믿은 탓도 있었겠지.'

'그런데 이십년이면 결코 짧지 않은 세월인데 외조부님께서는 그동안에 일본에서 무얼 하고 지내셨을까요? 장인어른.'

그 점이 무척 궁금해서 장인에게 내가 물었네. 장인은 내 질문에 난처한 듯 잠시 뜸을 들이다가 겨우 입을 열더군.

'매우 부끄러운 얘기네만 나도 그 양반이 어떻게 지냈는지 궁금한 사항이네. 서로 소식을 전하고 지낸 사이가 아니니까. 다만 풍문으로 돈 많고 학식도 높은 일본 여성과 사귀다가 부부가 되어 잘 지낸다는 얘기는 한두 번 전해들었던 것 같네. 워낙 구변이 좋고 풍채가 그럴듯해서 충분히 가능한 얘기라고 생각했다. 그 양반은 젊을 때 일본에서 잠시 공부도 했고 일본말에는 아주 능통했거든. 하지만 확인된 얘기는 아니네. 그게 사실이라고 가정해도 이번에 건너온 걸 보면 그 여성과의 관계는 이미 오래 전에 끝났을 것 같다. 아마 본색이 금방 드러나 버림을 받았겠지. 그리고 이 사람 저 사람을 편력하다가 거기서도 더이상 버틸 수 없는 극한적 상황에 몰려 서울로 되돌아오신 거야. 난 안 봤지만 빤히 짐작된다. 너희에게까지 손을 벌렸다면 그건 그 양반으로서 막다른 데까지 온 거야. 나는 사실 이런 날이 올 줄을 어느 정도는 예감하고 있었네. 그 양반에게 친혈육이라곤 자네 장모 되는 사람 한사람뿐이네. 그러니까 사위인 내가 결국 그 양반을 거두어야 할 때가 온 거란 말이야. 이 얘기는 누가 알까봐서 겁나네. 자네들 빚진 돈은 시간을 두고 해결책을 생각해보기로 하고 우선 어렵겠지만 자네가 서울로 가서 그 양반을 집으로 모셔와야겠네. 이미 갈 곳도 없어진

양반인데 자식인 우리가 모시고 사는 수밖에 다른 길이 있겠나.'

나는 장인의 분부대로 그날 저녁 기차를 타고 서울로 가서 처 외조부님을 광주로 모셔왔네. 내가 찾아갔을 때 노인은 노량진의 허름한 삼류여관 구석방에서 숙박비가 잔뜩 밀린 채 아픈 몸으로 누워 있었네. 그 양반은 나를 똑바로 쳐다보지 않고 내 눈길을 슬쩍슬쩍 피하더군. 얼굴은 이미 몰라볼 정도로 마르고 몸도 쇠약해져서 이 노인이 내가 그때 태평호텔 특실에서 알현했던 그 노인과 동일 인물일까 의심이 가더라구."

"이제 자네 부인이 자네에게 조금은 관대해진 이유를 알 것 같군. 내가 자네 집에 와서 이렇게 마음놓고 담배를 피울 수 있는 정도가 되었으니 말이야."

"그건 그래. 그런 일이 없었다면 어림없는 일이지. 남에게 관대하지 않다는 것은 결국 자신을 그만큼 속박하는 것과 같네. 완벽한 인간이란 없으니까. 그 사건 이후로 아내가 한풀 기가 꺾인 것은 사실이야."

"그런데 그 외조부님은 어떻게 되었지? 아주 재미있는 노인이신데 말이야."

"내가 얘기를 더 계속해주기를 바라나?"

"무슨 소리야? 자넨 얘기를 끝내지도 않았으면서."

"그렇지, 참. 역시 자네를 못 속이겠군. 난 자네가 그냥 넘어갔다면 여기서 마무리를 지을까 하는 생각도 하고 있었네. 자네가 지루해할 것 같기도 하고 이후 얘기는 장인 허락 없이 발설하기도 곤란한 부분이기 때문이야. 하지만 내가 이미 소재를 준다고 약속까지 했는데 정작 알맹이는 빼놓고 끝을 내는 건 도리가 아니겠지. 그 외조부님은 딸의 집, 그러니까 장인 댁에 와서도 결코 가만히 있지를 않았네. 장인

댁으로 거처를 옮긴 뒤 건강이 조금 회복되자 곧 활동을 시작했어. 대상은 주로 장인이 목회 일을 보는 교회 신자들과 상담을 위해 장인에게 찾아오는 가난한 서민들이었지. 풍채가 좋고 워낙 달변이라 노인을 한번만 만나본 사람들은 금방 노인의 열렬한 후원자가 되어버리는 거야. 여기저기서 금전사고가 터지기 시작했지. 액수도 크지 않고 정말 듣기에 민망할 정도였어. 교회에는 아무리 공정하고 훌륭한 목자라 하더라도 반드시 반대파가 있게 마련이네. 세력이 미미했던 그들이 빈발하는 사건을 빌미삼아 들고 일어났네. 지역사회의 성인으로 추앙받던 장인이 사기사건 공모자로 몰릴 지경이 된 거야. 교회 안에서 장인의 위치도 위태롭게 되었네. 겨울이었는데 눈이 참 많이 내렸지. 그날 장인의 부탁을 받고 내가 외조부님을 정거장까지 모시고 가서 기차에 태워 어디론가 보냈네. 서울행 기차였지만 그 양반이 어느 지점에서 내렸는지는 나도 모르네. 그러곤 그 뒤로는 소식이 없네. 오년이 지났어. 추측인데 아마 길거리에서 돌아가셨을 거야. 그 당시도 몸을 추스르기 어려울 정도로 건강이 안 좋았거든."

"결국 노인을 추방한 셈인가?"

"그렇지. 이건 아무도 모르네. 아내도 몰라. 장인과 나, 장모님만 알고 있어. 자네까지 이제 네 사람이야. 만약 사람들이 이 사실을 알게 되면 장인은 성자에서 당장 부모를 유기한 패륜아로 전락하게 되어 있지. 목사직에서 쫓겨나는 것은 물론이고."

"어때? 털어놓고 나니 기분이 좀 후련한가?"

규석은 깊은 한숨을 한번 몰아쉰 다음 말했다.

"지금은 모르겠어. 시간이 조금 지나봐야 알겠지."

—『문예중앙』2001년 여름호

고려인

니나

고려인 니나

   길 건너편 버스정류장에는 재색 외투를 입은 중년남자가 비닐가방을 어깨에 메고 버스를 기다리고 있었다. 외투 끝에 달린 머리덮개를 둘러쓰고도 몸을 잔뜩 움츠린 걸 보면 아침 날씨가 무척 추운 모양이었다. 지금은 출근하기에 조금 이른 시간이지만 도심에서 멀리 떨어진 이곳 부또보 사람들은 일곱시만 되면 하나둘씩 버스정류장에 모습을 나타내곤 했다. 유즈나야의 지하철역과 연결해주는 개량된 도시형 버스가 이십분 간격으로 이 정류장을 지나가는데 많은 자리가 늘 비어 있었다. 모스끄바 남쪽 변두리의 부또보는 신개발지역으로 아파트가 들어선 지 얼마 되지 않은 탓인지 구역의 넓이에 비해 주민 수가 그다지 많지 않았다. 특히 부또보에서도 이 라뜨나야 구역의 정류장을 이용하는 주민은 아주 적었다.

   나는 아침에 눈을 뜨자마자, 늘 하던 대로 먼저 창 쪽으로 달려가

혹시 니나가 나타날까 하고 버스정류장을 줄곧 지켜보았다. 니나는 일주일에 두 번 오는데 그때마다 나는 창에 매달려 니나를 기다리곤 했다. 그녀가 올 때쯤이면 식품이 바닥나서 마음이 그만큼 급해지기 때문이다. 니나는 아침에 이곳으로 오기 전에 미리 시장이나 슈퍼마켓에 들러 며칠분의 식품을 구입해가지고 오게 되어 있었다. 여기 와서 주로 오전 동안 취사와 세탁을 도와주는 그녀는 일곱시 출근시간을 늘 기계처럼 정확하게 잘 지켰다.

창에서 바라보이는 풍경은 언제나 을씨년스럽고 황량했다. 차가 다니는 길 건너편에는 넓은 공터가 있는데 지금은 임시 쓰레기하치장으로 이용되고 있었다. 부서진 차량의 잔해들, 아파트 신축장에서 쏟아져나온 벽돌조각들과 나뭇조각들, 인근 주민들이 내다버린 상품 포장지나 빈 상자들이 여기저기 어지럽게 널려 있었다. 이 공터에서 조금 벗어나면 아파트 신축공사장이 길게 펼쳐지는데 아직 골조만 올린 단계라 기둥과 벽들의 모습만 앙상하게 드러난 그 일대는 마치 거대한 폐허를 연상시켰다. 지금은 이른 시간이라 작업을 쉬고 있으나 낮이 되면 망치소리, 크레인 작동음이 이곳까지 크게 들려왔다. 공중으로 높이 솟은 여러 개의 타워크레인들이 이 일대가 주택신개발지역임을 알려주고 있었다. 유즈나야로 가는 버스는 이 아파트 공사장 모퉁이를 돌아나갔다.

부또보로 옮겨온 뒤 나는 아직 한번도 버스를 타고 유즈나야까지 나가보지 못했다. 유즈나야에는 지하철역이 있고 일단 그곳까지 가면 지하철을 이용해서 시내 어디든지 쉽게 갈 수 있었다. 유즈나야와 부또보 사이에 더 가까운 블라스까야 역도 있었다. 이 역은 도시확장으로 최근 유즈나야에서 지하철이 연장된 곳인데 부또보 사람들은 이

신설된 역을 마다하고 여전히 유즈나야 역을 이용했다. 마을 정류장에서 유즈나야까지 버스로 이십분이 채 걸리지 않는다고 니나가 내게 알려주었다. 그렇지만 나는 아직 버스 이용방법도 몰랐고 말 때문에 혼자 외출하는 것을 몹시 꺼렸다. 지하철은 더욱 겁이 났다. 내가 만난 신(新)교민들은 이곳에서 잠시나마 거주하려면 먼저 지하철과 친해지라고 충고해주었다. 그것이 경비를 아끼고 볼일을 신속하게 볼 수 있는 지름길이라는 것이다. 그런데 지하철로 들어가는 컴컴한 입구를 밖에서 보고 있노라면 선뜻 들어갈 엄두가 나지 않았다. 그곳은 내게 깊고 어두운 미궁일 수밖에 없었다. 도심으로 나가자면 으레 지하철을 몇번씩 바꿔타야 하는데, 방향표시를 식별하지 못하는 나는 정확한 노선을 찾아낼 자신이 없었다. 사람들이 몹시 붐비는 깊은 터널 속에서 길을 잃고 방황하는 내 모습을 상상하는 것은 어렵지 않았다. 지하철은 같은 노선을 몇번만 이용해도 쉽게 익숙해질 테지만 나는 이 도시에 와서 한달 가까이 시간을 보내면서도 아직 지하철과 친해질 기회를 갖지 못했다.

나는 지금까지 이런 사정을 니나에게 숨기고 지냈다. 그녀가 나를 겁쟁이로 볼까봐 차마 사실대로 얘기할 수 없었다. 그러나 기회를 봐서 니나에게 사실을 털어놓고 그녀의 도움을 청하려고 별러왔다. 나는 이 문제를 쉽게 해결할 수 있는 계획을 세워놓았는데, 그것은 니나가 일을 끝내고 돌아갈 때 몇차례 동행하는 것이었다. 처음에는 유즈나야까지 진출하고 다음에는 지하철을 타고 구간을 하나씩 늘려가는 것이다. 그런데 니나는 늘 시간에 쫓기는 바쁜 몸이었다. 그녀는 오후에도 서로 멀리 떨어진 몇군데를 순례해야 하는 처지였다. 이런 사정을 잘 알기 때문에 나는 쉽게 말을 꺼낼 수가 없었다.

버스 한대가 아파트 신축공사장 모퉁이에서 이쪽으로 오고 있었다. 정류장에 와서 멈춘 버스는 여자 손님 하나를 내려놓고 종점을 향해 달려갔다. 방금 버스에서 내린 여자는 검정색의 두꺼운 털코트로 몸을 감싼 니나였다. 크지 않은 키에 몸이 약간 비만형인 그녀를 멀리서도 금방 알아볼 수 있었다. 어깨에 가죽 손가방을 메고 큰 비닐봉투를 든 니나가 마치 공이 굴러오듯 아파트를 향해 부지런히 걸어왔다. 그제야 나는 창에서 눈을 떼고 벗어놓은 옷가지들로 어질러진 거실을 대강 정리해놓고 니나를 맞이할 채비를 했다.

"뚜우— 뚜우—"

뱃고동소리와 흡사한 벨소리가 요란하게 울렸다. 이 아파트의 벨소리는 청각의 즐거움과는 인연이 없지만 실용성만은 그만이었다. 약간 불길한 느낌마저 주는 벨소리가 들리기 무섭게 실내에 있는 사람은 행여 벨이 다시 울릴까봐 겁을 먹고 부리나케 현관으로 뛰어가게 마련이었다. 문밖에는 추위로 양쪽 뺨이 빨갛게 상기된 니나가 밝은 표정으로 서 있었다. 얼굴에 건강미가 넘치는 니나는 결혼한 딸을 둔 중년여자라고 믿기 어려울 만큼 젊게 보였다.

"어서 와요. 밖이 몹시 추운가보죠?"

"지금 많이 춥소. 아들 잘 있소?"

니나는 아이가 잠자는 방을 힐끗 쳐다보며 물었다.

"잘 있어요, 덕분에. 어제 밤늦게까지 연습하느라 피곤한 것 같소."

"순자 언제 다녀갔어?"

"어제 와서 아이 데리고 레슨받으러 갔었소."

순자는 아이가 첼로 레슨을 받는 동안 통역을 맡은 따마라의 본명인데 니나는 올 때마다 버릇처럼 따마라의 소식을 물었다.

"아들이 원하는 그것 사왔어."

거실에 들어선 니나가 큰 비닐봉투를 손으로 가리키며 말했다. 그녀가 털코트를 벗어 거실 옷걸이에 걸어놓고 주방으로 가려고 하는데 니나가 왔다는 기척을 느끼고 아이가 잠자던 방에서 거실로 건너왔다.

"우유하고 콘플레이크 사왔어요?"

아이는 사흘 만에 보는 니나에게 인사하는 것도 잊은 채 먹는 것부터 찾았다.

"내 둘 모두 가지고 왔다. 이것 맞아?"

니나가 비닐봉투 안에서 종이팩 한개와 콘플레이크 상자를 꺼내 아이에게 내밀었다. 아이가 종이팩을 뜯고 속을 들여다보더니 갑자기 비명을 질러댔다.

"이게 무슨 우유야? 이건 요쿠르트라구."

"슈퍼마켓 두 곳이나 갔는데 그것밖에 없다. 내 우유 많이 찾아봤다."

"슈퍼마켓에 우유가 없다고? 찾아보지도 않고 그러는 거야. 우유 없는 데가 어디 있어!"

종이팩에는 분명히 크림밀크라고 영어로 표기되어 있었다. 우유라는 말을 모르는 니나가 그 표기만 보고 혼동을 일으킨 것이다.

"이 녀석, 다 큰 녀석이 니나에게 말버릇이 그게 뭐냐. 니나, 이건 요쿠르트 같은데, 꼬마들이 엄마 젖 대신 마시는 밀크 있지요. 그게 정말 여기 없을까?"

니나가 그제야 자기 실수를 깨닫고 손바닥을 소리나게 마주쳤다.

"아, 말라꼬(우유)! 그것 여기 많다. 내 우유 잘못 알았어. 내 다음

190

올 때 우유 많이 사온다."

"그러니까 네가 니나에게 설명을 잘했어야지. 네 잘못도 있는 거야."

핀잔을 듣고 기분이 상한 아이는 제 방으로 들어가버렸다. 음악원 입학 오디션을 준비하느라 한달째 연습에 시달려온 아이는 오디션이 며칠 앞으로 다가왔기 때문에 지금 신경이 잔뜩 곤두서 있었다. 실력은 달리고 빈 곳을 채우기에는 주어진 시간이 턱없이 모자랐다. 활을 들고 아침부터 자정이 지날 때까지 악기와 씨름해도 소리가 금방 좋아지는 것은 아니었다. 이곳에 오기 전 서울에서는 제 또래 친구들과 밤낮으로 어울려 놀기에만 바빴는데 녀석은 지금 그 댓가를 톡톡히 치르고 있었다.

"저 녀석은 아직 철부지니까 니나가 이해해요. 그까짓 우유야 다음에 사오면 되는 거지."

"말라꼬 내 다음에 꼭 사온다. 그런데 철부지가 뭐지? 나 그 말 몰라."

갑자기 니나의 눈빛이 반짝였다. 대화 도중에 모르는 말이 나오면 즉석에서 그 뜻을 설명 듣지 않고는 그냥 넘어가지 않는 게 니나의 버릇이었다. 그런데 오늘은 주방 일이 급하다고 생각했는지 아침식사를 끝낸 뒤에 설명해달라고 부탁하고 급히 주방으로 달려갔다. 니나의 한국말 실력은 다른 고려인에 비해서도 형편없는 초보 수준인데, 그것은 주로 최근에 이주해온 신교민 가정을 드나들며 시간제 일을 해야 하는 니나에겐 적지 않은 약점이었다. 언어소통의 불편을 매일 경험하고 있기 때문에 한국말을 빨리 습득하려는 니나의 노력은 그만큼 필사적이었다. 니나는 검정색 손가방에 언제나 소형 한국어사전과 필기노트를 준비해 가지고 다녔다.

니나가 처음 여기 찾아왔을 때도 서툰 한국말 때문에 나는 하마터면 니나를 그냥 돌려보낼 뻔했다. 밖에서 벨을 누른 뒤 내가 누구냐고 물었을 때 니나는 자기 신원이나 찾아온 용건에 대해 전혀 설명을 못하고 한동안 침묵만 지키고 있었던 것이다. 치안상태가 좋지 않기 때문에 방문자의 신원이 분명히 확인되지 않으면 아파트 현관문을 좀처럼 열어주지 않는 것이 이곳의 관습이었다. 처음에 시간제 가정부를 내게 소개한 사람은 아이의 통역을 맡은 따마라였다. 따마라는 보기 드문 수완가로 이곳으로 우리를 데려온 것 역시 그녀였다. 이 아파트는 따마라의 사위와 딸의 소유인데, 그녀의 설명에 따르면 딸은 연수받으러 미국에 가 있고 러시아인 사위는 어린 딸을 데리고 사업 때문에 우끄라이나에 머물고 있어서 그동안 아파트가 비어 있다는 것이었다. 따마라는 부또보를 '참 살기 좋은 곳'이라고 말했는데 내게는 그 말이 주택 하나를 배정받으려면 몇년씩 기다려야 하는 이 도시의 어려운 주택사정을 말하는 것으로 들렸다. 부또보는 교통여건이나 편의시설 등을 따져보면 결코 '살기 좋은 곳'은 아니었다.

만약 니나가 없었다면 부또보의 생활은 더욱 막막했을 것이다. 원래 따마라가 내게 소개한 사람은 니나가 아니었다. 니나는 제 발로 아파트를 찾아왔다. 부또보로 옮겨오기 전까지 우리는 레닌스끼 구역에 있는 스쁘뜨니끄 호텔에 임시로 묵고 있었는데 따마라가 풍채가 아주 좋은 중년여인을 데리고 호텔에 나타났다. 이 중년여인은 니나의 언니였다. 이 여인은 무늬가 선명한 털코트로 몸을 감싸고 혈색좋은 얼굴에 번쩍이는 은테안경을 끼고 있었는데 적어도 겉으로는 부유층 마나님 같은 인상을 풍겼다. 따마라가 부또보에서 생활하자면 시간제 가정부가 필요할 것 같아 아주 적당한 사람을 데리고 왔다고 말했을 때 나는 귀를 의심했다. 따마라를 사이에 두고 주당 임금 흥정이 시작되었는데 니나의 언니도 한국말이 너무 짧아 따마라가 그녀의 의견을 듣고 내게 다시 전달하는 식으로 얘기를 진행했다. 서로 몇마디 나누지도 않았는데 흥정은 금방 깨졌다. 저쪽에서 주당 칠십불을 요구했고 나는 오십불에서 물러서지 않은 것이다. 그런데 흥정이 그렇게 쉽게 깨진 것은 금전문제 탓만은 아닌 것 같았다. 따마라는 양쪽이 충분한 의견을 교환할 수 있는 기회도 주지 않았다. 분위기는 딱딱하고 차가웠다. 그런 점을 미뤄볼 때 나는 따마라가 흥정이 깨지도록 유도했다는 심증을 갖게 되었다. 따마라는 특히 신교민을 상대할 때 고려인의 봉사를 싸구려로 살 수 없다는 생각을 주입시키려고 무척 노력하는 여자였다. 뒤에 니나를 통해 알았지만 그녀는 아파트의 집세도 시세보다 훨씬 비싸게 받아냈다.

 니나가 나타난 것은 부또보의 아파트로 옮긴 지 이틀이 지났을 때였다. 이른 아침이라 아직 잠자리에서 나오지도 않았는데 벨소리가 요란하게 울렸다. 내가 부리나케 현관으로 뛰어나가 누구냐고 물었더니 한동안 아무런 대답이 없었다. 다시 누구냐고 큰 소리로 외치자, 그제야 웬 여인이 빠른 러시아말로 뭐라고 중얼거렸다. 나는 문을 열까 말까 망설이다가 용기를 내어 무거운 현관문을 열었다. 눈앞에 체격이 당당한 여인이 뜻밖에 얼굴 가득 환한 웃음을 띠고 서 있었다. 그녀는 가죽 반코트를 입고 있었고 검정색 손가방과 큰 비닐봉투를 각각 양손에 들고 있었다. 그녀의 빠른 러시아말에서 따마라의 이름이 튀어나왔다. 그제야 나는 경계심을 풀고 여인을 거실로 안내했다. 거실로 들어온 여인은 다짜고짜 손가방에서 사전과 얄팍한 책자 한권을 꺼냈다. 사전은 러시아어를 한글로 풀이한 것이고 책자는 고려인 협회에서 최근 발간한 한국어교습 교재였다. 그녀는 사전과 교재를 열심히 찾아가면서 몹시 서툰 한국말로 자신이 찾아온 용건을 설명했는데 처음 듣고는 무슨 말인지 이해가 되지 않았다. 그때만 해도 그녀는 한글을 읽을 줄만 알았지, 말을 연결해서 사용하는 능력은 거의 없었다. 그녀가 손짓과 표정까지 동원해가며 필사적으로 노력한 결과 한참 만에 나는 겨우 그녀의 의도를 이해할 수 있었다. 그녀가 표현하려던 말을 요약하면 대충 이런 내용이었다.

"따마라 소개로 호텔에서 만났던 여인은 나의 언니다. 언니가 주당 칠십불을 요구한 모양인데 나는 오십불로 일할 수 있다. 좋다면 오늘부터 일을 시작하겠다."

니나는 머리가 좋고 말이나 행동을 꾸밀 줄 모르는 정직한 여자였다. 어설픈 체면이나 자존심 따위를 내세우지 않고 자기 생각을 솔직하게 드러내는 니나에게 나는 처음부터 호감을 가졌다. 합의는 아주 쉽게 이루어졌다. 그러자 니나는 가져온 큰 비닐봉투를 들고 즉시 주방으로 들어갔다. 그 비닐봉투에는 그녀가 시장에 들러 미리 준비해온 식품이 가득 들어 있었다.

"니나, 오늘도 바빠요?"

오후 두시에 일을 끝내고 돌아갈 준비를 하는 니나에게 나는 조심스럽게 물었다.

"바쁘지. 나 오후 두 곳 간다. 아르바뜨 가고 다음에 또 다른 곳 간다."

"나 부탁할 게 있소. 사실 나 그동안 외출을 거의 못했소. 버스를 어

떻게 타는지도 모르고 지하철은 방향을 잃을까봐 겁나요. 니나가 유
즈나야까지만 버스를 함께 타고 가주면 혼자 돌아올 수 있겠소. 니나
시간을 빼앗지는 않을 거요."

"버스 한번 못 타봤어?"

니나가 웃으며 물었다.

"전에 누구랑 같이 한번 타봤는데 티켓을 어떻게 했는지 잊어버렸
소."

"그것 아주 쉽다. 거기 티켓 찍는 데 있어. 티켓을 이렇게 찍고 가지
고 있어야 해."

니나가 손으로 티켓 찍는 시늉을 해 보였다.

"왜 알렉쎄이 차 타고 나가지. 알렉쎄이 오지 않아?"

"니나 그 사람 알아요?"

"나 그 사람 몰라. 아들 얘기 들었다."

아이는 알렉쎄이를 불러서 그의 차를 타고 아르바뜨에 있는 맥도날
드 햄버거 가게로 가자고 매일 졸라대곤 했다. 그렇지만 아직 한번도
그 사람을 부르지는 않았다. 그는 예순이 넘은 노인인데 자가용 승용
차를 가지고 택시 영업을 하는 사람이었다. 나는 알렉쎄이를 두 번씩
이나 소개받았다. 한번은 스쁘뜨니끄 호텔에 있는 상사의 직원에게서
추천을 받았고 한번은 알렉쎄이 스스로 자신을 소개했다.

호텔에서 부또보로 옮겨오던 날 짐과 사람을 옮겨주기 위해 따마라
가 데리고 온 사람이 알렉쎄이였다. 그날 일을 끝낸 뒤 그는 자기 명
함을 내게 남겨놓고 돌아갔다. 그런데도 그의 차를 한번도 부르지 않
은 것은 비용문제도 있었지만 그의 인상이 내게 그다지 좋게 남아 있
지 않아서였다. 그는 표정이 너무 어둡고 굳어 있어서 좀처럼 친밀함

을 느끼기 어려운 인물이었다.

니나가 손가방을 들고 현관으로 나가면서 뒤를 힐끗 돌아보았다. 따라올 테면 나서라는 표시였다. 나는 서둘러 바바리코트를 입고 현관으로 나갔다. 아이는 제 방에서 오후 첫번째 연습을 하느라 다른 데 신경 쓸 겨를이 없었다. 아이에게 알리고 나갈까 하다가 공연히 방해만 될 것 같아 그만두었다. 유즈나야에서 멈춘다면 첫번째 연습이 끝나기 전에 돌아올 시간은 충분히 있었다.

한가로운 낮시간이라 버스정류장에는 사람이 없었다. 지척에 있지만 늘 창을 통해 바라보기만 하던 정류장에서 막상 차를 탄다고 생각하자, 마치 소풍이라도 떠나는 것처럼 설레었다. 버스는 곧 도착했고 우리는 차에 올랐다. 내가 티켓을 사겠다고 말했으나 니나가 오늘은 자기가 가지고 있는 것을 사용하겠다고 고집해서 그렇게 하기로 했다. 니나가 손가방에서 티켓 두 장을 꺼내 운전석 뒤에 설치된 개찰기에 찍었다. 티켓에 큰 구멍이 뚫렸다. 니나는 개찰을 마친 티켓 한장을 내게 주면서 작은 소리로 말했다.

"이것 가지고 있어야 해. 이것 없으면 만 루블 내야 한다."

티켓 검사는 불시에 하는데 시민의 정직성을 믿는 탓인지 그런 일은 좀처럼 구경할 수 없었다. 버스는 아파트 공사장 옆길을 돌아 나무들이 듬성듬성 서 있는 작은 숲 사이를 지났는데 어느새 블라스까야 역에 도착했다. 예상대로 블라스까야 역 부근에서는 작은 상점 하나 찾아볼 수 없었다. 이곳은 지하철역이 있다는 것만 빼면 한산한 분위기는 부또보와 별로 다를 게 없었다. 그곳을 지나면서 나는 블라스까야를 건너뛰기 잘했다고 생각했다. 블라스까야에서 유즈나야까지는 버스로 불과 오분밖에 걸리지 않았다. 유즈나야에 오자, 비로소 도시 분위기를 느낄 수 있었다. 역광장은 무척 넓었고 광장 주위에는 대규모 고층아파트 단지들이 늘어서 있었다. 문을 연 상점들도 몇군데 있었지만 손님들을 끌어모으는 곳은 싸구려 일용잡화나 커피와 홍차 등을 파는 끼오스끄라는 가판점들이었다. 여러 개의 끼오스끄들은 광장 한쪽 모퉁이나 혹은 지하철로 들어가는 터널 입구에 자리를 잡고 있었다.

버스에서 내린 우리는 잠시 그 자리에 서서 서로를 바라보았다. 니나가 눈으로 어떻게 하겠느냐고 내게 묻고 있었다.

"가세요. 난 여기 잠시 있다가 돌아갈 테니까."

"버스 타는 곳 저기야. 버스 탈 수 있어?"

"이제 탈 수 있소. 걱정 말고 빨리 가세요."

잠시 망설이던 니나가 휙 돌아섰다. 그녀는 뒤도 돌아보지 않고 지하철 입구를 향해 빨리 걸어갔다. 니나의 뒷모습이 터널 속으로 완전히 사라질 때까지 나는 그쪽을 지켜보았다. 광장 저쪽에서 지금 막 도착한 버스 한대가 손님들을 내려놓고 있었다. 틀림없이 부또보로 가는 버스였다. 그 버스로 돌아갈까 생각하다가 그만두기로 했다. 어렵게 외출했는데 금방 돌아가는 게 너무 억울했다. 맞은편 끼오스끄 앞에서 뜨거운 커피를 열심히 마시는 사람들을 한참 동안 물끄러미 바라보고 있는데 니나의 목소리가 들렸다.

"왜 버스 안 타? 버스 탈 줄 몰라?"

어느새 옆으로 다가온 니나가 걱정스런 얼굴로 나를 쳐다보았다. 방금 지하철역으로 사라지는 걸 분명히 확인했는데 니나는 아무래도 광장에 혼자 떨구어놓은 내가 걱정되어 돌아온 것이다.

"바쁠 텐데 왜 왔어요? 나는 여기서 사람 구경 좀 하고 아들 선물

사가지고 가겠소."

"나 시간 조금 있다. 아르바뜨 여기서 십분이면 간다."

니나가 내게 거짓말을 하는지도 몰랐다. 그러나 니나가 옆에 잠시라도 머물러주는 게 싫지 않았다. 낯선 사람들만 잔뜩 모여 있는 광장 복판에 혼자 서 있을 때는 아무래도 불안감을 떨쳐낼 수 없었던 것이다.

"아들 선물 사는 곳 알아?"

니나가 물었고 나는 맞은편에 있는 끼오스끄를 손으로 가리켰다.

"공부 많이 했어?"

물건을 혼자 살 수 있느냐는 뜻이었다. 나는 며칠 전 니나로부터 상품 구입에 필요한 러시아말 숫자를 배웠다. 나는 아무래도 자신이 없어서 니나 앞에서 내 발음을 한번 시험해보기로 했다.

"아진, 드바, 뜨리, 치뜨리, 뻬아찌……"

열까지 배웠는데 니나 앞에서 갑자기 세어보려니 나머지가 떠오르지 않았다. 니나가 웃으며 재빨리 잊어먹은 나머지 숫자를 이어주었다. 나는 처음부터 다시 시작했다.

"아진, 드바, 뜨리, 치뜨리, 뻬아찌, 쉐스찌, 쎔, 보쎔, 지바찌, 지샤찌."

"잘했어. 아주 잘했어. 러시아 사람 똑같다."

니나는 내 발음이 초보자치고 썩 좋다고 칭찬해주었다. 그건 내가 잘했다기보다 니나가 잘 가르쳐주었기 때문이다.

"니나, 내가 초콜릿을 사올 테니 잠시 기다려요."

자신감을 얻은 나는 맞은편 끼오스끄로 혼자 천천히 다가갔다. 마침 진열대에 초콜릿 상자가 놓여 있었다. 끼오스끄 주인인 젊은 남자가 손님들에게 뜨거운 커피를 만들어주느라 불길이 활활 타오르는 버너 옆에서 땀을 삘삘 흘리고 있었다. 그 남자에게 초콜릿 상자를 가리키며 나는 "드바!" 하고 소리쳤다. 상품마다 가격표가 붙어 있어서 값을 지불하는 데 전혀 문제가 없었다. 같은 방법으로 나는 담배도 두 갑 샀다. 니나가 있는 쪽을 봤더니 그녀가 이쪽을 지켜보며 웃고 있었다. 나는 니나더러 이쪽으로 오라고 손짓했다. 니나가 다가오자,

"추운데 커피 마시지 않겠소?"

하고 내가 물었다. 니나가 깜짝 놀란 표정으로 손을 저으며 뒤로 한걸음 물러섰다.

"커피 너무 돈 많아. 나 안 마셔."

커피 한잔에 천이백 루블. 보기에 따라 비싸다고 할 수도 있었다. 그러나 추운 거리에서 커피 한잔으로 잠시 얻을 수 있는 마음의 여유까지 계산하면 니나처럼 그렇게 겁먹고 달아날 정도로 비싼 것도 아니었다. 니나에겐 그런 마음의 여유를 찾는 것조차 사치로 여겨진 것일까. 나는 싫다는 니나를 억지로 끌어다가 커피가 담긴 종이컵을 손에 건네주었다. 우리는 사람들이 몰려드는 끼오스끄에서 몇걸음 뒤로 물러나 나란히 서서 커피를 마셨다. 사방을 둘러봐도 광장 주변에는 앉아 쉴 만한 벤치가 눈에 띄지 않았다. 중년을 지난 노인들 몇사람이 추위에도 아랑곳하지 않고 보도블록 위에 주저앉아 우리를 물끄러미 바라보고 있었다.

"우리집 가르쳐줄까? 우리 아파트 여기서 보여."

니나가 멀리 떨어진 고층아파트를 손으로 가리켰다. 자기가 사는 아파트의 층과 위치를 자세히 가르쳐주려고 애썼지만 나는 니나가 사는 아파트를 찾아낼 수 없었다.

"니나네 집 몇 칸이오?"

"세 칸."

"니나네 부자군."

"우리집 아니야. 아버지, 오빠가족 같이 살아. 아파트 주인 오빠다. 나 일년 뒤 새 아파트 받아."

"남편도 거기 함께 있나요?"

"남편 죽었다. 오래 지났어."

니나는 무뚝뚝하게 말했다. 나는 갑자기 할말을 잃고 당황했다. 나는 마치 그런 사실을 알고 질문한 것 같은 자괴감이 생겼다. 그러나 걱정과는 달리 니나는 도리어 태연했고 표정에 아무런 변화도 나타내지 않았다.

빨리 화제를 바꿨다.

"니나, 그 미인 딸은 잘 있어요?"

"우리 딸? 잘살아."

딸 얘기가 나오자, 니나가 기분이 좋은지 빙긋 웃었다.

"어제 우리 딸 이사했어. 사위 새 아파트 받았다."

딸은 니나의 유일한 혈육인데 그 딸의 얼굴을 사진으로 본 일이 있었다. 거실에서 니나가 손가방에서 지갑을 꺼내다가 부주의로 지갑 속에 끼워두었던 딸의 사진을 떨어뜨렸다. 그것을 무심코 내가 먼저 주웠다. 니나는 무슨 큰 비밀이라도 발각당한 사람처럼 얼굴을 붉히며 내 손에서 사진을 빼앗으려다가 자기 행동이 지나치다고 느꼈는지 돌연 태도를 바꿨다.

"우리 딸이야. 우리 딸 예뻐?"

갓 스무살을 넘긴 듯한 젊은 여인이 어린애를 안고 벽돌담을 배경으로 서 있는 사진인데 얼굴 선이 갸름하고 표정이 깨끗한 그녀는 엄마가 되기에는 아직 앳된 얼굴이었다. 그녀는 순수한 고려인이었다.

"대단한 미인인데요. 그런데 너무 일찍 결혼해서 아깝군. 사위는 러시아 사람이오?"

"응, 뜨락또르 운전사야. 아주 착해."

니나는 딸 사진을 보물처럼 소중하게 다시 지갑 속에 끼워넣었다. 니나의 가족에 관해 그런 질문을 할 수 있었던 것도 그때 한번뿐이었다. 니나는 집안에서는 고용인과 피고용인의 사무적 관계를 지키려고 애썼다. 그녀는 시간제 가정부라는 신분의 갑옷을 껴입고 그 갑옷 밖으로 한발짝도 나오지 않았다. 자기의 개인생활에 관해 그녀는 말을 극도로 꺼렸고 나도 구태여 알려고 하지 않았다. 그런데 오늘은 서늘한 바깥 공기가 니나의 마음을 풀어놓은 것일까? 그녀는 집안에 있을 때보다 훨씬 말을 많이 했다.

"니나 딸은 직업 가졌소?"

"직업 없다. 집에 있지."

"니나는 지금 하는 일 말고 전에 직업 있었지요?"

"그것 어떻게 알았어?"

"나는 알 수 있소. 나는 니나가 어떤 일을 했다는 것도 알 수 있소."

"내 뭐 했는데?"

"학교 교사였지요?"

니나가 놀란 눈으로 나를 쳐다보았다.

"맞다. 학교에서 독일말 가르쳤어. 고르바초프 서기장 있을 때까지."

"그런데 왜 그만뒀소?"

"그만두지 않았다. 학교에서 나가라고 말했다. 학교에서 독일말 이젠 안 가르쳐. 독일말 공부하는 학생 지금 하나도 없다."

"니나를 보면 교사생활 오래 한 걸 금방 알 수 있소. 손짓, 말투, 표정에 다 드러나요. 우리 아이도 니나가 선생님 같다고 했소."

"아들 부또보 너무 멀다고 해. 내게 다른 아파트 부탁했어. 부또보 너무 멀고 쓸쓸해."

"좋은 곳이 있어요?"

"꾸또조프스까야. 나 거기 매일 가는데 깐쩨르바또르까지 십분 걸려. 꾸또조프스까야 좋은 곳이다. 공산당 높은 사람 거기 많이 살았어. 브레즈네프 집도 거기 있어. 거기 나무 많고 공기 아주 좋다. 내 매일 가서 아들 도와줄 수 있어."

"거긴 집세가 비싸겠군. 너무 비싸면 곤란한데."

"부또보 거기도 비싸다. 순자 비싸게 받았다."

"아이가 오디션을 끝내면 그때 가서 생각해봅시다. 난 아이가 오디션에 떨어질까봐 걱정이오."

"아들 오디션 된다. 나 알 수 있어."

니나는 자기 말이 우스운지 빙긋이 웃었다. 니나가 팔목시계를 보더니 늦었다고 발을 동동 굴렀다. 내가 그녀를 너무 오래 붙잡아두었던 것이다. 늦었는데도 내가 버스 타는 걸 보고 떠나겠다고 우기는 니나를 먼저 지하철로 보내놓고 나는 혼자 버스를 타고 부또보로 돌아왔다. 집에 도착했을 때 아이는 두번째 연습곡인 「보께리니」를 막 시작하고 있었다.

"아들 오디션 어떻게 되었어?"

202

거실로 들어서자마자, 니나는 코트도 벗지 않고 아이 소식부터 물었다.

"니나 말대로 되었소. 가까스로 통과했어요. 난 사실 기대를 안했는데."

"그것 봐. 내 미리 될 줄 알았지. 안되면 어떻게 해."

니나 얼굴에 활짝 웃음이 피었다. 그녀는 자기 일처럼 기뻐했다.

"아들 지금 어디 있어?"

니나의 목소리를 듣고 아이가 잠이 덜 깬 듯한 얼굴로 나왔다. 전날 오디션을 치르느라 종일 긴장했던 아이는 오랜만에 늦잠을 자고 있던 모양이었다. 니나는 가지고 온 비닐봉투 속에서 우유가 담긴 종이팩을 꺼내 아이에게 불쑥 내밀었다.

"말라꼬 여기 있다. 내 오면서 사왔지. 아들 잘했어. 아들 아주 훌륭해."

니나가 두툼한 손바닥으로 아이의 등을 두드렸다.

"이제 아파트 옮겨야지."

마치 이 순간을 기다렸다는 듯 니나는 나를 쳐다보았다.

"꾸또조프에 내 아파트 벌써 구했다. 비싸지 않아. 거기 두 칸짜리 육백 달러면 여기보다 싸다. 집주인 내 잘 아는 할머니다. 러시아사람 극동사람에게 아파트 주는 것 싫어하는데 할머니 허락했다. 거기 아파트 구경하러 언제 가지?"

"니나, 그 문제는 좀더 생각해보고 정합시다."

"그렇게 해. 그렇지만 빨리 가면 좋지. 거기 아파트 많지 않다."

니나는 자기가 너무 말이 많았다고 생각했는지 서둘러 주방으로 건너갔다. 니나에게 꾸또조프를 일단 보류하기로 했다는 말을 쉽게 할 수가 없었다. 나는 니나가 실망하는 모습을 보고 싶지 않았다. 아직 결정된 것은 아니지만 아이는 러시아어 교육기관인 루스란 쪽으로 이미 마음이 기울었다. 그곳은 기숙사시설도 비교적 잘 갖춰진 곳이었다. 아이가 그곳으로 가게 되면 물론 니나의 도움을 받을 필요는 없었다. 루스란은 소련시절 루붐바대학으로 알려진 곳인데 당시에는 주로 제3세계 젊은이들을 불러다가 언어와 문화를 가르치던 곳이었다. 그런데 지금은 개인이 운영권을 넘겨받아 외국인을 상대로 러시아말을 가르치고 숙박시설도 제공하는 영리기관으로 변질되어 있었다.

아이의 새 숙소로 내게 루스란을 권한 사람은 자가용 택시업자 알렉쎄이였다. 오디션을 앞두고 연습에 지쳐 한참 흔들리던 때 아이가 갑자기 교회에 가겠다고 말했다. 스쁘뜨니끄 호텔에 묵고 있을 때 아이는 상사 직원으로 있는 친지를 따라서 북쪽 치미랴지예프스까야의 한국인 교회에 한차례 다녀온 일이 있었다. 그 교회에 가면 말이 통하는 또래들과 어울릴 수도 있고 맛있는 한국식 점심도 먹을 수 있다고 아이는 말했다. 아이가 잠시라도 연습으로 쌓인 긴장감에서 놓여나고 싶어하는 심정을 나는 이해할 수 있었다. 그날따라 아침부터 함박눈이 쏟아져내렸는데 북쪽 끝까지 그 먼 길을 달려가자면 알렉쎄이의 차를 부르지 않을 수 없었다. 알렉쎄이는 첫인상과는 달리 뜻밖에 자상하고 지혜로운 인물이었다. 그의 낡은 승용차를 타고 한나절을 함께 지내는 동안 그는 러시아생활의 요령에 대해 내게 많은 것을 가르쳐주었다. 그는 루스란의 숙박시설과 그곳의 러시아어 교육프로그램의 장점에 대해서도 소상하게 알고 있었다. 나는 선택을 아이에게 맡겼는데 알렉쎄이를 따라 루스란을 직접 보고 온 아이는 그쪽으로 마음이 쉽게 기울었다. 아이는 그쪽도 숲이 많고 조용한 곳이며 무엇보다 거기 묵고 있는 많은 사람들과 늘 어울릴 수 있다는 것이 맘에 들었다고 내게 말했다.

"오늘 외출 안해?"

일을 끝내고 돌아갈 준비를 하던 니나가 불쑥 물었다. 그제야 나는 오늘이 니나와 함께 외출하기로 약속했던 날이란 것을 깨달았다.

"오늘은 어디로 가지요?"

"아르바뜨."

"유즈나야 다음 역이 어디더라?"

"체르다노프스까야. 내 보여줄게."

니나가 손가방에서 수첩을 꺼냈다. 수첩에 지하철 약도가 있었다. 지하철 약도에서 체르다노프스까야 역의 위치를 손가락으로 짚어 보이며 니나가 말했다.

"여기 있지, 여기. 그렇지만 여기 아무것도 없다. 체르다노프스까야 쓸쓸해."

"그 다음 역은 어디지요?"

"쎄바스또뽈. 여기도 쓸쓸해. 여기 블라스까야하고 같아."

나는 목적지를 정하지 못한 채 옷을 입고 니나를 따라나섰다. 나는 일단 지하철을 타는 게 목적이니까 유즈나야에서 지하철을 타고 가다가 아무 역에서나 내려 혼자 되돌아올 생각이었다. 우리는 버스정류장으로 나와서 버스를 탔다. 유즈나야에서는 잠시도 머물지 않고 금방 지하철역으로 들어갔다. 그런데 나는 체르다노프스까야 역과 쎄바스또뽈 역을 그대로 지나쳐버리고 말았다. 지하철을 타고 가면서 생각이 바뀐 것이다. 처음 계획은 역을 하나씩 추가하면서 도심으로 진출하는 것이었지만 이제는 그렇게 한가롭게 외출연습을 하고 있을 시

간 여유가 없었다. 그리고 니나와 헤어지는 시간을 조금이라도 늦추
고 싶었다. 체르다노프스까야 역을 내가 그냥 지나치자, 니나가 의아
스런 얼굴로 물었다.

"왜 여기 안 내려?"

"나도 아르바뜨까지 갈 거요."

니나가 내 용기에 놀랐다는 듯 어깨를 으쓱 치켜올렸다.

"거기서 혼자 올 수 있어?"

"올 수 있소. 걱정 말아요."

니나는 아직 아무것도 모르고 있었다. 루스란에 대해 내가 아무런
얘기도 해주지 않았기 때문이다. 그녀와 눈길이 마주칠 때마다 나는
슬쩍 피했다. 유즈나야에서 아르바뜨까지는 지하철로 이십분이 채 걸
리지 않았다. 오래된 지하철은 덜컹거리면서도 속도는 매우 빨랐다.
아르바뜨 역 부근은 전에 차를 타고 몇차례 왔던 곳이지만 워낙 넓고
늘 많은 사람들이 북적대고 있기 때문에 방향을 가늠하기 어려웠다.
역에서 긴 터널로 된 출구를 지나 밖으로 나오자, 갑자기 날씨가 쌀쌀
해진 것을 깨달았다. 계절이 거꾸로 가고 있는 게 아닌가 의심이 들
정도였다. 바람이 가볍게 불었으나 바람에 실린 냉기가 칼날처럼 아
프게 살갗에 와닿았다. 지하도 주변에 늘어선 수많은 가판점들 앞에
는 이런 추위에도 아랑곳하지 않고 값싼 생필품을 사려는 많은 사람
들이 몰려들고 있었다. 보도는 그들이 온통 차지해버려서 발 디딜 틈
조차 없었다. 니나는 잠시도 한눈을 팔지 않고 버스정류장을 향해 두
어 걸음 앞서서 부지런히 걸어갔다. 그녀는 내가 아르바뜨 역에서 돌
아가야 한다는 걸 잠시 잊은 모양이었다.

이렇게 많은 군중 속에서 헤어지자. 그렇게 하는 게 서로 시간을 절

약하는 방법이라는 생각이 문득 머리를 스쳤다. 나는 앞서가는 니나를 갑자기 불러세웠다.

"나는 여기서 돌아갈 거요. 그리고……"

다른 말을 꺼내기도 전에 니나가 내 말을 막았다.

"거기 여기서 아주 가깝다. 버스 몇 정거장 가면 돼."

"나더러 니나 일하는 곳까지 함께 가자는 겁니까?"

"여기 일 한시간이면 끝나. 여기 끝나면 유즈나야로 갈 거야. 기다렸다가 같이 가."

"거기가 어떤 곳이지요?"

"가서 보면 알아. 아주 큰 집이야."

니나가 일하는 곳이 어떤 곳일까? 문득 호기심이 생겼다. 그녀가 또 다른 자기 직업현장을 보여줄 생각을 했다는 것이 신기했다. 니나는 평소에 자기가 일을 위해 드나드는 다른 장소나 만나는 다른 사람들에 대해 한마디도 하지 않았던 것이다. 나는 다시 니나를 따라 걸어갔다.

횡단보도를 건너자, 버스정류장이 나타났다. 그곳에서 버스를 타고 몇 정류장을 지나친 뒤에 우리는 버스에서 내렸다. 눈앞에 아주 거대한 초고층건물이 우뚝 서 있었다. 니나는 그 빌딩을 향해 걸어갔다. 어디서 본 듯한, 눈에 익은 건물이었다. 아마 관광엽서 같은 데서 사진으로 보았을 것이다.

"여기 우끄라이나 호텔, 맞지요?"

"맞다. 내 여기서 할일 조금 있다."

니나는 정문 쪽으로 가지 않고 왼쪽 모퉁이로 돌아갔다. 모퉁이 끝에 있는 조그만 쪽문 앞에는 십여명의 여인들이 모여 있었다. 대부분 러시아 여인들인데 벽에 기대고 서 있거나 몸을 웅크리고 앉아 있었다. 그 여인들은 니나처럼 간단한 손가방을 한개씩 들고 있었고 나이나 옷차림도 니나와 비슷했다. 그 쪽문 앞으로 가기 전에 니나가 나를 세워놓고 말했다.

"저기 로비에 가면 소파 많이 있어. 거긴 따뜻해. 거기 가서 기다려."

나는 고개를 끄덕이고 돌아서서 정문을 지나 로비로 들어갔다. 넓은 로비에는 사람이 별로 없고 여기저기 놓여 있는 소파들은 대부분 빈자리였다. 나는 한쪽 구석에 있는 소파에 앉아 잠시 시간을 보냈다. 삼십분쯤 후에 나는 밖으로 나와 쪽문 쪽으로 다시 가보았다. 여인들은 이미 사라졌고 니나도 보이지 않았다. 여인들은 일을 하기 위해 그 쪽문 안으로 들어간 게 분명했다. 나는 다시 로비로 와서 기다렸다. 그런데 십분이 채 지나지 않았을 때 정문 밖에서 니나가 손짓으로 나를 불렀다. 내가 밖으로 나오자, 니나가 말했다.

"오늘 일 없다. 그냥 돌아가."

"그럼, 공연히 여기까지 온 것 아니오?"

"내 조금 늦었어. 내보다 일찍 온 사람 많아."

"무슨 일을 하는데요?"

"여기 그릇 닦고 세탁하는 일 많아. 사람 너무 많으면 다 일 못해."

나는 조금 전 쪽문 앞에 모여 있던 여인들이 시간제 일을 얻기 위해 대기하던 여인들이라는 것을 그제야 알았다. 아르바뜨에 가는 날이면 니나가 유난히 서둘렀던 까닭도 나는 겨우 알았다. 오늘 니나가 일을 받지 못한 것은 분명히 나와 동행하느라 자꾸 시간을 지체했기 때문이었다. 그래도 니나의 얼굴에 나를 원망하는 기색은 전혀 나타나지 않았다.

"아들 무엇 좋아해?"

아르바뜨 역 부근에 와서 가판점들 앞을 지날 때 니나가 갑자기 물었다.

"먹는 거면 뭐든 좋아하죠."

"말라꼬? 말라꼬는 집에 있다. 초콜릿?"

"그렇지 않아도 뭘 좀 살까 생각하고 있었소."

니나는 대뜸 가판점 앞으로 다가서더니 초콜릿 두 상자를 달라고 했다. 그녀가 손가방에서 돈지갑을 꺼내는 걸 보고 내가 얼른 나섰다.

"니나, 돈 내가 내겠소. 니나가 왜 돈을 내?"

"내 돈 많다. 초콜릿 살 돈 있어. 아들 오디션 잘해서 내 선물 주고 싶어."

니나는 기어코 자기 지갑에서 돈을 꺼내 값을 치렀다. 우리는 유즈나야 역까지 함께 지하철을 타고 왔다. 역 출구를 벗어나 밖으로 나오자, 마침 부또보로 가는 버스가 한대 기다리고 있었다. 니나가 그 버스를 타라고 내게 재촉했다.

"버스 안 타? 아들 기다려."

나는 그 버스를 그냥 보내고 다음 버스를 타기로 했다.

"니나, 나 이틀 뒤에 떠납니다. 그러니까 니나도 부또보엔 다시 올 필요가 없게 되었소."

"정말? 아들 어떻게 하고?"

니나가 놀란 얼굴로 나를 쳐다보았다.

"아이는 루스란으로 가서 있게 될 거요. 알렉쎄이란 사람이 내일 그곳으로 아이를 데려다주기로 했소. 꾸또조프는 우리 다음에 갑시다."

"다음 언제?"

니나가 되묻자, 대답할 마땅한 말이 떠오르지 않았다. 꾸또조프는 한때 나도 원했던 곳이지만 지금 그것을 기약할 수는 없었던 것이다.

"루스란은 오래 있을 곳은 아니오. 그러니까 내가 다음에 올 때 기회가 있을 거요."

"알겠어. 이것 받아."

니나가 들고 있던 초콜릿상자를 내게 넘겨주었다. 니나는 아주 쉽게 단념했다. 그녀는 자기가 한군데 일자리를 잃었다는 사실을 겨우 방금 알았지만 조금도 흔들리는 기색을 보이지 않았다. 니나는 강하고 침착했다.

"그럼 잘 가. 내 갈게."

니나는 돌아서서 아파트단지 쪽으로 걸어갔다. 그녀의 모습은 곧 시야에서 사라졌다. 나는 안도의 한숨을 쉬고 그때 막 도착한 버스에 올랐다. 니나에게 꾸또조프를 꿈으로 그치게 한 것이 무엇보다 아쉬웠다. 니나에게 나는 너무 서툴게 행동한 건 아닐까? 불확실하더라도 나는 니나와 꾸또조프에 관해 어떤 약속의 끈을 마련할 수 있지 않았을까? 부또보로 오는 동안 잠시 이런 생각을 해봤지만 이미 어쩔 수 없었다.

—『창작과비평』1999년 여름호

모슬 기행

모슬 기행

나는 그 잘생긴 남자들을 다시 볼 수는 없었다. 호텔에서도, 그밖에 다른 어느 곳에서도. 처음 그들이 프런트에서 우리를 맞아줬으나 날이 밝은 뒤 프런트로 다시 가보니 전혀 다른 사람들이 그 자리에 있었다. 바그다드의 새벽 다섯시는 춥고 깜깜했다. 사막지대는 낮과 밤의 기온차가 심하다는 얘기를 들은 기억이 있다. 새벽 다섯시에 가까스로 버스가 알 만수르 호텔 마당으로 들어섰는데 지구를 반바퀴나 돌아 찾아온 손님을 기다려주는 사람은 아무도 없었다. 호텔은 죽은 듯 잠들어 있고 현관문도 굳게 닫혀 있었다. 기다리다 지쳐 잠들어버린 것이다. 이것은 그동안 이 일급 호텔이 휴업상태로 있었다는 증거다. 호텔은 참으로 오랜만에 진객을 맞은 셈이었다.

마당에서 삼십분이 넘게 서성거린 다음에야 손님들은 로비 안으로 발을 들여놓을 수 있었다. 프런트에 여러 명의 젊은 남자들이 나와서 우리를 맞아주었다. 잠을 자다 뛰어나온 그들은 손님을 앞에 세워놓고 숙박카드와 필기구를 찾느라고 법석을 피웠다. 동행인 여성 시인 홍명혜가 허둥대는 그들을 물끄러미 쳐다보며 말했다.

"정말 미남들이네. 어디서 잘생긴 남자들만 모아다 놨나."

"아니야. 오면서 쭈욱 봤는데 여기 남자들 골상이 근사하더라구."

그림쟁이 김정이 어디서 튀어나오며 맞장구를 쳤다. 골상에 관해서라면 그의 말이 권위가 있었다. 김은 초상화가는 아니지만 소싯적부터 인물화에 뛰어난 소질을 갖고 있는 친구다. 젊은 이라크인들은 그들의 지도자가 그렇듯 모두 짧고 뭉툭한 콧수염을 길렀는데 그것 때문에 한층 강렬한 인상을 주었다. 그들은 발밑까지 옷자락이 길게 내려오는 순백의 민속의상 디쉬다샤를 입지 않고 흰 와이셔츠와 말쑥한 양복들을 입고 있었다. 국도를 달려오며 우리가 마주친 사람들은 대부분 신부의 미사복을 닮은 디쉬다샤를 입고 있었다. 프런트의 남자들이 유난히 세련되고 활달해 보인 데는 그들의 복장이 한몫했을 게 틀림없다.

"저 남자가 지금 우리더러 뭐라고 한 줄 아세요?"

내가 방 열쇠를 받아들고 돌아서는데 기자인 박해수가 옆으로 다가오며 말했다.

"남자 둘, 여자 둘인데 왜 여자끼리 방을 쓰느냐는 거예요. 부부끼리 온 줄 알았나보죠."

박해수는 재미있다는 듯 킥킥거렸다. 프런트 쪽을 돌아보았더니 그 말을 했던 친구가 흥미롭다는 표정으로 이쪽을 조용히 바라보고 있었다.

"유머도 있는 걸 보니 생각했던 것보다 어둡지는 않군. 저 친구들

호감이 가는데. 우리랑 얘기가 통할 것 같기도 하고."

이라크 남자들은 모두 말대꾸도 싫어할 정도로 무뚝뚝하거나 이방인에게 적대감을 품고 있을 거란 선입관을 나는 막연히 갖고 있었다. 그런 생각을 갖게 된 것은 이라크에 대한 나의 짧고 어설픈 예비지식 때문이다. 쉬아파건 쑨니파건 회교도들이란 대체로 배타적이라든가 걸프전을 통해 이라크인들은 서방세계 사람들에게 적지 않은 증오감을 갖게 되었을 거란 추측 등이 내가 갖고 있는 예비지식의 전부다. 물론 그 가운데 어느 것도 제대로 검증된 사실은 아니다. 그러나 나는 그런 어두운 선입견의 포로인 상태로 국경을 넘어 그 나라에 들어갔다. 나의 그런 선입견이 눈앞에서 조금씩 무너져내려갔고 나는 그 점이 무엇보다 즐거웠다.

홍명혜와 박해수는 먼저 방을 찾아 들어갔고 나는 오분쯤 늦게 같은 방을 배정받은 김정과 함께 짐을 끌고 엘리베이터 쪽으로 갔다. 늦은 것은 김정의 짐이 유난히 많았기 때문이다. 그는 남보다 세 곱절이나 무거운 짐을 끌고 다녔다. 남은 하나도 힘에 겨워할 대형 짐가방을 세 개씩이나 가져왔던 것이다. 그림쟁이니까 즉석에서 스케치할 도구들이 그 속에 들어 있을 것이다. 거기에 현지 기온이나 상황에 따라 그때그때 꺼내 입을 적절한 의류들이 들어 있을 것이다. 그리고 한국의 라면도 그는 적지 않게 휴대하고 있었다. 김정은 본래 옷차림이나 자기 몸 관리에 누구보다 철저한 인물이다. 그래서 여행을 떠날 때 그가 짐이 많으리란 것은 충분히 예상한 일이었다.

우리가 짐을 끌고 엘리베이터 쪽으로 가고 있는데 어디서 젊은 친구 한사람이 불쑥 나타나더니 김정의 손에서 가방 하나를 빼앗아들고 우리를 뒤따랐다. 그는 콧수염 아래서 상냥하게 웃어 보였다.

"이봐, 이 친구 누굴 영락없이 닮았잖아?"

김정이 또 자기의 주특기인 순발력을 발휘했다.

"그게 누구야?"

"죠지 차키리스."

"그러고 보니 그런 것 같군. 자넨 눈썰미가 빨라."

엘리베이터 안에서 우리끼리만 얘기한 게 미안해서 내가 서툰 영어로 친절한 남자에게 우리가 나눈 대화를 그대로 전했다. 죠지 차키리스가 곧 말뜻을 알아듣고 유창한 영어로 고맙다고 말했다. 예상대로 그는 호텔 종업원이 아니고 하트라 축제에 동원된 문화성 관리였다. 그는 축제의 조직위에서 파견되었다고 자기 신분을 밝혔다.

"내일, 아니 오늘이군요. 오후에 하트라로 출발할 테니 미리 잠을 자둬야 합니다. 아시겠죠?"

7층 방 앞에서 헤어지기 전 죠지 차키리스가 친절하게 일러주었다.

"우리 바빌론은 언제 가지? 바빌론에 가는 스케줄이 잡혀 있나요?"

김정이 성급하게 물었다. 죠지 차키리스가 고개를 끄덕였다.

"틀림없이 그곳에 가게 될 겁니다. 염려 마세요."

"그럼 거기 갈 때도 당신과 함께 가게 되나요? 우린 죠지 차키리스 당신이 맘에 듭니다. 당신이랑 다시 만나고 싶소."

내가 말했더니 죠지 차키리스가 기분좋게 웃으며 틀림없이 자신이 여러 곳을 안내하겠다고 약속해주었다. 그러나 그 약속은 지켜지지 않았다. 그 잘생긴 이라크 청년을 그 새벽 이후 한번도 다시 만나지 못했다. 아마 그는 동방에서 찾아온 그다지 중요하지 않은 손님을 접대하는 일보다 더욱 중요한 일에 묶여버렸을 게 틀림없었다. 그렇지만 잠시 마주쳤을 뿐인 죠지 차키리스 역시 이라크와 이라크 사람들에 대한 나의 어설픈 선입관을 바꿔놓는 데 적지 않게 기여했다.

"조형! 뭐 하는 거야? 나와서 이걸 좀 보지 않고 그냥 잘 거야?"

베란다 문을 열고 나간 김정이 소리쳤다. 부지런한 그는 얼른 몸을 씻고 어느새 카메라까지 챙겨들고 베란다로 나갔다.

"죠지 차키리스 말 못 들었나? 지금 자도 겨우 몇시간 눈 붙일까 말까 한데."

침대 위에 누운 나는 기어드는 소리로 말했다.

"난 잠자긴 틀렸어. 여기까지 왔는데 티그리스랑 인사는 하고 눈을 붙이든가 말든가 해야 할 것 아냐."

티그리스란 말에 나는 눈을 번쩍 떴다. 내가 어디서 처음으로 읽었는지 그것조차 기억에서 지워진 그 이름이 나를 강하게 유혹했다. 나는 벌떡 일어나 베란다로 나갔다. 문이 열려 세찬 바람이 베란다로부터 객실 안으로 몰아치고 있었다. 티그리스 강에서 불어오는 바람이었다. 김정은 카메라 셔터를 마구 눌러대고 있었다. 아직 새벽이라 시야가 어슴푸레한데 그래도 강과 도시 전경이 희미하게나마 윤곽을 드러내고 있었다. 티그리스는 바로 발밑에서 흐르고 있고 강 주변에는 야자수와 종려나무들이 모여 드문드문 숲을 이루고 있었다. 커다란 현대식 빌딩 사이로 먼 언덕 위에 키가 작고 올망졸망한 회색 건물들이 사이좋게 모여 있는 풍경이 원경으로 바라다보인다. 암만의 주택들은 대부분 새것이었으나 여기 주택들은 색채로 봐서 훨씬 낡고 오래된 것들이었다. 페인트가 번쩍거리는 암만의 주택들보다 낡고 색이 바랜 이곳 주택들 풍경이 더 평화롭고 아늑한 분위기를 자아낸다. 나는 이 도시가 불과 얼마 전에 걸프전의 포화 앞에 노출되었던 도시란 사실마저 잠시 잊어버렸다.

"자네 마즈다 루미를 기억하지?"

사진 찍기를 멈춘 김정이 내게 물었다.

"마즈다 루미? 여배우 이름 같군. 아, 이제 생각나. 레바논의 가수라는 여자."

"맞아. 나는 지금 그 여자 노래를 생각하고 있었다구. 여기 올 때까지 까맣게 잊고 있던 사실인데 이 베란다에 섰더니 갑자기 마즈다가 생각나는 거야. 그 여자 노래랑 그 여자 얼굴이 떠올랐어."

나는 개포동 상가에 있는 김정의 작업실에 갔다가 마즈다의 노래를 한번 들었다. 재작년 여름이었다. 김정은 캐나다 토론토에 있는 가족들을 찾아보고 막 돌아온 참이었다. 그는 한번씩 갈 때마다 집에 두었던 소중한 자기 물건들을 한국으로 가지고 왔다. 마즈다의 테이프도 그런 짐보따리 속에서 흘러나온 것이었다. 기억이 분명하지 않지만 테이프 재킷에서 그 가수의 사진을 봤는데 눈이 황소 눈만큼 컸다는 기억만은 남아 있다. 김정은 오랜만에 찾아본 가족 얘기 따위는 접어놓고 테이프부터 녹음기에 걸었다.

"이 여자 노랠 한번 들어봐. 자네도 좋아하게 될 거야. 이건 내가 피렌쩨에서 그림공부하면서 쿠웨이트에 갔을 때 구해온 거야. 피렌쩨로 돌아와서 여름 한동안 나는 이 여자 노래에 미쳐 지냈지."

아랍의 노래들은 이방인이 들어보면 무척 구슬프다. 남자의 노래나 여자의 노래나 모두 슬프기만 하다. 우리가 슬프게 듣는 노래 가운데는 사실은 유쾌하고 흥겨운 노래도 끼어 있을 텐데 웬일인지 모든 노래가 슬프게만 들리는 것이다. 그날 처음 들어본 마즈다의 노래도 물론 예외가 아니었다. 마즈다의 노래는 더욱 슬프게 들렸다. 그건 유난히 탁한 그녀의 음색 때문인 듯도 했고 재킷에서 본 그녀의 큰 눈 때문인 듯도 했다. 그렇지만 나는 그 노래에 미칠 만큼 빠져들지는 않았다. 방금 김정의 입에서 마즈다 루미란 이름을 들었을 때 그게 아랍계의 어느 배우 이름이 아닐까 하고 엉터리로 짚은 것만 봐도 그건 입증이 된다.

"마즈다의 노래 중에 이런 게 있지. '그는 모래언덕으로 나를 찾아왔다.' 이게 마즈다의 노래 중에 내가 제일 좋아하는 거야. '사랑이 바로 해답'이란 노래도 좋지만 역시 '모래언덕'이 최고야. 자네도 한번쯤 내 방에 와서 들어봤을걸. 내가 지금 카메라 렌즈를 통해 멀리 회색 건물들을 보면서 뭘 생각하는지 아나? 저 초라한 동네 어느 집인가에 마즈다 루미가 지금 곤한 새벽잠을 자고 있다는 거야. 그녀는 내가 여기까지 찾아온 줄 아직 까맣게 모르지. 알았다면 벌써 달려왔을걸. 나는 그 노래 가사처럼 여기까지 마즈다를 찾아온 거야. 여긴 사막이 없지만 암만에서 여기 올 때 사막을 여러차례 통과한 게 사실 아냐. 두고 보라구. 마즈다 루미가 나를 찾아오는지 안 오는지. 우린 드디어 만날 거야. 내가 그녀의 목소리를 들은 지 십년 만에 우린 드디어 해후를 하게 되는 거지."

김정은 정말 마즈다의 잠든 모습을 찾아내기라도 할 듯이 먼 언덕 위에 있는 회색 집들을 뚫어지게 바라보고 있었다. 김정을 잘 모르는 사람은 농담인지 진담인지 구분이 잘 가지 않는 그의 얘기를 듣고 이 친구가 갑자기 돌았다고 생각하기 쉬울 것이다. 그는 농담을 자주 할 뿐 아니라 농담을 진담처럼 말하는 특별한 재주를 가지고 있다. 표정이나 말투만 봐서는 진위를 구분하기 어려운 것이다. 물론 이십대에 이미 김정과 말을 트기 시작한 나는 그의 농담에 아주 익숙하다. 그뿐 아니라 그의 그런 재능을 은근히 좋아해왔다. 친구 가운데는 김정이 진지하지 못하다며 그에게 핀잔을 주는 사람도 적지 않았다. 그러나 나는 그를 이해하는 편에 속했다. 나는 그의 다소 지나친 농담이 그의 다채로운 상념과 자유분방한 공상의 배설물이라고 이해했다. 그는 그림을 그리는 사람이니까 남보다 공상을 더 즐긴다고 해도 그걸 결점이라고 탓할 수는 없지 않은가.

침대 옆 탁자 위에 놓인 전화가 요란하게 소리치는 바람에 눈을 떴다. 겨우 세 시간 가량 잠을 잔 것 같다. 옆에서 김정은 코를 골며 곤하게 자고 있었다. 송수화기에서 박해수의 목소리가 크게 들렸다.

"가잘 씨랑 연락이 됐어요. 그분이 우리를 만나러 이리로 오신다는데 빨리 준비하고 로비로 나오세요. 참 가잘 씨가 상무성의 자문관으로 승진했대요. 잘됐지 뭐예요."

"전화하는 곳이 어디요? 방이 아닌 것 같은데."

송수화기 속에서 웅성거리는 소리가 들렸다.

"로비에 나와 있어요. 난 벌써 풀장에 가서 수영도 하고 식당에서 아침식사도 했는걸요. 빨리 서두르세요."

참 부지런한 사람도 다 있군. 나는 박해수의 기민성에 감탄했다. 서른살의 미혼인 박기자는 신문사 문화부의 베떼랑 기자다. 그녀는 기사를 다루는 안목도 있고 남성 못지않은 활동력도 있는 여성이다. 이번 하트라 축제 참가도 전적으로 박해수의 주선으로 이루어진 것이다. 가잘 씨가 주한대사로 있을 때 그는 박해수를 통해 주변의 몇사람에게 축제 참가를 권유했다. 당시에는 이런저런 사정으로 성사가 되지 못했는데 결국 가잘 씨가 서울을 떠난 뒤에야 우리는 이라크 여행을 실행에 옮길 수 있었다. 가잘 씨는 이번 여행의 씨앗을 뿌린 장본인이었다.

그런 인연말고도 가잘 씨와 우리는 짧지만 유쾌했던 기억을 함께 가지고 있다. 작년 가을 박해수는 귀국을 며칠 눈앞에 둔 가잘 씨를 '예술의 전당' 음악회에 초대했다. 아주 드문 기회로 루마니아의 제오르제 에네스쿠 교향악단의 연주회였는데 신문사로 들어온 회원권을 박해수는 아주 유용하게 써먹을 궁리를 해낸 것이다. 그날 박해수가 초대한 손님 중에 나와 홍명혜도 끼였다. 주빈은 가잘 씨였다. 가잘 씨가 서양의 고전음악을 좋아하는지 어떤지는 알 수 없었다. 그렇지만 오십세는 지난 듯한 이 아랍의 고참 외교관은 그런 자리에도 썩 잘 어울렸다. 그는 점잖은 학자풍의 외모에 유머감각도 뛰어나서 누구에게나 호감을 주었다. 연주회 시작 전 오페라 홀 라운지에 있는 식당에서 식사도 하고 커피도 마시며 즐거운 대화를 가졌다. 음악회가 끝났을 때는 연주장 로비에서 사진도 몇장 찍었다. 그날도 가잘 씨는 우리에게 초청의 말을 잊지 않았다.

"여러분이 바그다드에 오신다면 우리는 언제나 환영합니다. 하트라 축제 때 바그다드에서 만나게 되기를 바랍니다."

바그다드 여행? 무엇을 위해 그 먼 곳까지 가야 하나? 그때만 해도 바그다드는 아주 엉뚱한 지명이었다. 고고학자라면 고난을 무릅쓰고 찾아가볼 가치가 있을 것이다. 단순한 관광여행이라면 바그다드는 어울리지 않는 곳이다. 결코 인사치례가 아닌 대사의 초청을 고맙게 여기면서도 그 여행은 현실성이 없는 것으로 간주해버렸다. 그런데 갑자기 생각이 바뀌었다. 생각이 바뀐 게 아니라 상황이 바뀐 것이다. 그 일을 까맣게 잊고 지냈는데 대사관에서 수속을 하라는 독촉이 오자 나는 마음이 흔들렸다. 그때 가잘 씨와 서로 어겨서는 안되는 약속을 한 것 같다는 느낌에 사로잡혔다. 박해수나 홍명혜도 같은 기분이라고 고백했다. 그렇다면 못 갈 것도 없지 않아요? 함께 차 마시는 자리에서 박해수가 쉽게 말했고 나도 홍명혜도 그 말에 쉽게 동의했다. 목적이 분명한 여행보다 아무런 계획도 생각도 없이 마치 바람에 휩쓸리듯 이렇게 떠나는 것도 재미있다는 얘기를 누군가가 했다. 일행 중에 분명한 목적이 있는 사람은 가잘 씨의 초청과는 무관한 김정이었다. 김정은 공항에서 비로소 홍명혜와 박해수와 첫인사를 했다. 그는 물론 제오르제 에네스쿠 교향악단의 공연장에도 초대받지 않았던 사람이다. 그는 나를 통해 이라크 여행계획을 얻어들었을 뿐이다.

동네 까페에서 둘이 만나 술을 마시면서 나는 여행 얘기를 들려주었다. 그 까페 이름이 공교롭게도 '바빌론'이다. 녹색으로 상호를 음각한 손바닥 두 개 넓이의 조그만 간판이 처마끝에 대롱대롱 매달려 있었다. 처음에는 '신의 도시'란 상호를 사용했는데 촌스럽다고 느꼈는지 '바빌론'으로 바꿔 달았다. 나는 '바빌론'이 바로 집앞 길 건너에 있지만 그 집을 별로 좋아하지 않았고 거의 출입도 하지 않았다. 술값이 턱없이 비싸고 그 집 여자들이 어쩌다 들르는 손님은 거들떠보지도 않았기 때문이다. 그 집에는 연령 미상의 젊은 여자 셋이 있는데 그 여자들을 좋아해서 매일 찾아가는 단골손님들이 적지 않은 모양이었다. 근처에는 실내장식이나 규모가 비슷한 다른 까페도 여럿 있는데 유독 이 집만 손님이 들끓었다. 술값이 턱없이 비싼데도 말이다. 좀 엉뚱한 발상이지만 나는 그 까닭이 그 집 상호가 주는 어떤 매력 때문이 아닐까 하고 혼자 생각한 일도 있었다. '신의 도시에서 날아온 여자들', 혹은 '신의 도시에서 머무르고 있는 여자들'——단순한 수사에 지나지 않는 것이지만 이런 표현 자체가 세속에 찌든 직업여성들만 상대해온 남성들에게는 어떤 신선감을 주는지도 모른다.

김정도 '바빌론'의 단골손님 축에 끼었다. 그의 화실이 '바빌론'과 가까이 있는 것도 한 이유겠지만 '신의 도시'의 여자들이 붓 몇자루밖에는 가진 것이 없는 자신을 언제나 예술가로 극진히 예우해준다는 점이 가장 큰 이유일 것이다. 그는 설악산 바위를 그린 십호짜리 그림까지 '바빌론'의 벽에다 갖다 걸어놓았을 정도다.

내가 여행 얘기를 꺼냈을 때 김정은 감전된 사람처럼 벌떡 일어나더니 큰 소리로 외쳤다.

"이봐, 나 좀 거기 끼게 해줘. 나야말로 그곳에 꼭 가봐야 할 사람이야. 응, 제발 나 좀 끼게 해달라구. 절대로 피해는 안 줄 테니까."

"뭐야? 거기 가서 만날 사람이라도 있다는 얘기야?"

"있지, 있고말고. 그게 반드시 사람이어야 한다는 법은 없지 않나. 난 바빌론과 만나고 싶네. 진짜 바빌론과 말이야. 오래 전에 이슬람 문화에 관한 책을 본 적이 있는데 바빌론에는 이천오백년 전 거리가 그대로 보존되어 있다는 거야. 어쩌면 시가지도 그대로 남아 있겠지. 그걸 읽으면서 묘한 흥분을 느꼈어. 그곳에서는 시간과 공간 개념이 일치할 수 있을지도 모른다는 생각을 하게 되었거든. 거긴 신의 도시이고 신은 시간을 초월하는 존재 아냐. 난 이천오백년 전 역사 속으로 잠입하고 싶은 거야. 고고학자들이 그런 꿈을 갖고 있지만 실제로 경험한 사람은 한사람도 없지. 「타임머신」이란 영화 봤지? 그게 바로 시간과 공간 개념의 일치에서 가능한 얘기라구. 난 언젠가 바빌론엘 가게 될 거라고 생각했는데 기회가 바로 지금 온 거야. 내가 동행하는 데 문제 될 건 없겠지?"

"그렇게 원한다면 일행들과 의논은 해보겠네. 대사관 쪽에서 자넬 어떻게 보느냐도 문제야. 자넨 캐나다 시민 아닌가."

"여러 곳을 다녔지만 입국을 거절당한 적은 없네. 화가니까 고적을 스케치할 목적이라고 말하면 수긍할 거야."

"그런데 자네 거기 가서 정말 어디로 잠적하려고 그러는 건 아니겠지? 만약 그랬다간 우린 거기서 꼼짝도 못하는 거야."

"이봐, 농담도 못하나?"

김정은 소리내어 웃었다.

김정의 얘기를 전하자, 박해수도 홍명혜도 즉석에서 찬성했다. 그렇지 않아도 남성이 한사람뿐이라 걱정했는데 건장한 남성 한사람이 추가되니 그만큼 든든하다는 것이었다. 이라크 대사관측에서도 별다른 이의는 없었다. 아마 비자 신청시에 김정이 제출한 전람회 포스터가 효과를 본 모양이었다.

가볍게 면도를 마치고 내가 일층 로비로 내려갔을 때 한쪽 소파에 박해수와 홍명혜가 나란히 앉아 가잘 씨를 기다리고 있었다. 두 여성 모두 진한 색채의 산뜻한 새옷으로 갈아입었는데 멀리 여행 온 사람 같지 않게 표정들이 생생했다. 바로 눈앞 맞은편 벽에서 싸담 후쎄인의 거대한 사진이 엄숙한 표정으로 우리를 지켜보고 있었다. 긴 장방형의 로비에는 여러 조의 응접세트가 코너마다 놓여 있는데 싸담의 초상도 응접세트 숫자에 맞춰 코너의 벽마다 걸려 있었다.

"화백님은 왜 안 내려오셨죠?"

혼자 나타난 나를 보고 박해수가 의아스런 얼굴로 물었다.

"가잘 씨랑 초면이라 끼여들기가 멋쩍은가봐요. 나오는 게 좋겠죠?"

"물론이죠. 여기까지 와서 초면이 어디 있고 구면이 어딨어요? 다 같은 입장인데."

나는 프런트에 가서 객실로 연락을 했다. 김정은 자기만 버려둘까
봐 조바심을 느끼고 있었는지 당장 달려오겠다고 말했다.

나는 그때 프런트에 새벽에 봤던 친구들이 한사람도 보이지 않는
것을 비로소 발견했다. 프런트에는 나이 지긋한 남자와 품질이 좋아
보이지 않는 감색 투피스를 입은 젊은 여자 두 명이 자리를 지키고 있
었다. 로비 한켠에는 축제 조직위에서 파견나온 안내인들이 책상 하
나를 놓고 둘레에 떼지어 서 있었는데 그들 역시 새벽에 봤던 청년들
과는 인상이나 차림새가 아주 다른 중년사내들이었다. 그들은 새벽의
그 멋쟁이들과 여러모로 많이 달랐다. 옷차림도 추레하고 혈색도 그
다지 좋아 보이지 않았고 무엇보다 살아가는 일에 지친 듯한 표정이
역력했다. 박해수와 홍명혜도 새벽의 멋쟁이들이 사라진 사실에 대해
불만이 많았다. 내가 죠지 차키리스 얘기를 들려줬더니 두 여성 모두
큰 호기심을 드러냈다. 나는 그가 틀림없이 약속을 지키기 위해 곧 나
타날 거라고 장담했다. 우리가 그런 얘기를 하고 있는데 심한 매부리
코를 가진 중년남자가 옆으로 다가오더니 박해수에게 뭐라고 작은 소
리로 속삭였다. 그는 조직위에서 파견나온 안내자였다.

"무슨 얘길 하는 거지?"

홍명혜가 물었고 박해수가 좀 엉뚱하다는 표정으로 말했다.

"바빌론에 가겠다면 당장 안내한다는 거예요. 모슬행 기차는 오후
늦게 출발하니까 다녀올 시간은 충분한 거죠. 그런데 이걸 달래요."

박해수는 손가락으로 동그라미를 그렸다. 그때 마침 나타난 김정이
끼여들었다.

"얼마 달라고 해요?"

"오십불. 오십불 주고 가실 거예요?"

김정이 내 눈치를 살폈다. 나는 매부리코를 쳐다보았다. 그는 약간 돌아선 채 실눈을 뜨고 우리 표정을 날카롭게 관찰하고 있었다. 그가 신고 있는 밤색 구두는 발가락만 드러나지 않았을 뿐 겉가죽이 찢겨 너덜거렸다. 비쩍 마른 데다 피부가 검게 그을린 탓인지 매부리코는 유난히 살아가는 일에 지친 남자 같았다.

"모슬에 다녀와서 기회가 있다는데 그렇게 서두를 필요 없잖아?"

나는 김정의 조급성을 가라앉힐 필요가 있다고 생각했다.

"맞아요. 그리고 오십불은 말도 안돼요. 우리가 어딜 간다면 본래 자기들이 차량과 가이드를 제공하기로 된 거예요. 괜히 돈 쓸 이유가 어디 있어요?"

홍명혜가 김정을 타이르듯 말했다. 매부리코는 눈치가 빨랐다. 홍정이 깨진 걸 알아채고 그가 내게 오더니 난데없이 악수를 청했다.

"내 이름은 하톰 쌀라요. 불편한 점이 있으면 언제라도 내게 청하시오."

악수를 한 뒤 매부리코는 저쪽으로 가버렸다. 그는 우리를 아주 단념하지 않겠다는 신호를 보여준 셈이었다. 로비에는 여러 나라의 많은 사람들이 북적대고 있었다. 튀니지 사람, 이라크인들과 별로 구분이 안되는 이웃 아랍계 나라 사람들, 독일인과 이딸리아인들도 있었다. 암만에서 우리와 같은 버스를 타고 왔던 두 독일인과 튀니지 사람 얼굴도 보였다. 우리 옆을 떠난 하톰 쌀라는 주로 서구인들을 상대로 방금 우리에게 제안했던 거래를 다시 시도해보느라고 분주하게 움직이고 있었다.

가잘 씨가 갑자기 급한 용무가 생겨 오전에 올 수 없고 오후 늦게 들른다는 연락이 왔다. 이 전갈을 하톰 쌀라가 와서 전해주었다. 가잘 씨는 호텔에 파견된 안내자들에게 연락을 한 모양이었다. 바그다드의 친구를 만난다는 기대감에 잔뜩 부풀어 있던 우리는 조금 싱거운 기분이 되었다. 그 기분에서 빨리 벗어나게 해준 건 홍명혜였다.

"차라리 잘된 거죠 뭐. 내가 아주 근사한 일급 레스또랑을 아는데 우리 거기 가서 점심도 먹고 라쉬드 거리란 데 천천히 구경도 하는 게 어때요?"

"홍선생이 그런 델 어떻게 아시죠?"

김정이 물었다.

"다 아는 법이 있죠. 몇달 전부터 여기 올 줄 알고 이라크 여행안내서를 독파하지 않았겠어요. 궁금한 게 있으면 뭐든 내게 물으세요. 그 레스또랑은 칸 마르잔이란 곳인데 이라크식 요리로 유명하죠. 본래는 대상숙(隊商宿)으로 1359년 건축된 이 건물은 1935년에 복구되어 한때 박물관으로 사용되다가 지금은 식당이 된 거랍니다."

김정이 입을 쩍 벌리고 놀란 시늉을 했다. 홍명혜를 거의 모르는 그가 놀라는 건 당연했다. 홍명혜는 마흔살의 독신으로 딸린 가족도 없이 오래 전부터 혼자 살고 있다. 구태여 독신의 삶을 선택하고 있다는 것은 자신에게 완벽하게 충실하고 싶다는 의지를 가진 것이라고 봐야 할 것이다. 홍명혜는 그 나이에 수영도 즐기고 골프장에도 드나들고 음대생을 모셔다가 플루트를 새로 배우기도 하고 일본말 회화학원에도 몇달씩 다녔다. 딸린 아이들이 있는 주부라면 쉽게 흉내내기 힘든 일이었다. 그런 홍명혜가 여행을 앞두고 이라크 여행안내서를 미리 챙겨 읽었다고 해서 놀랄 일은 전혀 아니었다. 우리는 일단 칸 마르잔으로 가서 점심을 먹기로 했다.

바그다드 중심부에 자리잡은 라쉬드 거리는 압바스 왕조시대의 건물들과 풍물들이 비교적 잘 보존된 유일한 곳으로 알려져 있다. 천년 고도라는 바그다드지만 라쉬드 거리를 제외하면 빈껍데기만 남은 것이다. 그 이유는 물론 바그다드의 아픈 역사 때문이다. 바그다드란 도시는 탄생 이래 1258년 몽골군의 말발굽에 짓밟혔고, 1393년엔 티무르 세력에 의해, 1534년엔 오스만투르크 군단에 의해 도시 전체가 불태워지고 파괴당했다. 여기에 최근의 걸프전 피폭까지 가세한다면 바그다드란 도시는 기구한 운명의 여인 같다는 느낌이 들었다. 그나마 압바스의 흔적을 보여주는 라쉬드 같은 거리가 남아 있다는 게 차라리 기적이었다.

라쉬드 거리에는 칸 마르잔 외에도 세계 최초 대학으로 알려진 무스탄시리아 대학 건물, 14세기 건축물인 모스크, 구리 주전자 등 전래 생활용품을 제작 판매하는 오래된 바자르가 있었다.

우리가 칸 마르잔에 들어섰을 때 손님은 한사람뿐이었다. 마흔살 안팎으로 보이는 깡마른 백인남자가 넓은 홀 중앙에 혼자 앉아 야채 샐러드를 포크로 열심히 집어먹고 있었다. 우리가 근처에 자리잡고 앉자, 백인남자는 신경질적인 표정으로 이쪽을 흘끔흘끔 쳐다보았다. 마치 혼자 좋은 곳을 독점하고 있는데 침입자가 들어왔다는 표정 같았다. 나는 그가 독일남자일 거라고 생각했다. 약간 빨간 머리, 어린 애처럼 붉은 입술, 고양이 눈처럼 날카롭게 느껴지는 눈빛 등 대체로 분위기가 독일남자를 연상시켰다. 나는 그 순간 잠시 엉뚱한 상념에 잠겼다. 이 독일인은 우리보다 자신이 먼저 이곳에 왔다는 걸 주장하고 싶어할지 모른다고. 단순히 유서 깊은 역사를 지닌 식당에 먼저 들어온 사실만을 두고 하는 말이 아니다. 독일인은 이미 바이마르시대에 바그다드 철도를 부설해놓고 있다. 바그다드, 비잔티움, 베를린으로 이어지는 이 철도는 식민쟁탈에 막 눈을 뜬 독일제국의 3B정책에 의해 건설된 것이었다. 이라크에서 서구인과 마주칠 때마다 왠지 남의 구역에 들어온 것 같은 어색한 기분을 느꼈다. 그만큼 그 땅은 우리에게 낯선 장소였다.

백인남자는 혼자 이것저것 꽤 많은 종류의 음식을 시켜먹고 먼저 나가버렸다. 그가 나가자 비로소 마음이 편해졌다. 박해수가 웨이터를 불러 음식을 주문하는 동안 나는 홀 안을 천천히 둘러보았다. 천장이 굉장히 높았고 벽을 따라 이층 회랑이 있는 모양인데 입구는 보이지 않았다. 고색창연한 이 건물의 실내는 변화를 주지 않은 탓인지 레스또랑이란 서양식 이름이 무색할 지경으로 단조롭고 공허했다. 그곳에서 맛본 음식도 기대와 달리 평범하고 특색이 없었다. 이라크인의 주식인 케밥과 코르사, 야채 샐러드가 나왔는데 값이 비싼 데 비해 품질은 우리가 바그다드로 오는 국도변 간이식당에서 먹었던 음식과 별로 차이가 없었다. 다만 칸 마르잔에 다녀간 증거물로 홀에 앉아 기념사진 한장을 찍었다는 것이 비싼 음식값에 대한 보상이었다.

식당에서 나온 우리는 라쉬드 거리에 있는 무스탄시리아 대학 초기건물을 구경하고 시장 골목을 한참 동안 어슬렁거리다가 택시를 타고 호텔로 돌아왔다. 가잘 씨가 나타난 것은 우리가 한시간 가량 객실에서 휴식을 취한 뒤였다. 가잘 씨는 뜻밖에도 가족을 모두 이끌고 호텔에 나타났다. 그건 그만큼 그가 우리를 진심으로 환영하고 있다는 표시 같았다. 로비의 한구석에서 우리는 가잘 씨네 일가족과 서로 인사를 나누었다. 그의 아내는 해외생활을 오래 한 탓인지 활달하고 남편만큼 화술이 훌륭했다. 딸 둘과 막내인 꼬마녀석이 부모 옆에 있었다.

가잘 씨가 자녀들을 손님에게 소개했는데 대학생인 큰딸에게 모든 사람의 눈길이 잠시 쏠렸다.

"우리 큰애 로라, 무스탄시리아 대학생이고 나보다 영어를 잘해요."

가잘 씨는 은근히 딸을 자랑했다. 무스탄시리아 대학은 바그다드 제일가는 명문대학이란 말을 들었다. 로라가 수줍은 듯 고개를 저쪽으로 돌렸지만 아빠의 칭찬이 싫지는 않은 표정이었다. 그녀는 손님들에게 일일이 공손하게 인사를 했다. 로라는 검은 바탕에 흰 점 무늬가 있는 치마와 흰 티셔츠를 입었는데 이처럼 검소한 차림에도 불구하고 무척 우아하고 청결한 분위기를 풍겼다. 이라크 여성 중에서는 드물게 보는 갸름한 얼굴, 총명이 가득한 커다란 눈, 결코 서둘거나 뽐낼 줄 모르는 은근한 태도 등, 그녀를 돋보이게 하는 것이 아주 많았다. 이라크 여성들은 골격이 커서 멀리서 바라보면 굉장한 미인으로 보이는데 가까이 다가서 보면 실망하는 경우가 많았다. 이것은 동양인의 시각에서 봤기 때문일 것이다. 그러고 보면 로라에겐 동양적인 아름다움이 있는 셈이다. 동양인은 상대가 게르만이건 슬라브건 수메르의 후손이건 동양적 아름다움이 발견될 때만 감동을 받는다.

약간 머쓱한 표정으로 한쪽에 잠자코 서 있던 김정이 갑자기 가잘 부인에게 다가서더니 영어로 뭐라고 빨리 말했다. 그러자 가잘 부인이 유쾌하게 소리내어 웃었다.

그제야 나는 김정이 한 말을 뒤늦게 깨달았다.

"따님은 바그다드에 와서 제가 본 최고의 미인입니다."

김정은 이 한마디를 던져놓고 화난 사람처럼 다시 딱딱한 얼굴로 서 있었다. 내가 그의 말을 금방 알아듣지 못한 까닭은 김정이 급한 상황이 되면 말을 더듬는 버릇이 있기 때문이었다. 그는 지금도 말을 더듬었고 그 때문에 수치심을 느끼고 있는 듯 보였다. 그런데 가잘 부인은 아주 지혜롭게 이 농담 같은 실없는 말을 예의를 갖춰 받아들였다. 부인은 딸 로라에게 방금 들은 말을 아랍말로 전했다. 로라 역시 예의를 갖춰 그 말을 받아들였다. 그녀는 김정 앞으로 가서 목례를 한 뒤 칭찬해줘서 고맙다고 유창한 영어로 말했다. 두 사람은 그때부터 둘이서만 영어로 한동안 얘기를 나누었다.

사실 로라와 막힘없이 영어로 대화를 할 수 있는 사람은 일행 중에 김정 한사람뿐이다. 그는 캐나다에서 이십년 넘게 생활한 사람이다. 그렇지만 서울에서 김정이 한번이라도 영어로 지껄이는 걸 나는 본 적이 없다. 바그다드로 오는 긴 여정에서도 그는 줄곧 벙어리 흉내만 냈다. 그랬기 때문에 그가 로라와 소파에 나란히 앉아 아주 자연스럽게 영어로 얘기하는 모습이 내겐 무척 신기하게 보였다.

"저 두 사람은 방금 만났는데 무슨 할 얘기가 저리도 많지?"

홍명혜가 나를 보며 한쪽 눈으로 신호를 보냈다.

"화백께서 단단히 빠진 눈치죠. 재미있다."

박해수가 입을 비죽이며 말했다. 이때 가잘 씨가 끼여드는 바람에 우리는 그쪽에서 눈길을 돌렸다.

"모슬은 아주 굉장한 곳입니다. 여러분이 밤기차로 떠나면 나도 내일쯤 거기 가볼 생각이에요. 우린 어쩌면 거기서 만나게 될 거요."

"기차로 몇시간이나 걸리죠? 안내서엔 다섯 시간으로 나왔던데."

"지금은 그보다 더 걸려요. 한두 시간 더 걸린다고 보면 됩니다. 사정이 좋았을 때는 다섯 시간이면 닿았죠."

"모슬에서 대사님을 만나뵙게 되길 바라지만 만약 그렇지 못할 경우 바그다드에서 다시 뵐 수 있겠죠?"

230

박해수의 물음에 가잘 씨는 몇번이나 고개를 끄덕였다.

"우리집에도 한번 와봐야지. 이라크 사람들 가정생활을 어떻게 하나 구경도 할 겸. 사실 보여드릴 게 별로 없지만. 그건 그렇고 모슬을 아주 관심깊게 보고 오세요. 우리 이라크 제2도시일 뿐 아니라 아시리아 제국의 수도였던 곳이니까. 그곳엔 귀중한 유적이 아주 많습니다."

"낮에 우리끼리 칸 마르잔에 가서 점심을 먹었고 시장 구경도 조금 했어요. 생각보다 가게에 물건이 아주 많던데요."

박해수의 말에 가잘 씨의 입가에 미묘한 미소가 흘렀다. 인사치레로 하는 말이란 걸 이 고참 외교관이 모를 턱이 없었다. 우리가 둘러본 시장에는 별로 사줄 만한 물건이 없었다. 구둣방엔 손으로 만든 조악한 구두가 몇켤레 놓여 있고 옷가게엔 거친 천으로 만든 남자용 반소매 셔츠가 몇벌 걸려 있었다. 그나마 제일 풍성한 곳은 밀과 쌀, 대추야자열매 등을 쌓아놓은 곡물가게들인데 그곳엔 손님이 보이지 않았다. 이라크에서는 돈이 없기 때문에 물건을 사고 싶어도 살 수 없다는 얘기를 암만의 한국인에게서 들은 것 같다. 칸 마르잔에서 식사를 하고 나오다가 우리는 땅바닥에 주저앉아 구걸하는 노파와 마주쳤다. 구겨진 일 디나르짜리 몇장을 쥐고 있는 한손을 앞으로 내보임으로써 자신이 구걸하고 있다는 걸 표시하는 노파는 검은 차도르로 얼굴만은 보이지 않게 철저하게 감싸고 있었다. 시장 골목을 걷는 동안 우리는 더 많은 구걸하는 젊은 여인들과 만났다. 여인들은 대부분 태어난 지 몇달 안된 영아들을 품에 안고 다녔다. 이 여인들도 앞서 봤던 노파처럼 검은 차도르로 얼굴을 철저하게 감추고 있었다. 이 거리의 여인들은 전쟁의 부산물일까. 혹은 유엔의 경제봉쇄 조처로 발생한 일시적 떠돌이들일까? 아마 두 가지가 서로 맞물려 여인들을 거리로 내몰았을 것이다. 하루 낮 동안 거리를 둘러보면서 우리는 이라크의 상황이 우리가 밖에서 상상했던 것보다 훨씬 심각하다는 걸 금방 느낄 수 있었다. 그러나 누구도 이런 얘기를 가잘 씨에게 꺼내지는 않았다.

한시간 가량 호텔에 머무른 가잘 씨 가족은 가잘 씨가 운전하는 자가용 승용차를 타고 집으로 돌아갔다. 로비에서 담소만 나눴을 뿐 그 가족과 커피 한잔도 나누지 못한 게 아쉬웠지만 우리는 다음을 기약하고 헤어졌다.

로라 얘기를 김정과 다시 나누게 된 것은 우리가 모슬행 기차에 오른 뒤였다. 가잘 씨 가족과 헤어진 뒤 우리는 바로 기차역으로 떠날 준비를 서둘러야 했기 때문에 무척 바빴다. 큰 짐은 알 만수르 호텔에 맡겨놓고 세면도구와 조석으로 바꿔 입을 간단한 옷가지를 작은 가방에 따로 챙겨 담았다. 하트라의 축제는 열흘 이상 계속되지만 우리는 모슬에서 길어야 사흘 가량 머물 예정이었다. 이 예정이 아주 잘못된 것이란 걸 현지에 도착한 뒤에야 깨달았는데 그때는 일정을 변경하기가 불가능했다. 바그다드에서 다음 일정이 기다리고 있기 때문이었다. 가잘 씨 말처럼 모슬은 굉장한 곳이었다. 우리는 그곳에 도착하자마자, 모슬 시가지를 떠도는 공기에서 금방 그 냄새를 맡았다. 3000년 동안 발효된 역사의 숨결이 그 공기 속에 잔뜩 배어 있었다. 그 냄새는 강한 독성을 지닌 짙은 향기처럼 우리를 매혹시켰고 사로잡았다. 작은 벽돌 하나, 풀 한포기도 모두 이 고도에서는 옛 아시리아의 유물이었다. 도시는 거대한 박물관처럼 개량되지 않았고 원형 그대로 잘 보전되어 있었다.

바그다드 역에서 우리는 일반 객차의 좌석을 배정받았다. 서너 개의 객차에 외국 손님만 따로 배정했기 때문에 자리는 대부분 텅텅 비었다. 통로를 통해 내국인들이 타고 있는 객차 안을 들여다봤더니 그곳은 발 디딜 틈이 없을 만큼 초만원상태였다. 우리는 특별대우를 받고 있는 셈이었다. 김정은 객차 좌석에 앉자마자 짐 속에서 스케치북과 도화용 연필을 꺼내 사람 얼굴을 그리기 시작했다. 처음에 나는 그가 플랫폼에서 마주친 어느 여인을 그리는 줄만 알았다. 플랫폼에는 기차를 타려는 여인들이 분주히 지나다녔고 여인들은 대부분 서민들이 사용하는 검은색 차도르로 머리를 감싸고 있었다. 그런데 김정이 그리는 여인은 차도르 대신 풍성한 파마 머릿결을 보여주고 있었다.

"누구야? 그 여인이."

"누굴 것 같애? 자넨 생각보다 눈이 어둡군."

"가잘 부인? 아니면 로라?"

"로라야. 자네가 맞히지 못하는 걸 보니 내 솜씨가 엉터리 것 같군. 하긴 모녀는 닮은 데가 많았어. 가잘 부인도 한번쯤 그려보고 싶은 얼굴이야. 딸만큼은 못하지만 그녀도 매력있고 기품있는 여성이지. 확실히 여성이란 기품이 있어야 돼. 단순한 미모보다 기품이 중요하다구. 단순히 예쁘기만 한 얼굴은 그릴 맛이 안 나지. 로라는 아주 매력적이야. 모델로서 그렇다는 얘기네. 자넨 그렇게 생각하지 않았어?"

"예쁘고 좋은 아가씨야. 영어로 그만큼 말하는 걸 보면 머리도 좋은 것 같고. 그런데 아까는 로라랑 무슨 얘길 그렇게 다정하게 했지? 자네가 그렇게 열정적으로 얘기하는 걸 나는 처음 봤어."

"그렇게 보였나?"

김정은 약간 표정이 들떠 있었다. 시선은 나를 향하고 있지만 머리로는 다른 생각을 하고 있는 게 분명했다.

"여성동지들도 그렇게 말하던가?"

"그거야 여자들 관찰이 얼마나 빠르다는 것쯤 자네도 알 거 아닌가. 그래 무슨 얘길 한 거야?"

"뭐 대수로운 건 없어. 내가 화가니까 얼굴을 하나 잘 그려서 기념으로 주고 싶다고 그랬지. 이건 아냐. 그냥 연습해보는 거야. 로라더러 잠깐이라도 모델이 되어달라고 부탁했지. 그랬더니 아주 기뻐하더라구. 모델노릇 할 기회가 생길지 어떨지 모르지만 노력해보겠다고 그랬어. 로라가 그렇게 말해준 것만 해도 내 입장에서는 얼마나 기분 좋은 일인지 몰라. 그런데 기회가 틀림없이 생길 거야. 내 생각엔 로라가 모슬로 와주면 참 좋을 것 같은데. 바그다드는 왠지 번거로워서 차분하게 그림 그릴 여유가 안 생길 것 같더라구."

"로라가 모슬에 온다구? 그럴 가능성은 없을걸. 본인이 그런 말을 했나?"

"하진 않았지. 그렇지만 가잘 씨가 내일 오겠다고 약속한 것 아냐. 어쩌면 딸을 동반하고 나타날지 누가 알아?"

"이것 봐, 꿈 깨. 아무리 상상은 자유라지만 로라는 자네하고 너무 멀리 있어. 나는 자네가 혹시 실수라도 할까봐 솔직히 말해 겁이 나. 자네 여행 목적은 유적지를 스케치하는 것하고 바빌론에 가서 타임머신을 시험해보는 것 아냐. 엉뚱한 문제로 정작 여행 목적을 까먹게 될까봐 걱정되는군."

"자네 눈에 내가 로라에게 돌아버린 것처럼 보였나?"

"그렇게 보였어. 지금도 그렇고."

김정은 더이상 아무런 말도 하지 않고 그림 그리는 일만 계속했다. 차창 바깥은 깜깜했고 기차가 어느 지점을 달리고 있는지 알 길이 없었다. 우리와 한참 떨어진 자리에서 박해수는 눈을 감은 채 차창에 머리를 기대고 있었고 그 옆자리의 홍명혜는 녹음기 겸용 라디오의 리시버를 귀에 꽂고 음악을 듣느라 열중하고 있었다.

건너편 좌석에는 젊은 백인여성 한명이 역시 차창에 머리를 기대고 눈을 감고 있었다. 그녀의 일행들은 객차 뒤쪽에 몰려 있었는데 얼마 전부터 그녀는 혼자 떨어져나와 거기서 쉬고 있었다. 그녀는 모델처럼 체격이 날씬하고 인형처럼 얼굴이 예뻤다. 나는 그녀가 독일이나 오스트리아 출신이란 걸 알았다. 바그다드 역에서 기차에 오르면서 그녀가 자기 일행들과 독일어로 말하는 걸 들었던 것이다. 그런데 잠시 뒤에 키가 장대처럼 크고 산적처럼 턱수염을 기른 백인남자가 그녀의 옆자리로 옮겨오더니 인형에게 수작을 붙이기 시작했다. 처음에는 인형이 귀찮다는 듯 대꾸도 하지 않고 고개를 창 쪽으로 돌려버렸다. 하지만 사내가 끈질기게 달라붙자, 인형도 차츰 태도를 바꾸더니 급기야는 두 사람이 서로 껴안고 키스를 하기 시작했다. 그 바람에 인형에게서 잠시 느꼈던 청순한 인상이 금방 무참하게 지워지고 말았다. 그림을 그리던 김정조차 옆자리의 그 돌발사건 때문에 집중력을 잃어버린 모양이었다.

"이 신성한 땅에 와서 저게 무슨 짓들이람. 손님으로 왔으면 최소한의 예의는 지킬 줄 알아야지."

김정이 스케치북을 접어두고 못마땅한 듯 투덜거렸다.

"로라의 조국을 저런 식으로 모독하는 건 참을 수 없다구."

김정이 유독 분개하는 이유를 알자, 나는 그가 그쪽으로 달려가서 주먹다짐이라도 할까봐 겁이 났다. 그의 농담 같은 말은 순간적으로 내게 큰 무게를 지닌 진심으로 다가왔다.

"저게 저 사람들 풍속인데 뭘 그래. 자네가 더 잘 알면서."

나는 그쪽에서 눈길을 거두며 일부러 대수롭지 않다는 듯 말했다.

"저건 풍속의 문제가 아니고 예의의 문제라구. 난 저런 짐승들이 제바스티안 바흐와 같은 종족이란 사실이 믿어지지 않아. 이라크 정부는 어디서 쓰레기들만 불러다났어. 하긴 와준다는 것만 고마워서 허겁지겁 받아들여야 할 형편이긴 하지만. 난 그게 못마땅해."

김정의 시각이 벌써 이라크 쪽에 기울어 있다는 걸 그 말투로 느낄 수 있었다. 물론 로라 때문이었다. 그는 광적인 바흐 음악의 지지자로 그림 그릴 때는 언제나 바흐 음악을 들었다. 평소에도 그는 애증의 감정이 분명하고 그걸 표현하는 데 주저할 줄 몰랐다. 길 가다가 노변에서 소변보는 어른을 붙잡고 시비하는 걸 볼 때면 김정은 어린애 같다는 생각이 들었다. 감정을 자제할 줄 모른다는 점에서 그는 미성년자였다. 서울에서도 그와 함께 길을 걷거나 술집에서 술을 마실 때는 남과 충돌할까봐 늘 위태위태했다. 그는 자기 아이들에게도 미운 감정을 숨기지 않았다. 몇해 전 겨울 그가 한국에서 그림을 그리겠다는 목적으로 서울에 나타났을 때 나는 그가 길어야 한두 달 서울에 머물다가 캐나다로 돌아갈 줄만 알았다. 그런데 그는 개포동에 화실을 마련하고 장기 체류 채비를 갖췄다. 그는 상가 건물에서 그림을 그리고 먹고 자는 생활도 같은 장소에서 해결했다. 내가 그 화실을 처음 방문했을 때 그는 자기 아이들에게 지독한 욕을 사용했다. 그때는 자기 아이들과 헤어진 지 얼마 지나지 않아 아이들에게 품었던 생생한 감정이 고스란히 살아 있기 때문이었을 것이다.

"자네 부인이나 아이들이 자네가 이렇게 오래 나와 있는 걸 동의해줄까?"

새로 마련한 스웨덴제 버너를 사용해서 그가 끓여준 커피를 마시면서 내가 던진 첫 질문이었다. 가족 얘기가 나오자, 김정은 금방 평정심을 잃었다.

"빠다만 먹고 자라서 그런지 그놈들은 덩치가 커서 자네가 본다면 아마 뒤로 벌렁 나자빠질 거야. 어떤 때는 저것들이 진짜 내 자식일까하고 의심까지 한다니까. 대가리 속에도 빠다만 잔뜩 들어서 그런지 나하곤 언어가 전혀 안 통하네. 그런 상황을 소설가인 자네도 상상하기 힘들걸. 그놈들은 개 한마리가 없어지면 곧 알아차리겠지만 애비라는 작자가 지금 어디로 나갔는지 캐나다 안에 그대로 있는지도 모르고 있을걸. 관심이 없으니까."

"애비노릇을 제대로 안했으니까 그렇겠지."

"이봐, 그 사회체제가 나 같은 인간이 애비노릇을 하려고 해도 할 수 없게 되어 있어. 정부에서 생활지원금이 나오고 기본 교육비는 거의 무상이라구. 처음부터 경제권은 여자가 쥐고 있지, 난 그냥 그 집에 얹혀사는 나이 많은 아저씨일 뿐이야. 애들 입장에서 보면 이해관계라곤 손톱만큼도 없는 귀찮은 존재일 뿐이지. 난 정말 질식할 것 같더라구. 내가 이 잘사는 나라에 도대체 뭘 얻어먹겠다고 이민을 왔나, 하루에도 몇번씩 자문하곤 했었지."

"자넨 여기 있었어도 마찬가질 거야. 자네 생활태도를 바꾸지 않는 한."

"그럴지도 모르지. 그렇지만 하나 다른 게 있어. 나도 거기서 적응해보려구 노력을 전혀 안했던 게 아냐. 그림을 그리려고 로키산맥, 밴쿠버, 알래스카까지 발바닥이 부르트게 돌아다녔지. 그런데 그쪽 산이나 바다를 아무리 그려내도 코쟁이들이 내 그림은 거들떠보지도 않는 거야. 한참 지나서야 나는 그 이유를 깨달았어. 이발소에나 걸어놓으면 제격일 그림을 누가 돈을 주고 사들이겠어? 나는 혼이 빠진, 자기 것이 아닌 그림을 그리고 있었던 거라구. 화가는 자기 조국에서 그림을 그려야 돼. 마흔이 훨씬 넘어서 그걸 깨달았으니 나야말로 한심하지."

늦었다고 하면서도 그는 한국의 산과 들을 그리는 일로 화가로서 새출발을 하겠다는 의욕에 가득 차 있었다. 그의 주장은 그림에 문외한인 사람도 쉽게 수긍이 갔다. 풍경화를 그리는 사람은 자기가 어릴 적부터 늘 보아왔고 그곳에서 감성을 키웠던 모국의 산과 들을 그리는 것이 한층 자연스러울 것이다. 그러나 그 작업의 결과가 과연 그의 논리대로 딱 맞아떨어질지 어떨지 그건 장담할 수 없는 일이었다. 모든 조건이 충족되어도 언제나 실패자가 더 많은 게 예술의 세계인 것이다. 나는 김정이 적어도 그때까지는 그런대로 지탱되어온 자기 감정을 담보삼아 또 한번의 위태로운 도박을 하는 것이라는 느낌을 떨칠 수가 없었다.

차창 밖이 부옇게 밝아왔다. 기차는 어림잡아 일곱 시간 이상을 달려온 셈이었다. 이 계산이 맞다면 늦어봤자 여섯 시간 정도면 모슬에 닿을 수 있을 거라던 가잘 씨의 말도 빈소리가 되는 것이다. 기차로 바그다드—모슬 간 주행시간은 정확하게 아홉 시간이나 걸렸다. 나는 이라크인들의 시간 개념에 문제가 있다고 생각했다. 이런 심증은 그 뒤에도 몇차례 더 확인되었다. 국토가 넓기 때문일까. 혹은 시간의 식별 따위가 아예 불필요했던 사막의 대상들의 습성이 그대로 이어져내려온 때문일까. 밤 동안 나는 다행히 한잠 자고 났다. 화가는 아직 코를 골며 단잠을 자고 있었다. 건너편 독일 남녀도 마치 금실좋은 한쌍의 부부 같은 모습으로 서로 다정하게 껴안은 채 세상을 잊고 잠들어 있었다.

"창 바깥을 봐요. 지금 해가 막 뜨고 있어요."

뒤편에서 박해수의 목소리가 들렸다. 돌아봤더니 박해수가 손가락으로 창밖을 가리켰다. 홍명혜는 벌써 창을 가린 커튼을 열어놓고 바깥 풍경을 보느라고 여념이 없었다. 그녀는 일출 장면을 찍을 셈인지 손에 카메라까지 들고 있었다. 나도 커튼을 열고 창밖으로 눈을 돌렸다. 아직 어둠이 가시지 않았는데 지평선 저쪽 끝에서 동전만한 해가 막 피어오르고 있었다. 좁은 땅에서 살아온 우리에겐 이런 것도 훌륭한 구경거리였다. 사실 나는 지평선에서 뜨는 해를 이 순간에 처음 보았다. 이라크는 넓은 나라임을 다시 확인했다. 지금 해가 막 비춰주려는 이 대지는 어디쯤 될까? 필경 이곳은 모슬 가까운 지역일 테고 그렇다면 '비옥한 초승달지대'의 중심부에 해당될 것이다. 지도를 보면 터키의 아나톨리아 고원에서 티그리스가 남하하고 있고 서북쪽의 시리아와 이라크 접경 부근에서 유프라테스가 흘러내려오고 있다. 이 두 개의 강 사이에 '비옥한 초승달지대'가 있고 우리가 탄 기차는 이 강들을 거슬러 올라가고 있는 것이다. 티그리스는 모슬에서도 아주 가까이서 볼 수 있었다.

기차가 모슬 역에 도착했을 때는 햇볕이 뜨거워진 오전 열시경이었다. 서구의 도시라면 하루 중 가장 활기를 띠는 시간인데 이 북부의 고도는 죽은 듯이 고요 속에 묻혀 있었다. 넓지 않은 도로에는 차량 왕래가 별로 없고 행인조차 드물었다. 우리는 버스를 타고 역에서 이 킬로쯤 떨어진 모슬 호텔로 갔다. 규모가 크지 않은 호텔이 변두리 언덕 위에 있었다. 그 언덕 배후에 티그리스 강물이 흐르고 있었다. 호텔의 첫인상이 휴양처로 제격일 것 같다고 나는 생각했다. 모슬 호텔 현관 앞에는 양복을 입은 남자, 양장 차림을 한 젊은 여자들이 여남은 명 모여 있었다. 버스에서 내린 우리가 현관 앞으로 걸어갔을 때 양쪽에 두 줄로 도열해 있던 이 이라크인들이 놀랍게도 우리를 향해 박수를 쳐주었다. 이보다 더 놀라운 것은 아리따운 아가씨들이 호텔 안에서 갑자기 뛰어나와 손님들에게 빨간 장미꽃 한송이씩을 선사했다는 사실이다. 그들은 환영한다는 뜻을 그렇게 적극적으로 표현했다. 이것은 이라크에 와서 우리가 경험한 이라크인의 가장 적극적인 제스처였다.

축제가 열리는 하트라는 모슬에서 차로 한시간 반 걸리는 곳에 있다. 호텔에서 몇시간 휴식을 취한 뒤 오후 늦게 그곳으로 떠난다고 로비의 안내인들이 우리에게 알려주었다. 하트라 축제──이 축제의 참가야말로 이번 여행의 유일한 공식적 목적이다. 그런데 먼 길을 오면서도 우리는 이 축제의 의미와 당위성에 관해 한차례도 따져보거나 검토해본 바가 없었다. 우리는 축제에 별다른 관심조차 갖지 않았다. 우리는 이 나라의 지도자가 몇차례의 전쟁과 국제적 고립으로 땅에 떨어진 자국민의 사기를 진작시킬 목적으로 극도로 궁핍해진 재정 형편을 무릅쓰고 이 값비싼 행사 개최를 지시했다는 걸 알고 있었다. 그러나 그런 내막조차 우리의 관심사항은 아니었다. 우리는 다만 구경꾼으로 이곳에 와 있는 것이다. 이런 어정쩡한 입장 때문에 호텔 현관 앞에서 장미꽃을 선사받을 때 나는 꽃을 주는 아가씨의 얼굴을 차마 마주 쳐다볼 수 없었다.

객실을 배정받고 우리는 몇시간을 또 쉬었다. 그동안에 김정과 나는 오랜만에 한잠 늘어지게 잤다. 모슬의 맑은 공기 덕분인지 짧은 시간이지만 잠은 아주 달콤했다. 우리가 잠을 깬 것은 로비에서 갑자기 연락이 온 때문이었다. 로비의 안내인이 누가 호텔로 와서 우리를 찾는다고 내게 전화로 알려주었다. 안내인의 영어발음이 워낙 엉망이라서 그가 찾아온 사람에 관해 짧게 설명했지만 나는 그 말을 알아듣지 못했다.

"어디서 온 누구라는 거야?"

김정이 아주 예민한 반응을 보였다.

"저 친구들 뭐라고 지껄이는데 알아들을 수가 있어야지. 나가보면 그거야 금방 알게 되겠지."

"그럼 내가 먼저 나가볼게, 자넨 천천히 나와도 좋아."

김정은 재빨리 점퍼를 걸쳐입더니 뒤도 돌아보지 않고 복도로 뛰어나갔다. 나는 옆방에 있는 박해수에게 손님이 온 것 같다고 알려주고 나도 아래층 로비로 내려가기 위해 복도 끝에 있는 엘리베이터 쪽으로 갔다. 엘리베이터 앞에서 나는 박해수와 마주쳤다.

"설마 가잘 씨가 왔을 것 같지는 않은데요. 우리에게 오겠다고는 했지만 그분은 그렇게 한가한 사람이 아니거든요."

박해수도 찾아온 사람이 누군지 몰라 궁금한 모양이었다.

"시인은 왜 안 나왔죠?"

"너무 피곤해서 쉬겠대요. 만약 가잘 씨라면 자기를 부르래요. 그쪽은 왜 혼자죠?"

"그 친구는 벌써 내려갔어요. 본래 빠른 친구지만 뭔가 예감이 다른가보던데."

"설마⋯⋯?"

박해수가 어림없다는 듯 고개를 흔들었다. 나도 같은 생각이었다. 가잘 씨가 오기 어렵다면 로라는 더욱 어려울 게 빤하다. 아무리 자기

나라지만 모슬은 바그다드에서 천 킬로보다 더 멀리 있다. 그러나 로비로 내려갔을 때 박해수도 나도 자기 눈을 의심했다. 로라가 거기 서 있었던 것이다. 로비 중앙에서 로라는 김정과 마주서서 얘기를 하고 있었다. 로라의 모습이 전날과는 아주 달랐다. 그녀는 노란색 바탕에 검은 점 무늬가 촘촘하게 있는 블라우스와 검정색 스커트를 입고 있었다. 머리도 어제보다 부풀려진 걸 보면 미장원에 들렀거나 여기 오느라고 머리를 따로 손질했음이 분명했다. 거리를 지나는 여인들을 보면 대부분이 흰색 혹은 검정색 의상을 착용하고 있었다. 원색 옷을 입은 여자는 아주 드문 편이고 어쩌다 빨간색이나 노란색 옷을 입은 여인을 보게 되면 화려하다는 느낌이 들었다. 로라는 전체적으로 어제보다 훨씬 성숙한 여인처럼 보였다. 로라와 마주섰을 때 솔직히 말해서 나도 눈이 부셔서 그녀 얼굴을 쳐다볼 수 없었다.

"아버지가 바쁘셔서 못 오시는 대신 저더러 가서 손님들을 안내해드리라고 하셨어요."

로라가 혼자 오게 된 경위를 우리에게 설명했다. 박해수가 폐가 된다는 얼굴로 말했다.

"여기도 안내인들이 있으니까 로라가 여기까지 올 필요는 없었는데. 우리 때문에 로라가 너무 고생하는 것 아냐?"

"걱정 마세요. 손님들과 함께 있는 게 저도 즐거우니까요."

로라는 약간 피곤해 보였지만 상냥하게 웃으며 말했다.

"차는 뭘 타고 왔지?"

박해수가 또 물었다.

"아버지가 오늘 아침 일찍 출발하는 특별열차에 태워주셨어요. 축제에 오는 정부 인사들이 타고 온 기차예요."

"언제까지 여기 서 있을 겁니까? 차라도 마실 곳으로 들어가죠."

김정은 마치 우리에게 항의하듯 말했다. 프런트에 나와 있는 조직위의 안내인에게 물어서 우리는 레스또랑의 위치를 알아냈다. 지하 일층에 있는 레스또랑으로 가봤더니 손님이 한사람도 없고 여인 하나가 자리를 지키고 있었다. 커피를 마실 수 있다고 해서 우리는 커피를 시켰다. 커피 맛은 쓴 보리차 맛과 비슷했다.

"그런데 로라는 오늘 저녁 이 호텔에서 묵을 거야?"

박해수가 물었고 로라는 천천히 고개를 저었다.

"외가가 모슬 시에 있어요. 휴가 때면 가끔 와서 며칠씩 묵곤 했습니다. 여기서 멀지 않아요."

"영문학을 전공한다던데, 좋아하는 시인은 누구지? 글쓰는 걸 좋아해?"

로라는 선뜻 대답을 하지 않고 조용히 미소만 짓고 있었다. 자기 자신을 드러내는 데 로라는 익숙하지 않은 것 같았다. 한참 뒤에 로라가 조심스럽게 말했다.

"가끔 시를 써보지만 무척 어렵고 힘들어요. 무엇보다 진실의 가르침과 어긋날 때 괴롭습니다. 처음에 영어공부하느라고 영어로 글을 써봤지요."

"진실의 가르침이란 로라의 신앙을 말하겠지?"

박해수가 물었고 로라는 대답 대신 미소만 지어 보였다. 이때 김정이 갑자기 일어나서 밖으로 뛰어나갔다. 잠시 뒤에 그는 스케치북과 연필을 들고 나타났다. 그는 화구들을 가지러 객실에 다녀온 것이다.

"조직위에 물어봤더니 한시간 반이나 아직 시간이 남았더군. 자네하고 박기자님은 그동안 객실로 올라가 좀 쉬지 그래. 난 그림을 그려야겠어."

김정은 노골적으로 우리더러 비켜달라고 요구했다. 박해수는 로라와 더 얘기하고 싶은 눈치였지만 차마 김정의 요구를 거부하지 못했다. 내가 박해수를 대신해서 물었다.

"기차를 타고 와서 로라가 무척 피곤할 텐데 괜찮을까?"

"로라 문제는 내가 알아서 할 테니까 걱정 말어. 지금 그려놓지 않으면 시간이 없다구."

"여기서 그릴 거야?"

"글쎄, 내가 봐둔 장소가 있지. 호텔 뒷마당에 있는 풀장으로 나갈 거야. 지금 그쪽에 햇빛이 가장 좋을 때라구."

그 풀장은 나도 조금 전 구경했다. 규모가 꽤 크고 시설도 잘 꾸며져 있었다. 그곳에는 지금 물이 가득 채워져 있는데 이용자는 한사람도 없었다. 풀장 수면의 선명한 코발트 빛깔이 사람의 마음을 유혹했다. 그러나 그것보다 더 마음을 잡아끄는 것이 있었다. 티그리스 강이 풀장이 있는 호텔 뒷마당과 지척에서 흘러가고 있었던 것이다. 풀장에서는 티그리스의 긴 강줄기를 가까이서 볼 수 있었다.

박해수와 나는 별수없이 둘을 남겨놓고 로비로 돌아왔다.

"선생님 친구란 사람, 좀 무례한 것 아니에요? 자기가 뭔데 로라를 독점하려고 들지?"

객실로 가기 위해 엘리베이터에 오르면서 박해수가 불만을 터뜨렸다. 지금까지 잘 견뎠는데 드디어 그녀도 신경이 예민해진 것이다.

"좀 심한 것 같지만 그림 욕심으로 그러는데 막을 수도 없고. 나를 봐서라도 좀 참아줘요."

"반드시 그림 때문이라고 믿으세요?"

박해수가 뜻밖에 심각한 표정으로 나를 보았다.

"글쎄, 설마 딸 같은 아이하고 연애를 하자는 건 아닐 텐데."

"왜 못해요? 「로리타」나 「치인의 사랑」도 안 읽어보았나요? 로라는 엄연한 성인이에요. 그것보다 김화백이란 사람이 내가 보기엔 위태로운 사람 같아요. 이런 쪽에 도가 튼 사람이랄까. 여자를 끄는 데 특별한 재능이 있는 남자 있잖아요. 난 아무래도 걱정돼요."

박해수는 사람을 보는 눈이 정확했다. 김정이 바로 그런 남자다. 그는 부드러운 동안의 소유자며 적절한 비유와 유머가 총알처럼 튀어나오는 말솜씨를 가지고 있다. 그뿐 아니라 크지 않은 체구 속에는 우람한 이두박근을 감추고 있다. 그의 화실 바닥에는 늘 육중한 아령이 굴러다녔다. 그는 지금의 나이와 관계없이 자신이 여전히 당당한 수컷임을 늘 과시하고 싶어하는 인물이었다. 나는 침묵으로 박해수의 진단을 인정했다. 그러자 박해수는 한술 더 떴다.

"회교권에서 치한에 대한 처벌이 어떻다는 건 선생님도 잘 아시겠죠. 작년에 영국 관광객 남자가 바그다드 거리에서 여인을 희롱했다가 출국도 못하고 감옥에 갇혀버렸다는 기사를 읽은 일이 있어요. 운 나쁘면 일행인 우리까지 어떻게 될지 모른다구요."

"에잇! 그건 내 친구를 모독하는 거요. 누구보다 정의감이 강한 친군데 그런 무모한 짓을 할 리가 있나. 난 그를 믿어요."

"정말 그럴까요?"

박해수는 여전히 의심을 풀지 않은 표정으로 반문했다. 4층 엘리베이터 앞에서 박해수와 헤어진 나는 객실로 돌아갈까 하다가 생각을 바꿔 다시 계단을 통해 2층까지 내려갔다. 2층 계단의 교차지점에 뒤편으로 난 창이 있는데 그곳에서 풀장의 전경이 잘 내려다보였다. 내가 풀장을 엿보겠다고 생각한 데는 호기심과 초조감이 반반씩 작용했다. 로라가 정말 모델노릇을 충실히 해줄까? 그리고 김정은 그림 그리는 일에만 몰두할까? 박해수에겐 큰소리를 쳤지만 나도 완전히 마음을 놓고 있을 처지가 아니었다.

둘은 어느새 풀장에 나와 있었다. 로라는 수면을 옆에 두고 풀장 언저리의 벤치에 비스듬히 비껴앉아 있고 화가는 그 앞에 바짝 다가앉아 열심히 얼굴을 그리고 있었다. 밝은 햇빛 때문에 입가에 잔잔한 미소를 머금고 있는 로라의 표정이 선명하게 보였다. 그녀의 큰 눈이 화가의 손끝을 뚫어지게 쳐다보고 있었다. 로라는 열심이었고 모델의 역할에 흥미를 갖고 있는 눈치였다. 화사한 햇빛에 드러난 로라의 가무잡잡한 피부와 큰 눈, 그리고 육감적인 담홍색의 입술이 지어 보이는 야릇한 미소, 이 아름다운 아랍 처녀는 불행히도 우리 같은 이방인이 자신에게서 느끼는 매력의 감도를 이해하지도 못할 것이다. 나는 화가들이 모델의 특별한 매력을 무심히 보아넘기는 데 익숙하다는 얘기를 김정에게서 들은 일이 있었다. 이번에도 김정이 그래주기를 나는 원했다.

오후 여섯시에 하트라로 가는 버스가 호텔에서 출발했다. 그때까지 김정은 로라와 함께 지내다가 어디서 두 사람이 불쑥 나타났다. 여태 그림을 그렸느냐고 내가 물었더니 김정은 고개만 끄덕거렸다. 자기 일에 참견하는 게 귀찮다는 표시로 내겐 보였다. 버스에는 우리 일행과 여남은 명의 이딸리아 사람들이 함께 탔는데 이딸리아 사람들은 천성이 그런지 무척 시끄럽고 제스처도 요란했다. 그 덕분에 하트라를 오가는 몇시간 동안 지루함은 면할 수 있었다.

박해수는 몇시간 동안 로라를 김정에게 빼앗겼다고 생각했는지 하트라로 가는 버스에서 줄곧 로라를 자기 옆자리에 앉혀놓고 주변에 등장하는 풍경에 대해 로라로부터 설명을 들었다. 길 주변은 잡풀이 듬성듬성 돋아난 끝없는 들판으로 이어졌는데 이따금 야포 몇문이 설치된 높은 언덕이 나타났고 그 주변에서 녹색 군복을 입은 병사들이 마치 야영나온 사람들처럼 한가롭게 서성이는 모습이 보였다. 이 야포들은 터키 국경 부근에서 준동하는 북부의 쿠르드 반군을 겨냥하고 있는 무기들이었다. 대상도시(隊商都市) 하트라는 AD 1세기경 아라비아 반도에서 흘러온 베두인족들이 건설한 도시로 알려져 있다. 축제의 무대로 사용되는 유명한 하트라 성도 베두인의 캐러밴들이 세운 신전이며 하트라 지역에는 베두인족의 분위기, 그 흔적들이 도처에 널려 있었다. 쿠트라란 이름의 터번을 쓰고 말을 탄 용감한 병사들이 아라비아 영화에는 자주 등장한다. 뚜렷한 골격, 멋진 코밑수염, 독수리처럼 날카로운 눈빛이 이 용맹한 무사들의 공통된 특징이다. 하트라에 다가갈수록 이런 복장, 용모를 지닌 사람들이 자주 눈에 띄었다. 하트라 성이 바라보이는 지점에 이르자, 길가에 흰 천막을 설치해놓고 사람들이 많이 모여 있었다. 수염을 멋지게 기른 베두인의 촌장쯤 되어 보이는 남자들이 수십명씩 천막 속에 나란히 앉아 축제의 전야를 즐기고 있었다. 천막 바깥에서는 힘좋은 한 사나이가 산 채로 양의 목을 베어 큰 양동이 속에 그 피를 쏟아붓고 있었다. 아이들과 어른들이 그 피를 마시려고 주위로 몰려들었다. 그들은 알라신에게 살아 있는 양의 피를 바치는 축제의 전래의식을 진행하는 중이었다. 그들은 이방인에게도 한 양푼의 양의 피를 인심좋게 권했다. 마침 버스가 그곳에 멈춰섰기 때문에 일행들이 우르르 몰려내려가 피를 흘리는 가엾은 어린 양의 모습을 구경했다. 김정은 재빨리 스케치북을 들고 나타나 양의 목을 벤 사나이를 그렸다. 사나이가 박해수에게 양의 피가 담긴 그릇을 넘겨주었다. 담이 큰 박해수도 차마 그것을 마시지 못하고 얼굴을 찌푸리며 쩔쩔맸다. 그러자 김정이 그녀 손에서 그릇을 받아들더니 단숨에 모두 마셔버렸다. 그런 뒤에 김정은 조금 으스대는 표정으로 버스에 남아 있는 로라 쪽을 쳐다봤는데 그 순간 로라는 저쪽으로 얼굴을 돌려버렸다. 비록 자기네 종교의식이지만 로라는 어린 생명이 흘린 피를 좋아하지 않았던 것이다. 버스는 다시 움직여서 몇 분 뒤 축제현장에 도착했다.

하트라 성에는 입구부터 사람들이 구름떼처럼 몰려와 있었다. 땅바닥까지 내려오는 디쉬다샤를 입은 어른들과 빨간 티셔츠나 물빠진 낡은 군복을 입은 젊은이들이 한데 뒤섞여 있었다. 곱슬머리의 소년도 군중 속에 섞여 있고 양복에 넥타이까지 매고 제법 멋을 부린 젊은 신사도 이따금씩 보였다. 이들은 대부분 이 나라의 중산층이거나 상류층에 속하는 사람들일 것이다. 북부의 이 먼 곳까지 오려면 자가용을 이용하거나 버스를 얻어타야 하는데 그렇게 할 수 있는 사람은 분명 선택된 소수이기 때문이다. 성 바깥에는 낡은 일본산 토요타 승용차가 수십대나 늘어서 있었다.

우리가 군중 틈을 헤치고 성 안으로 들어가고 있을 때 약간 어처구니없는 돌발사가 일어났다. 몇걸음 앞서가던 김정이 갑자기 돌아서 오더니 박해수와 나란히 걷고 있던 로라의 손목을 거칠게 붙잡아 끌고 군중 속으로 사라져버린 것이다. 남은 세 사람은 잠시 어리둥절한 표정으로 서로 얼굴을 쳐다보았다. 한참 뒤에 홍명혜가 내게 물었다.

"저 사람 왜 저러죠?"

"글쎄, 빨리 가서 앞자리를 먼저 차지하려고 그럴까."

248

나도 그의 행동을 이해하지 못했다. 다만 친구를 조금이나마 변명해줄 셈으로 한마디 했을 뿐이다. 박해수는 화가 나서 아예 입조차 열지 않았다. 나는 로라를 사이에 놓고 박해수와 김정이 서로 실랑이하는 모습이 재미있었다. 겉으로 내색은 하지 않지만 두 사람은 벌써 첨예하게 대립하고 있었다. 함께 여행을 하다보면 이런저런 돌발사건이 일어나 금실좋은 부부간이라도 감정이 예민해진다고 한다. 하물며 김정과 박해수는 여행 직전까지 서로 이름도 모르던 사이다.

　로라의 등장으로 두 사람은 벌써 얼음장처럼 차가운 사이가 되어버린 것이다. 늦게 도착한 이유로 우리는 무대 앞에 임시로 가설된 객석의 맨 뒤쪽에 겨우 자리를 잡았다. 군중 속으로 앞질러 사라진 김정과 로라의 모습은 보이지 않았다.

　축제의 무대는 하트라 성의 회랑을 그대로 사용했다. 신전은 거대하고 웅장한 건물인데 헬레니즘의 영향을 받은 코린트식과 이오니아식의 화려한 원주들이 즐비하며 벽면의 조각들에도 그리스나 페르시아 양식이 도입된 흔적을 쉽게 발견할 수 있었다.

　식장으로 들어오기 전 우리가 잠시 거쳐온 또다른 건물 벽에는 그리스 신화 속의 괴물인 메두사의 머리가 크게 부조되어 있었는데 이것은 하트라 일대가 그리스 문화의 영향권에 있었다는 좋은 증거물이었다. 성 주변에는 벌써 어둠이 깔리기 시작했는데 불이 켜지지 않은 무대는 썰렁하고 을씨년스럽기까지 했다. 그러나 개막 프로인 '사막의 힘'(간단한 대사가 곁들어진 무용극)이 무대 위에 펼쳐지면서 회랑의 원주 꼭대기에 설치된 각종 조명시설들이 붉고 푸른 빛을 무대 위로 쏟아내자, 지금까지 폐허에 지나지 않았던 무대가 갑자기 역사의 현장을 고스란히 되살려낸 것 같은, 지극히 환상적인 무대로 돌변했다. 투구와 갑옷을 착용하고 방패와 창을 든 고대 로마군의 진격과 거기 맞서는 베두인 용사들의 항전이 한동안 이어졌다. 이것은 AD 2~3세기 고대 로마군이 하트라 성채를 공략했으나 주민들의 저항으로 퇴각했던 실제 역사를 재현한 것이다. 돋보인 것은 이 같은 줄거리나 등장인물들의 춤동작이 아니라 극 내용과 절묘한 조화를 이루어낸 무대 분위기였다. 주최측이 심혈을 기울였을 이 무용극은 문외한이 보더라도 구성이 산만하고 동작도 거칠어서 기대를 품었던 이방인들을 얼마간 실망시켰다. 그러나 김정의 평가는 내 의견을 무색케 했다. 축제의 중요한 차례들이 대강 끝나고 우리가 돌아갈 시간이 되었을 때 로라와 함께 나타난 김정은 무척 흥분되어 있었다.

"자네도 봤겠지. 정말 환상적인 무대였어. 춤들도 기가 막히게 잘들 추더군. 난 고대의 병사들이 그대로 살아나와서 연기를 하는 줄 착각했다니까. 볼쇼이의 스파르타쿠스는 아무것도 아냐. 훈련이 잘된 인형극에 불과하지. 예술성은 한참 떨어져. 자넨 그렇게 생각 안해?"

"난 반대야. 무대는 좋았지만 극은 별로던데. 자네가 말하는 예술성이란 게 뭔지 모르겠군."

"자넨 뒤에서 봐서 나만큼 세밀하게 느끼지 못했을 거야. 난 국방장관인가 참모총장인가 하는 장군 바로 옆자리에 앉아 봤거든. 장군이 로라도 알아보던데. 인사를 하니까 반가워하면서 몇마디 얘기까지 하더라구. 서구 발레적 시각으로 이들의 춤동작을 평가하는 건 잘못이야. 언뜻 보면 춤이 느리고 여러 사람 동작들이 잘 맞지 않지만 전체적으로 보면 기막힌 리듬감이 느껴지더라구. 사막의 리듬이라고 할까. 아무튼 오늘 굉장한 걸 구경한 거야."

나는 김정의 심미안을 의심하지 않지만 그의 이 말은 어쩐지 믿고 싶지 않았다. 그는 지나치게 흥분되어 있었다. 물론 로라 때문이다. 그는 로라와 나란히 앉아 극의 진행을 보면서 로라에게 들려줬던 말을 고스란히 내게 반복해서 들려줬을 것이다. 김정의 흥분상태는 좀처럼 식을 줄 몰랐다. 모슬에 돌아와서도 그는 아랍 사람들의 독특한 춤사위와 남성들의 매력적인 저음에 탄복했노라는 얘기를 그치지 않았다. 남성합창은 무용극이 막을 내릴 무렵 무대 양쪽에 설치된 고성능 스피커를 통해 울려나왔는데 비록 음향기기를 통한 재생음이라곤 하지만 하트라 성 주변의 벌판이 떠나갈 듯 쩌렁쩌렁 울리던 그 합창소리는 아름답고 장엄한 것만은 분명했다. 김정은 그 소리에서 아랍 사람들의 혼을 느꼈다고 말했다. 이 나라가 오랜 고립으로 땅에 떨어진 국민의 사기를 치켜올릴 목적으로 경제적 궁핍을 무릅쓰고 개최한 축제는 엉뚱한 이방인 한사람을 사로잡은 셈이었다.

초대한 손님의 호감을 끌어내는 것도 그들의 목적 가운데 하나라면 그들은 훌륭하게 성공하고 있는 것이다.

그날 밤 잠자리에 누웠을 때 김정은 하트라 축제 홍보용 팸플릿을 만지작거리다가 내게 물었다.

"모슬 일정은 내일 하루뿐인가? 자넨 너무 빠듯하다고 생각하지 않아? 축제는 이제 겨우 시작인데 말이야."

"모슬에서 시간 낭비할 것 없다고 주장한 게 누군데 그래. 자넨 바빌론에 빨리 가봐야 할 것 아냐. 우리가 여기서 겨우 이틀 묵기로 한 것은 순전히 자네 때문이었어. 박해수 기자가 그러는데 조직위 사람들이 우리가 너무 빨리 떠난다고 굉장히 서운해하더래. 그렇지만 지금 와서 일정 변경은 곤란해. 네 사람이 뜻을 맞추기도 힘들고."

"시간이 너무 부족해. 모슬에 와서 우리가 이라크에 시간을 너무 짧게 배정했다는 걸 깨달았어. 할 수만 있다면 혼자라도 이곳에 남고 싶은걸. 어떻게 안될까?"

"로라도 내일이면 바그다드로 떠날 건데, 설마 자네 혼자 여기 남겠다는 건 아니겠지?"

김정은 이 물음에는 대답하지 않고 잠자코 있더니 전혀 뜻밖의 말을 했다.

"내가 만약 이라크에 귀화하겠다면 이 사람들이 과연 나를 받아줄까?"

"아주 재미있는 생각이야. 여기 오래 머물고 싶다면 그것보다 좋은 방법은 없을걸. 싸담 후쎄인에게 청원을 넣어보라구. 그는 어쩌면 대환영일 거야. 왜냐하면 자네의 귀화는 한사람의 이방인을 정복한 셈이 되니까. 그는 정복자야. 위대한 정복자 네부카드네자르의 후계자를 자처하는 것만 봐도 알 수 있어. 하트라 축제 포스터에도 두 사람 사진이 나란히 나와 있더군."

"자네 얘기도 그럴듯해. 그렇지만 캐나다 국적에 황색인종인 나 같은 얼치기는 곤란하다고 할지 모르지. 순수한 백인이거나 차라리 한국 국적이면 몰라도. 국적을 한국으로 바꿨다가 다시 이라크로 옮겨온다? 이건 절차가 너무 복잡한데."

"꼭 귀화를 하겠다면 그까짓 절차가 문젠가? 지구를 열 바퀴라도 돌아서 와야지. 아니야, 의외로 간단할 거야. 이라크는 미국처럼 이민 때문에 골치 썩는 나라가 아니거든. 우리가 모슬로 오면서 봤던 그 넓은 땅을 생각해봐. 모두 버려진 땅들이야. 자네처럼 튼튼한 육체를 가진 사람이라면 황인종이건 흑인이건 무조건 환영할걸. 내일 아침 당장 조직위 관리에게 확인해보라구. 내 말이 맞나 안 맞나."

나는 물론 귀화 얘기를 농담으로 받아들였다. 김정은 농담을 진담처럼 말하는 데 특기가 있는 친구다. 그게 아니라도 미치지 않고서야 지금 같은 상황에서 김정이 한 말을 곧이곧대로 받아들일 사람은 아무도 없을 것이다. 그가 일시적으로 그런 충동에 빠졌을 가능성은 얼마든지 있다. 공상을 즐기는 그는 벌써 귀화 이후의 여러가지 가능성까지 제법 진지하게 그려보았을 것이다. 그러나 하룻밤을 자고 나면 그는 또 어떤 말을 할지 모른다. 나는 친구의 변덕을 자주 경험했기 때문에 그가 갑자기 엉뚱스럽게 꺼낸 귀화문제를 대수롭지 않게 생각했다.

그런데 다음날 모슬 시 교외에 있는 유적들을 구경하는 동안 나는 김정이 귀화문제를 단순한 공상으로 즐기는 게 아니란 걸 알았다. 그는 정말 진지하게 혼자 이 문제를 생각하고 있었던 것이다. 당연히 나는 충격을 받았고 몹시 당황했다. 그러나 겉으로는 내가 당황하고 있다는 걸 내색하지 않았다. 그런 모습을 보이면 마치 개구쟁이들처럼 그는 더욱 사기가 오르고 자기 행위에 스스로 도취될 가능성이 많았기 때문이다.

이튿날 아침 일찍 모슬 유적 관광을 위해 버스 한대가 호텔 마당에서 출발했다. 축제는 오후 늦게 시작되기 때문에 축제에 다시 참가할 사람들은 유적 관광을 마치고 오후에 하트라로 떠나기로 되어 있었다. 버스에는 어제 우리와 하트라에 동행했던 이딸리아 사람들이 고스란히 그대로 타고 있었다. 주로 이십대 삼십대의 젊은 남녀들인 그들과는 얼굴이 얼마간 익어서 우리는 손을 흔들거나 미소로 서로 가볍게 인사를 나누는 처지가 되었다. 이딸리아 사람들은 듣던 소문 그대로 정말 개방적이었고 성격들이 활달했다. 그런데 버스에 오르기 전 우리에게 약간의 문제가 있었다. 조반을 마치고 우리는 지하 찻집에서 맛이 형편없는 커피 한잔씩을 마셨다. 외삼촌 집에서 묵고 있는 로라와 만나기로 한 약속장소가 이곳이었던 것이다. 여덟시쯤 로라는 간편한 청바지와 흰색 블라우스 차림으로 정확하게 그곳에 나타났다. 그런 차림의 로라는 어제의 화사함과는 또다른, 싱싱하고 풋풋한 매력을 풍겼다. 로라는 늘 그렇듯 좀처럼 말은 하지 않고 싱그러운 미소만 입가에 흘리면서 박해수의 옆자리에 다소곳이 앉아 있었다. 나는 로라를 사이에 놓고 박해수와 김정이 오늘은 또 어떤 식으로 실랑이를 벌일지 그게 걱정이었다. 아니나다를까, 박해수가 로라더러 피곤할 테니 오늘은 동행할 것 없이 외삼촌 집에서 쉬는 게 좋겠다는 말을 불쑥 해버렸다.

"동행하는 이딸리아 사람들이 전문 가이드를 한사람 데려왔대요. 우리도 그 사람 설명을 들으면 되죠. 로라는 이미 수십번도 더 본 것들인데 구태여 우리 때문에 하루 고생할 필요가 있겠어요?"

박해수는 김정을 무시하고 홍명혜와 나의 동의만을 구했다. 김정의 얼굴이 잠시 일그러졌다. 박해수가 뭣 때문에 이런 제안을 하는지 누구나 빤히 알고 있었다. 김정이 무슨 말을 할 듯하다가 그만두었다. 그는 로라 때문에 무척 조심하는 눈치였다. 분위기가 어색해지자, 조심성 많은 홍명혜가 한마디 거들었다.

"박기자 말도 일리는 있지만 여기서는 우리가 본인 의사를 존중하는 게 예의일 거야."

홍명혜가 이번에는 로라에게 제법 유창한 영어로 물었다.

"로라, 우린 로라가 피곤할까봐 걱정하는 것뿐이야. 우리랑 동행하는 문제는 로라가 결정하는 게 좋겠어."

254

"저는 여러분과 함께 있는 시간이 즐거워요. 함께 가겠어요."

로라의 분명한 대답은 약간 뜻밖이었다. 그 순간엔 그녀의 입가에서 사라질 줄 모르던 미소마저 자취를 감춰버렸다. 그녀는 이런 따위 논의 자체가 맘에 들지 않는 게 분명했다. 그 바람에 박해수도 머쓱한 표정이 되어 다른 말은 하지 못했다. 버스를 타려고 여성들이 먼저 나간 사이에 내가 김정에게 말했다.

"자네가 너무 독점하니까 이런 불협화음이 생기는 거 아냐. 좋아하는 건 알겠지만 좀 은밀히 하라구. 함께 여행을 왔으면 양보할 줄도 알아야지."

"흥, 여자들이란 고작 궁리하는 게 그 정도야. 남 훼방이나 놓고."

화가 덜 풀렸는지 김정은 짜증을 냈다. 그러나 내 충고를 의식한 탓인지 이날 그는 종일 로라가 두 여성들 옆에만 붙어 있도록 내버려두었다. 어쩌다 로라와 가까이 마주쳤을 경우에도 그는 말도 걸지 않고 재빨리 그 자리를 피해버렸다.

모슬 교외 한적한 들판 가운데 우뚝 솟아 있는 마크로우브 산은 우리가 니네베 성과 님루드 성을 거쳐 세번째로 찾아간 곳이다. 깎아지른 듯 가파른 마크로우브 산 중턱에 AD 4세기에 건립되었다는 성 마티 수도원이 있었다. 우리가 찾는 곳이 바로 이 수도원이었다. 아래서 바라보면 수도원 건물은 절벽에 붙어 있는 중세의 요새처럼 견고하고 폐쇄적인 건물로 보였다. 회교의 바다 가운데 홀로 떠 있는 그리스도의 섬―그래서 세속을 떠나 저 높은 절벽 위에 자리를 잡고 있는 것일까? 산중턱의 수도원을 바라보며 이런 생각이 들었다. 그러나 이 지방의 역사를 들춰보면 그곳이 홀로 떠 있는 섬이 아니란 걸 쉽게 알 수 있었다. 1271년 씰크로드를 따라 모슬을 방문했던 마르꼬 뽈로의

『동방견문록』에는 이런 기록이 있다──모슬은 거대한 왕국이며 여러 인종들이 살고 있다. 무함마드를 신앙하는 아랍인들, 그밖에 그리스도를 따르는 다른 종족들이 있다. 이들 그리스도 신자들은 로마 교회법을 따르지 않는 다른 종파들인데 네스토리우스파, 야곱파, 아르메니아파가 그것이다──이라크에서는 모슬 지방의 이 기독교인들을 통칭해서 '아시리아의 기독교인'이라고 부르고 있다. 그리고 성 마티 수도원은 그 본거지인 셈이다.

버스가 경사가 가파르고 노폭이 좁은 자갈길을 천천히 기어올라갔다. 수도원 입구까지 자갈길은 이어져 있었다. 입구에 다다르자, 모든 것이 예상했던 것과 전혀 달랐다. 넓은 구역의 평지가 있었고 수도원 안과 밖은 깊은 정적 대신에 찾아온 신자들과 서구의 관광객들로 저잣거리처럼 북적대고 있었다. 입구의 길가에는 나무그늘에 앉아 쉬고 있는 사람들, 노점을 벌여놓고 액세서리나 담배를 파는 여인들이 여기저기 눈에 띄었다. 장사를 하는 여인들이나 지나치는 여인들 가운데 차도르를 걸친 여인이 하나도 없다는 게 이 지역만의 특징이었다. 남자들 옷차림도 이라크의 다른 지역과는 다소 구별되었다. 여기서는 발끝까지 내려오는 디쉬다샤를 입은 사람을 한사람도 발견할 수 없었다. 모두 기독교인들이거나 최소한 기독교 문화권에서 온 사람들이기 때문일 것이다. 우리는 이딸리아 사람들 뒤를 쫓아서 수도원 경내로 들어갔다. 예배실과 수도자들이 기거했을 수많은 방들, 큰 동굴우물과 수도원의 창건자인 성 마티의 석관을 차례로 구경했다. 이딸리아 사람들이 데려온 이라크인 전문 가이드는 영어를 쓰지 않고 유창한 이딸리아어로만 설명을 해줬기 때문에 우리에겐 전혀 도움이 되지 못했다. 그 대신 로라가 쉬운 영어로 아주 간결하게 요점만을 설명해줬기 때문에 우리는 전혀 불편을 느끼지 못했다. 평소 거의 말이 없던 로라지만 자기의 역할이 필요한 때가 되자, 그녀는 조금도 주저하지 않고 자기의 뛰어난 표현력과 총명한 두뇌를 유감없이 발휘했다. 로라의 침착한 설명을 들으면서 나는 그녀가 무스탄시리아 대학의 재원이라고 은근히 딸 자랑을 하던 가잘 씨의 모습을 상기했다.

수도원 내부 구경이 대강 끝났을 때 홍명혜가 갑자기 진지해진 표정으로 예배실을 찾았으니 자기는 잠시 기도를 하고 오겠다고 말했다. 그리고 보니 그녀는 금으로 된 십자가 목걸이를 어느새 목에 걸고 있었다. 그것은 여태 보이지 않던 물건이었다. 홍명혜는 아주 가끔 성당에 나간다고 처음으로 고백했다. 그러자 박해수도 교회당에 출석한 지 무척 오래되었다고 하면서 자기도 예배실로 가서 오랜만에 예배를 드리고 싶다고 말했다. 박해수가 기독교 신자란 사실도 이곳에서 나는 처음 들었다. 절벽 위의 요새 같은 마티 수도원에 와서야 그들의 신앙을 알게 되었다는 사실이 내게 이상한 감흥을 불러일으켰다. 신앙이란 이처럼 은밀하고 집요하며 끈질긴 것인가 하는 감탄이 마음에서 솟구쳤다. 이런 감흥도 내가 바다의 고도 같은 성 마티 수도원에 와서 있기 때문에 느끼는 것인지 모른다.

두 여성이 예배실로 향하자, 처음부터 그들과 함께 다녔던 로라도 자연스럽게 그들을 따라갔다. 김정과 나는 목이 말라서 물을 얻어마시려고 수도원 문밖으로 먼저 나왔다. 바깥 진입로의 한쪽에 지하수가 흘러나오는 조그만 우물이 있었고 우물로 와서 물을 마신 사람들이 근처 나무그늘 아래 앉아 쉬고 있었다. 어떤 여인이 플라스틱 물그릇으로 물을 떠서 우리에게 친절하게 건네주었다. 물이 얼음처럼 차갑고 물맛이 썩 좋았다. 목을 축인 뒤 우리도 나무그늘로 가서 나란히 앉았다. 저쪽 넓은 공터에는 유럽 사람들을 가득 태우고 온 대형버스들이 여남은 대나 주차하고 있었다. 몇년째 항로가 봉쇄되었음에도 불구하고 성 마티 수도원을 찾는 유럽의 참배객들이 그치지 않는 걸 보면 이곳은 분명히 이라크 안의 별세계인 셈이었다. 이라크의 다른 이름난 유적지들은 모두 파리만 날리고 있었다. 우리가 마지막으로 찾은 바빌론 성마저 햇빛만 가득할 뿐 사람 그림자는 얼씬거리지 않았다.

"이봐, 만약 내가 이라크에 혼자 남겠다면 자넨 어, 어쩔 테야? 나를 만류할 테야?"

김정의 목소리에 놀라 나는 그의 옆얼굴을 돌아보았다. 그의 목소리가 조금 떨렸고 말을 더듬기까지 했는데 이것은 그가 아주 중요한 문제를 얘기할 때 보이는 증상이었다. 그는 심각한 표정으로 산 아래쪽 넓은 평원을 바라보고 있었다.

"정말 남고 싶어? 나는 여태 농담인 줄만 알았는데."

"농담이 아냐. 나는 내 선택에 대해 지금 자네 이해를 구하는 중이라구. 자네만 이해해준다면 그걸로 충분해."

"자네가 선택한 게 뭔데? 로라야? 이라크 땅이야?"

"두 가지 모두라고 해도 좋아. 지금은 로라의 비중이 훨씬 크네. 난 여기서 그림을 그리고 그것이 안되면 막노동이라도 하면서 살아갈 자신 있네. 아직 내 몸이 튼튼하니까. 로라에게도 내 생각을 충분히 얘기했고 절반은 동의를 얻었어. 로라는 놀라운 아이야. 아니, 놀라운 여인이지. 내가 여기 오지 않았다면 나는 이 아랍땅에 내가 꿈에서나 그려보던 여인이, 더구나 내 생각과 이상을 누구보다 잘 이해하고 공감해주는 여인이 있다는 걸 까맣게 모르고 재미없이 생을 마감했을 거야. 난 개포동 그 상가 건물로 다시는 돌아가고 싶지 않아. 내가 여기 남게 되면 자네가 돌아가서 내 뒤처리를 해줬으면 고맙겠군."

"로라하고 자네가 어울리는 한쌍이라고 믿는 거야? 로라가 결혼까지 하겠다고 응낙했어?"

"자넨 아직도 남녀관계가 어떤 건지 잘 몰라. 무슨 비즈니스로 보는 모양인데 그런 걸 말로 하나? 눈빛이나 느낌으로 다 알게 되는 거지."

"미쳤군. 불과 며칠 만에 자기 인생을 완전히 바꿔버릴 생각을 하다니. 자네 화실에 가득 쌓아놓은 그림들이 가엾지도 않나? 미완성 그림들도 아마 여럿 있을걸."

"자네가 돌아가면 그것들부터 먼저 태워서 없애버려. 알다시피 완성해봤자 사주는 사람도 없는 그림들이야. 귀국 이후 서울에서 그림 한점 못 팔았다구. 그동안 주부들 상대로 레슨해서 겨우겨우 먹고살아왔지. 그림을 팔았다고 자네에게 말한 건 모두 허풍이었어. 화실에서 나간 물건들은 공짜로 줘버렸거나 액자라도 건지려고 해체시켜버렸지."

김정의 그림이 팔리지 않는다는 것은 나도 알고 있었다. 한국 풍경을 그린 그림이지만 서울에서도 그의 그림은 환영받지 못했다. 그러나 상태가 그렇게까지 나쁜 줄은 몰랐다. 그의 그림이 왜 그 정도까지 외면당하는지 나도 그 점이 늘 의문이었다. 김정과 어울려 전시회를 함께 갖기도 하는 그 또래의 화가들은 대체로 형편이 좋았다. 초기에는 가난했던 그들도 연륜이 쌓이면서 그럭저럭 이름이 알려지고 그림도 자기류의 안정감을 얻고 있었다. 화가로서 한국에서 활동한 이력이 짧아서 김정의 그림이 인정을 못 받는 것일까? 나는 처음에 이렇게 생각했다. 그러나 그건 바른 해답이 아니었다. 김정이 그 또래 화가들과 어울려 갖는 그룹전 같은 데 몇번 가서 보고 나는 어렴풋이 그 사실을 깨달았다.

　전시장에 가보면 김정의 그림 앞에 언제나 관람자들이 많이 몰렸다. 다른 평범한 그림들에 비해 그의 그림은 처음부터 강렬한 인상을 주기 때문에 이것은 아주 당연한 현상이었다. 그의 그림은 구도가 완벽했고 색감이 화려했다. 뛰어난 데쌩 능력을 지닌 그는 설악산의 바위와 물을 그릴 때나 잡초가 우거진 황폐한 농촌의 들을 그릴 때나 완벽한 구도로 그것을 재현해냈다.

　어느 한구석 흐트러진 데라곤 없는 그림이었다. 관람자는 우선 화가의 정교하고 세련된 그림 솜씨에 감탄하게 된다. 그러나 조금만 오래 그 그림 앞에 서 있다보면 어느 외국 화가의 화집에서 같은 그림을 본 것 같다는 느낌을 갖게 되고 세련된 솜씨가 도리어 싫증을 일으키는 원인이 된다는 사실을 깨닫는다. 나는 김정이 동과 서에서 이것저것 좋은 것을 너무 많이 흡수해서 이런 현상이 빚어진다고 내 나름으로 판단했다. 전시회가 끝나갈 무렵이면 그의 그림보다 서툴고 덜 세련되어 보이던 그림들은 주인을 찾았는데 김정의 그림은 소박맞은 여인처럼 헌 신문지 같은 걸로 포장되어 화실로 돌아오곤 했다. 그의 그림에 관해 내 의견을 충고 삼아 들려줘야겠다고 나는 여러차례 별렀다. 그러나 한번도 그럴 기회를 갖지 못했다. 그가 자존심을 상할까봐 겁이 났고 그보다는 화가 자신이 자기 결점을 누구보다 잘 알 거라는 생각이 나를 망설이게 만들었다.

　김정은 서울생활에도 이젠 지친 모양이다. 그림이 안 팔려도 그는 좀처럼 약한 소리를 하지 않았는데 이제 보니 그는 벌써 오래 전부터 의욕을 잃고 있었던 게 분명했다. 그렇다면 그는 새 탈출구를 찾는 심정으로 로라에게 매달리는 것이 아닐까? 그는 자신이 지금 일생일대의 선택을 했노라고 방금 말했다. 그게 사실이라면 거기에 목숨을 걸어도 좋다. 그러나 서울생활의 고달픔을, 그것도 먼 이라크 땅에 와서 내게 처음 털어놓은 것이 그의 과실이라면 과실이었다. 그가 그런 푸념을 하는 순간 로라에 대한 그의 진실은 벌써 색이 바랜 것이다.

성 마티 수도원 관람을 끝으로 모슬에서의 우리 일정은 끝났다. 그날 오후 호텔로 돌아와서 두어 시간 휴식을 취한 뒤 우리는 밤기차로 바그다드로 돌아왔다. 많은 외국 손님들이 하트라로 가는 대신 우리처럼 바그다드행 기차에 서둘러 탄 걸 보면 그들 역시 축제보다는 유적 관람과 노는 데 더 관심이 많은 사람들이었다. 로라도 우리와 같은 기차를 탔다. 그런데 이번에는 그녀를 두고 박해수와 김정이 실랑이를 할 필요가 없게 되었다. 침대차가 배정되어 남자와 여자가 각각 분리 수용되었던 것이다. 바그다드 알 만수르 호텔은 며칠 전에 비해 훨씬 늘어난 외국인들로 북적거렸다. 뒤늦게 와서 이제 막 하트라로 떠나려는 사람, 그리고 우리처럼 축제현장에 한차례 출석한 걸로 겨우 체면치레나 하고 서둘러 돌아온 사람들이 반반씩 섞여 있었다. 오전 열시쯤 호텔에 도착한 우리는 프런트에 맡겼던 짐을 찾고 새로 객실을 배정받았다. 호텔에서 우리를 가장 반겨준 사람은 매부리코 하톰 쌀라였다. 로비에서 우리를 발견하자, 그는 번개처럼 달려와서 마치 오랜만에 나타난 다정한 친구를 대하듯 만면에 웃음을 띠며 손을 내밀었다. 그러나 그의 입에서 처음 나온 말은 그런 요란한 제스처와는 별로 어울리지 않는 말이었다.

"멋진 왜건 한대를 불러올 수 있는데 바빌론에 안 가시려오?"

"지금 당장 말입니까?"

김정이 물었다.

"물론이오. 차가 늘 대기하고 있는 것이 아니니까. 나도 지금 시간이 비어 있소."

"조금 피곤하긴 한데. 너무 미뤘다가 기회를 놓치는 거 아냐."

김정은 매부리코의 제안을 받아들이고 싶은 모양이었다. 이번에도 박해수가 제동을 걸었다.

"난 어젯밤 차 속에서 잠도 별로 못 잤어요. 바그다드에선 이틀이나 시간이 있는데 그렇게 서두를 필요가 있겠어요? 급한 사람은 먼저 가도 상관없겠지만."

박해수가 자기 말만 하고 홍명혜와 함께 객실로 올라가버렸다. 잠시 후 객실에서 쉬고 있는데 박해수가 자기 방에서 전화를 걸어왔다.

"화가 양반 뭘 하고 있어요?"

"욕실에서 샤워하는 중입니다. 왜 그러죠?"

"마침 잘됐어요. 복도 끝 소파 있는 데로 잠깐 나오실래요? 의논할 게 있어요."

"그럽시다."

나는 혼자 객실을 나와 복도 끝으로 갔다. 소파 몇개만 놓인 간이 휴게실인데 이런 곳이 층마다 있었다. 두 여성이 벌써 나와서 나를 기다리고 있었다.

"오늘 바빌론에 못 간다고 한 것은 다른 약속이 있기 때문이에요."

박해수가 먼저 말했다.

"가잘 씨 댁에 저녁 초대를 받았거든요. 서두르면 바빌론 다녀올 시간은 되지만 너무 피곤해서 힘들어요."

"그런 연락을 언제 받았소?"

"약속은 모슬 가기 전에 있었어요. 조금 전 도착을 알리느라고 연락을 했더니 오늘 저녁 가잘 씨가 차를 가지고 호텔로 데리러 오겠대요. 물론 가시는 거죠?"

"나야 가겠지만 내 친구는 어떻게 하지?"

나는 벌써 박해수가 김정을 떼어놓고 싶어한다는 걸 알았다. 이틀 전의 약속을 혼자만 간직하다 이제야 밝히는 것도 김정이 알까봐 꺼려한 때문이었다.

"선생님 친구지만 솔직히 말해 그 사람은 이번만은 빠졌으면 좋겠어요. 만약 김씨가 가게 되면 난 안 갈 거예요. 모처럼 가잘 씨 댁에 가서 무슨 망신을 당할지도 모르고."

"그런다고 친구분을 떼어놓고 조선생 혼자만 몰래 가시자고 할 수도 없잖아. 그분도 다 큰 어른인데 뭐 무슨 일이 생기겠어?"

홍명혜가 내 딱한 입장을 대변해주었다. 그러나 박해수는 들은 척도 하지 않았다.

"박기자 기분을 이해는 하겠는데 그렇게 되면 나도 빠지는 게 좋겠소. 아예 여성 두 분만 다녀오는 게 어때요?"

"선생님까지 빠진다는 건 곤란해요. 저쪽에서 오해할 수도 있고. 좋은 방법이 있어요. 친구분을 일부러 속이라는 건 아니에요. 아까 봤더니 그 양반 바빌론에 한시라도 빨리 가고 싶은가보던데 혼자 먼저 다녀오라고 하면 어때요? 마침 하톰 쌀라가 차를 대기시켜놓았다니까 기회가 좋지 않아요? 그렇게 되면 거짓말하지 않고 자연스럽게 일처리가 되는 거죠. 혼자 가라면 그분은 도리어 좋아할 것 같은데요."

"김정씨가 우리가 호텔에서 나가기도 전에 돌아와버리면 어떡하지?"

홍명혜가 걱정이 풀리지 않는 표정으로 박해수를 쳐다보았다.

"언니는 별걸 다 걱정하고 있네. 우리가 일찍 나가서 시내 구경 좀 하다가 가잘 씨랑 따로 만나면 되는 거지 뭐."

썩 내키지는 않았지만 더 좋은 방법도 없었다. 나는 김정이 혼자 바빌론에 가는 걸 더 좋아할 거란 박해수의 예측에 기대를 걸었다. 친구를 속인다는 가책도 그 기대 속에 묻어버렸다. 역시 박해수의 예측은 맞았다. 샤워를 끝내고 침대에 누워 쉬고 있던 김정은 내가 하톰 쌀라를 데리고 오늘 먼저 바빌론에 다녀오는 게 어떠냐고 말을 꺼내자, 마치 그 말을 기다렸다는 듯 반색했다.

"그렇지 않아도 지금 그래볼까 말까 궁리하던 참이야. 여럿이 와서 혼자 멋대로 군다고 욕할까봐 간신히 참고 있었지. 여자들과 동행하면 오분도 안돼 돌아가자고 보챌까봐 걱정했는데 잘됐어."

내가 마치 친구를 위해 배려해준 꼴이었다. 김정이 좋아하는 걸 보고 나는 마음이 한결 가벼워졌다. 김정은 하톰 쌀라가 어디로 가버리기 전에 그를 붙잡아야겠다면서 옷을 입고 서둘러 로비로 내려갔다.

그날 오후 남은 우리 세 사람은 호텔을 일찍 빠져나와 바그다드 북부에 있는 황금사원과 알 만수르 호텔에서 그리 멀지 않은 곳에 있는 알 라쉬드 호텔을 구경했다. 사실은 바그다드 제일의 명물이라고 할 수 있는 황금사원은 구경한 게 아니고 사원 입구까지 갔다가 입장을 사절당하고 밖에서 겨우 사원의 위용만을 대강 살펴보고 돌아서야 했다. 황금사원은 바그다드에 남아 있는 많은 모스크 중에서도 독특한 건축양식과 두 사람의 이맘(회교 고승)이 묻혀 있는 쉬아파의 성지로 가장 잘 알려진 곳이다. 이 사원의 금빛 찬란한 두 개의 돔과 네 개의 첨탑은 바그다드 시내 어디서나 잘 바라다보였다. 우리가 그곳을 찾

았을 때도 정문 앞 광장에는 멀리서 온 참배객들이 입장을 위해 줄을
서서 기다리고 있었다. 참배객 가운데는 정문을 들어서기 전 땅에 엎
드려 입을 맞추는 사람도 가끔 보였다. 그들의 성자 무사 알 가딤과
무함마드 알 자와드를 추모하는 그들의 열정이 어떻다는 걸 그 모습
은 잘 보여주었다.

그런데 우리 차례가 되어 입구 앞으로 다가섰을 때 문을 지키고 있
던 흰 터번을 쓴 건장한 중년사내가 널찍한 손바닥으로 내 가슴을 막
아버렸다. 몇마디 항의를 했지만 이방인에게 배타적인 그 남자의 태
도를 바꾸는 데 실패했다. 가잘 씨에게 나중에 그 얘기를 전했더니 이
교도라고 해서 무조건 거절한 게 아니고 무슨 오해가 있었던 것 같다
고 웃으며 말했다. 전에는 입장이 엄격하게 통제되었으나 최근에는
외국인의 출입도 허용하고 있다는 것이다. 알 라쉬드 호텔에 간 것은
걸프전 당시 미사일 피폭 흔적을 찾아보기 위해서였다. 당시 피폭으
로 엉뚱하게 이 호텔은 세계에서 가장 많이 알려진 호텔이 되었다. 그
런데 건물 자체는 이미 말끔하게 복구되어 파괴의 흔적은 찾아볼 수
없었다. 그 흔적을 대신하고 있는 것이 호텔 현관 입구에 타일로 크게
부조되어 있는 부시의 얼굴이었다. 호텔에 들어가는 사람들은 누구나
입구의 바닥 중앙에 부조된 부시의 얼굴을 밟고 지나가지 않을 수 없
는 것이다. 복수의 방법치고는 치기스럽고 짓궂다는 느낌도 들었지만
원수는 결코 용서하지 않는다는 아랍인의 감춰진 마음을 읽은 기분으
로 섬뜩하기도 했다. 호텔의 커피숍에 앉아 있는 동안 박해수가 가잘
씨더러 그곳으로 와달라고 전화를 걸었다. 가잘 씨는 근무를 끝내고
일곱시가 지나 자기 차를 가지고 그곳에 나타났다.

"그 예술가는 왜 안 보이나요?"

우리 세 사람을 보자마자, 가잘 씨가 그것부터 물었다. 그는 화가란 말 대신 예술가란 말을 사용했다. 박해수가 약간 망설이다가 예술가가 안내인과 함께 일찍 바빌론으로 떠나는 바람에 동행하지 못했다고 말했다.

"그림을 그려야 하니까 그는 남들보다 구경하는 시간을 많이 필요로 해요."

박해수는 그가 오지 못한 이유에 관해 아주 적절한 해명까지 곁들였다. 그러자 가잘 씨는 이해가 간다는 듯 머리를 크게 끄덕였다. 그 다음엔 다시 김정에 관한 얘기는 나오지 않았다. 심지어 로라도 화가가 빠진 이유를 묻지는 않았다. 바그다드 남서쪽 중류층 주택가에 있는 가잘 씨 집은 조그만 단층 건물이었다. 가잘 씨는 장모님을 모시고 있었는데 맨 처음 손님을 장모님이 기거하는 방으로 안내해서 인사를 나누게 했다. 노부인은 풍채도 좋고 너그럽고 따뜻한 인상을 보여주었다. 그러나 일생을 굴곡없이 곱게만 살아온 것으로 보이던 이 부인이 사실은 아주 불행한 여인이란 걸 뒤에 알았다. 식사를 끝내고 후식을 먹는 동안 가잘 씨는 자기 가족사진첩을 꺼내 우리에게 보여주었다. 거기에 아주 잘생긴 육군 장성 한명과 공군 장성 한명의 군복 입은 늠름한 모습을 담은 사진이 한장씩 있었다. 가잘 씨는 그들 두 사람이 자기 처남들인데 공군 장성은 이란과의 전쟁 때 전사했고 육군 장성은 한쪽 눈을 잃고 상이용사가 되었다고 담담한 어조로 말했다.

식탁에는 낯익은 케밥과 코르사가 나왔다. 야채 샐러드도 나왔고 후식으로 과일과 보기 드문 아이스크림까지 나왔다. 아이스크림을 제외하면 바그다드 어느 식당에서나 규정식처럼 나오는 같은 메뉴들이었다. 맛도 모양에도 차별이 없었다. 손님을 대접하는 식단이 단조로운 걸 보면 고위관리라는 가잘 씨 집에도 물자 부족의 여파가 그대로 미치고 있음을 알 수 있었다. 내가 그렇게 본 탓인지 로라는 전에 비해 표정이 약간 침울했다. 입가에 잔잔한 그 미소는 여전히 보였지만 웬일인지 우리 쪽을 똑바로 쳐다보려고 하지 않았다. 그뿐 아니라 식사를 끝내자마자, 그녀는 살며시 거실에서 빠져나갔고 우리가 떠날 때가 되어서야 다시 모습을 보였다. 로라는 무슨 생각을 하고 있는 것일까? 말없이 침울한 표정으로 앉아 있는 그녀를 보면서 나는 갑자기 궁금증을 느꼈다. 로라는 김정이 내게 자랑했던 것처럼 갑자기 나타난 나이 많은 이방인 화가에게 정말 특별한 감정을 갖게 된 것일까? 로라의 얼굴만 봐서는 아무것도 읽어낼 수가 없었다. 그렇다고 드러내놓고 그 문제를 로라에게 물을 수도 없었다. 집앞에서 헤어질 때도 로라는 말없이 손만 흔들었다. 그러고는 우리를 태운 가잘 씨 차가 한참 멀어질 때까지 문밖에 혼자 오래 서 있었다. 친절하게도 가잘 씨는 우리를 호텔 마당까지 차로 데려다주었다.

호텔에서는 전혀 상상하지 못했던 문제가 나를 기다리고 있었다. 밤 열한시가 지났는데 김정이 아직 돌아오지 않은 것이다. 이 사실을 나는 프런트에서 알았다. 방 열쇠가 보관함 속에 그대로 있었다. 객실로 올라가봤지만 역시 방에 사람이 없었다. 다시 로비로 내려가서 하톰 쌀라를 찾아보았다. 조직위 안내인들이 앉아 있던 자리가 텅 비어 있고 비쩍 마른 중년사내 한명이 긴 소파 한쪽 끝에 앉아 고개를 떨구고 졸고 있었다. 가까이 가보니 매부리코 하톰 쌀라였다. 그의 등을 두드려 잠을 깨웠다. 그는 온몸에서 땀냄새를 잔뜩 풍겼다. 잠에서 깬 하톰 쌀라가 나를 보더니 깜짝 놀라 벌떡 일어났다. 그는 무작정 괴로운 표정을 지으며 한쪽 손을 흔들었다.

"내 친구는 어디 있소?"

"찾지 못했어요. 난 찾으려고 무척 애썼지만 결국 못 찾았어요."

하톰 쌀라는 누가 옆에서 들을까봐 무척 겁나는 듯 자꾸 주위를 두리번거렸다.

"내 친구가 어디로 가버렸다는 말이오? 좀 자세히 얘길 해봐요."

"선생님 방에 가서 말씀드리면 안될까요? 여긴 지나다니는 사람들이 많아서요."

"좋을 대로 합시다. 바빌론에서는 언제 돌아왔죠?"

"저도 불과 한시간 전에 도착했어요. 집에 가야 할 시간인데 손님을 기다리고 있었던 거죠."

방으로 올라가서 하톰 쌀라가 들려준 얘기는 풀리지 않는 수수께끼처럼 선뜻 믿어지지 않았다. 두 사람은 바빌론 성 앞에 있는 식당에서 점심을 먹은 뒤 성의 입구인 이슈타르 게이트를 지나 행진의 거리로 올라갔다. 이 거리를 중심으로 좌우에 새로 복원된 바빌론 궁의 성벽들이 질서있게 늘어서 있는데 김정은 행진의 거리를 한동안 거닐다가 혼자 성벽 사이로 천천히 걸어들어갔다. 행진의 거리에 혼자 남은 하톰 쌀라는 그가 돌아오기만을 기다렸다. 김정이 손에 스케치북을 들고 있었기 때문에 처음 하톰 쌀라는 그가 성벽 사이에서 그림을 그리느라고 오래 머무는 줄만 알았다. 그러나 두 시간이 지나도 김정이 나타나지 않자, 하톰 쌀라는 그를 찾기 위해 그가 들어간 성벽 사이로 들어가보았다. 김정은 그곳에 없었고 몇시간에 걸쳐 다른 성벽들 틈을 다 뒤져봤지만 그를 찾지 못했다.

"그분이 사라진 게 오후 두시쯤인데 난 깜깜해질 때까지 거기서 찾느라고 헤매고 다녔습니다. 믿지 못하겠거든 내 구두를 보세요. 다 해어져서 이젠 신을 수도 없게 되었소."

하톰 쌀라는 이런 경황중에도 수지타산을 하고 있었다. 그의 구두
는 본래 형편없이 낡은 것이지만 지금은 엄지발가락 끝이 보일 정도
로 해어져 있었다.

"성 부근에 인가가 있어요?"

"그런 것 없습니다. 낮에 근무하는 사람들이 철수하고 나면 밤에는
황무지나 마찬가진데요. 그래서 나는 그분이 어디로 갔는지 이해가
안되는 겁니다."

"무슨 좋은 방법이 없겠소? 이런 때 경찰에 신고는 해야겠지요."

이 말이 떨어지자, 하톰 쌀라의 얼굴이 백지처럼 하얗게 질렸다. 그
가 애원하듯 말했다.

"하루만 더 기다려봐요. 이 사실이 알려지면 나는 즉시 목이 달아나
요. 내 가족이 일곱 명이나 됩니다. 혹시 다른 차편으로 바그다드에
돌아왔을 수도 있지 않겠어요?"

"바그다드에 왔다면 호텔에 나타나지 않을 이유가 없죠."

엄밀히 따지면 안내인의 잘못은 없다. 그러나 하톰 쌀라가 김정을
데리고 간 것은 공식 임무수행이 아니고 미화 오십 달러란 거금의 수
입을 잡기 위해서였다. 공무원 신분인 그는 이 점을 두려워하고 있을
것이다.

"이렇게 합시다. 신고는 뒤로 미룰 테니 내일 우리와 함께 바빌론으
로 다시 가서 내 친구를 찾아보는 게 어떻소?"

"나도 지금 그렇게 말하려던 참이었소. 내일 아침 일찍 차를 준비해
놓고 방으로 연락드릴게요."

결론이 나자, 하톰 쌀라는 도망치듯 방에서 나가버렸다. 그날 밤 나

는 동행인 여성들에게 이 사실을 알려주지 않았다. 공연히 피곤한 사람들의 수면 방해를 하고 싶지 않았던 것이다. 그 대신 나 혼자 거의 한잠도 못 자고 밤을 꼬박 새웠다. 있을 수 있는 최악의 결과가 여러 형태로 나를 괴롭혔다. 친구를 속이고 등을 떠밀다시피 해서 바빌론으로 혼자 떠나게 한 것도 몹시 후회가 되었다. 바빌론이란 어떤 곳일까? 사람 하나쯤 삼켜버리고도 흔적도 드러내지 않는 그런 흉악한 곳일까? 나는 당장이라도 바빌론으로 달려가고 싶었다.

다음날 아침 김정의 소식을 들은 박해수는 먼저 경찰에 신고부터 하는 게 순서라고 주장했다. 우리의 초청을 주선한 가잘 씨의 입장을 생각하더라도 잠시도 사실을 은폐할 수는 없다는 것이다. 그녀를 설득하느라고 나는 또 한번 애를 먹었다. 하톰 쌀라의 처지는 제쳐놓더라도 가잘 씨 입장도 소문없이 이 문제가 수습되는 것이 최선이라고 나는 말했고 그 말을 듣고서야 박해수는 바빌론에 가는 데 동의했다.

결과부터 말하면 바빌론에 가서 우리는 김정을 만나지 못했다. 그의 흔적은 아무것도 없었다. 하긴 하룻밤을 지난 뒤에 그가 아직 그 부근에 머물 거라고 기대한 것이 어리석은 생각이었다. 하톰 쌀라는 지금 같은 여름철에도 바빌론의 밤기온이 영하권으로 내려갈 때가 있다고 말했다. 우리가 바빌론에 찾아간 의미를 구태여 찾자면 김정이 종적을 감춘 그 지점을 직접 육안으로 확인했다는 것 정도일 것이다.

바빌론 성 입구인 이슈타르 게이트 앞에 우리가 도착한 것은 오전 열한시가 조금 지났을 때다. 벌써 햇볕이 뜨거워 한곳에 십분 가량 서 있기도 힘들었다. 우리는 관광객들이 당연히 거쳐가는 여러 코스를 모두 생략하고 직접 행진의 거리로 올라갔다. 수백 미터 길이로 뻗어간 거리 둘레에 철책을 세워놓았는데 2500년 전에 길바닥에 깔아놓은 벽돌을 보호하기 위한 시설이라고 하톰 쌀라가 설명해주었다. 행진의 거리를 중심으로 양쪽에 복원된 궁성의 웅장한 성벽들이 늘어선 모습이 장관이었다.

하톰 쌀라는 김정이 성벽 쪽으로 가느라고 내려갔던 계단과 그가 걸어들어갔다는 성벽 사이 좁은 길을 내게 가르쳐주었다. 그 길을 따라 성벽 앞까지 내려가보았다. 거기엔 길이 없고 다만 한사람이 겨우 비집고 들어갈 좁은 공간이 있을 뿐이었다. 나는 다시 행진의 거리로 올라와서 친구가 서 있었다는 그 지점에 섰다. 성벽으로 앞뒤가 막혀 있는 행진의 거리에는 정적과 햇빛만이 가득했다. 문득 이 공간에서는 시간이 흐르지 않고 정지되었을 거란 느낌에 사로잡혔다. 김정이 들려준 「타임머신」이란 영화 얘기, 그리고 그가 여기 와서 시간을 거슬러 가보겠다고 하던 말이 그때 마침 떠올랐기 때문일 것이다. 김정은 여기 서 있다가 갑자기 네부카드네자르의 병사들을 만나볼 수 있으리란 기대를 갖고 저 성벽 안으로 들어간 것은 아닐까? 그는 고대 병사들과 신하들의 모습을 스케치북에 담아보겠다는 엉뚱한 생각을 하게 되었을지 모른다. 나의 이런 상상은 하톰 쌀라의 개입으로 금방 깨졌다. 그는 두 여성 동행자가 벌써 문밖에 나가서 차를 타고 출발을 재촉하고 있다고 내게 일러주었다.

바그다드에 돌아온 우리는 오후 퇴근시간에 맞춰 가잘 씨를 호텔로 불러냈다. 로비 구석자리에서 우리와 마주앉은 가잘 씨는 무슨 재미있는 일이라도 생긴 줄 아는지 무척 밝은 표정으로 물었다.

"바빌론에 다녀왔다지요? 어떻습디까?"

"시간이 너무 짧아 다 구경을 못했어요."

"왜죠? 서울서부터 그렇게 벼르던 곳인데."

잠시 침묵이 흐른 뒤 박해수가 어제와 오늘 사이에 있었던 일을 침착하게 설명했다. 설명을 다 듣고 난 가잘 씨는 잠시 혼자 생각에 잠겼다가 곧 다시 입을 열었다.

"이 문제는 다른 누구에게도 얘기하지 마세요. 하톰 쌀라에겐 내가 주의를 주리다. 경찰에는 내가 알려서 은밀히 수색을 해보게 할 테니 너무 걱정 마시고 기다려봅시다. 참 그리고 여기 일정이 어떻게 되죠?"

"예정은 내일 출발로 되어 있어요. 암만에서 모레 떠나는 비행기에 예약이 되어 있거든요. 날짜 변경이 안되는 티켓인데 어떡하죠?"

박해수가 울상을 지었다.

"내일 떠난다면 너무 서운한데. 여기 더 머물라고 이런 일이 생겼는지 누가 아오?"

가잘 씨는 농담하는 여유까지 보였다. 우리는 그가 난처해할까봐 걱정했는데 오랜 외교관 경력을 지닌 이 사람은 도리어 우리를 위로시키려고 애썼다.

가잘 씨가 떠난 뒤 여태 말이 없던 홍명혜가 내게 슬쩍 물었다.

"로라에겐 지금쯤 연락이 가지 않았을까요? 죽지 않고 살아 있다면 말이에요. 내 느낌은 어쩐지 그랬을 것 같은데요."

"그럴듯한 생각이지만 확인해볼 방법이 없어요. 로라를 의심하는 것 자체가 이만저만 실례가 아니지 않소."

"그건 조선생님 얘기가 맞아요. 의심이 조금 간다 해도 로라처럼 착한 아이에게 어떻게 그런 걸 물어보겠어요."

박해수가 내 말에 동의하는 바람에 이 문제는 더이상 거론되지 않았다. 그런데 로라의 이름을 듣는 순간 성 마티 수도원에서 김정이 했던 말이 떠올랐다. 그는 로라 곁에 남기 위해 자기가 이라크에 혼자 떨어진다면 만류할 거냐고 내게 물었다. 김정의 실종을 로라와 결부시켜 생각하지 못한 건 매우 당황했고 겁부터 먹은 탓이었다. 그는 친구의 완강한 반대도 피하고 한편 동행자들의 입장도 고려해서 이런 식으로 자기의 의지를 관철하려고 했던 것은 아닐까? 나는 이쪽에 희망을 걸고 싶었다. 그렇다면 그는 살아 있을 것이기 때문이었다.

그를 기다리느라고 우리는 이틀 동안 바그다드에 더 머물렀다. 예약된 비행기 티켓은 암만 대사관의 친구에게 연락해서 가까스로 이틀 뒤로 날짜를 변경했다. 가잘 씨는 다녀간 다음날 오후 경찰을 시켜 현지 수색을 벌였으나 별다른 소득이 없었다는 말을 전해왔다. 그리고 그는 이런 식으로 무한정 기다리다간 소문만 나빠질 수 있으니 우리가 곧 떠나는 게 좋겠다는 말도 전했다. 우리는 다음날 아침 일찍 이라크 정부 제공의 왜건을 타고 먼 국도를 달려 암만으로 돌아왔다.

암만에서는 대사관 참사관으로 있는 대학 동창생이 우리를 반갑게 맞아주었다. 그를 바그다드로 들어가기 전 공항에서 잠깐 만났는데 그때는 시간이 없어 차 한잔도 나누지 못했다. 그는 우리가 바그다드에서 돌아올 날만 손꼽아 기다렸노라고 말했다. 외국에서 오래 살다보면 평소 무심하게 지내던 친구도 혈육처럼 반갑게 느껴지는 모양이었다. 암만에 도착한 날 그는 우리를 자기 차에 태워 사해로 안내했다. 사해의 모래밭에서는 모세의 교회가 있는 느보 산과 최근 자치권을 얻어낸 팔레스타인의 땅 예리코 지역이 손에 잡힐 듯 가깝게 바라다보였다. 참사관은 우리가 움직일 때마다 마치 부지런한 가이드처럼 눈앞에 나타난 나무와 바위와 물의 유래에 관해서 해박한 지식을 털어놓았다. 그는 현지에 관한 공부를 많이 하는 외교관이었다. 암만 거리의 중국식당에서 참사관과 함께 저녁을 먹고 그와 헤어져 우리는 호텔로 돌아왔다.

피곤에 쫓겨 나는 일찍 잠이 들었다. 이제 겨우 열 시간 정도 지나면 나는 아랍땅을 밟고 있지 않을 것이다. 내일 일정을 위해서도 충분히 잠을 자둬야 했다. 그런데 잠이 든 지 채 반시간도 지나지 않았을 때 전화벨이 요란하게 울렸다. 뜻밖에 조금 전 헤어졌던 참사관의 목소리가 들렸다. 그가 침착하게 말했다.

"방금 바그다드에서 대사관으로 연락이 왔는데 화가가 지금 차를 타고 암만으로 오는 중이래."

"뭐라고? 그게 사실이야? 자네가 직접 들었나?"

나는 벌떡 일어나 앉으며 고함을 질러댔다.

"대사관 직원이 받아 내게 전해준 거니까 확실한 거야. 가잘 대사란 사람이 전화를 한 모양이더라구. 자세한 건 본인에게 직접 들어봐. 아침이면 도착하지 않겠어?"

전화를 끝내고 나는 창가로 걸어갔다. 한차례 심호흡으로 마음의 긴장을 풀었다. 창을 통해 가로등 불에 비친 암만 중심거리의 풍경이 바라다보였다.

살아 있었군. 다행이야. 나는 혼자 중얼거렸다. 그러나 그가 무사히 우리 곁에 돌아온다는 기쁨 못지않게 마음 한구석에 까닭모를 공허감이 차올랐다. 나는 그가 목숨을 걸고라도 로라를 추구하기를 바라는 이율배반의 심리상태에 있었던 것 같다.

그의 무사귀환이 확인된 순간에 나는 겨우 그걸 깨달을 수 있었다.

—『현대문학』1995년 1월호

경계를 가로지르며, 낯선 세상을 탐색하는 여행

채호석

　송영 소설은 무언가 낯설다. 대표작으로 꼽히는 「투계」나 「선생과 황태자」가 그렇다. 낯선 이유가 무얼까? 「선생과 황태자」는 탈영죄와 항명죄로 미결감에 수감되어 있는 '순열'씨가 감방장의 요청으로 '연애 이야기'를 하는 대목에서 시작한다. 순열씨는 쉽게 '본론'으로 들어가지 않고 주변을 빙빙 돈다. 물론 같은 감방에 있는 죄수들은 이 '우회'를 견디지 못한다. 그게 연애 이야기 맞냐고 묻는다. 연애 이야기라면 이야기의 핵심은 어떻게 '조졌나'에 있다고 생각하니 말이다. 이 이야기가 「선생과 황태자」에서 중심에 놓이지는 않지만, 이 대목이 불현듯 생각나는 이유는 일반 사람들이 소설에서 원하는 것, 혹은 우리가 소설문법이라고 통상 말하는 것이 '어떻게 조졌나'를 궁금해하는 감방

동료들의 생각과 사실은 별로 다르지 않을지도 모르기 때문이다. 그런데 「투계」나 「선생과 황태자」의 결말에서도 느낄 수 있는 것처럼 작가는 독자들의 기대를 충족시켜주지 않는다.

이번 소설집 『발로자를 위하여』에 실린 작품들은 「투계」나 「선생과 황태자」에 비하면 훨씬 덜 낯설다. 그러나 여전히 낯설기는 마찬가지이다. 이 소설들은 어딘가 모르게 부족한 듯하게 느껴지기도 하고, 또 때로는 너무 많은 내용이 들어가 있다는 생각을 갖게도 한다. 그러나 바로 이 점이 송영다운 점이 아닐까? 「모슬 기행」에는 눈에 띄는 장면이 하나 있다. 바로 '김정'의 그림에 대한 화자의 평이 나오는 대목이다. '김정'의 그림은 처음에는 대단히 잘 그렸다는 생각을 갖게 한다. 사람들이 그의 그림 앞에 많이 모이는 것은 당연한 일이다. 그러나 그의 그림은 결국 팔리지는 않는다. 다 어디선가 베낀 듯한 느낌을 주기 때문이다. 사람들이 사가는 그림은 그보다 못해 보이는 작품들이다. 소설도 그렇지 않을까. 처음 보았을 때 아주 '매끄럽게 빠졌다'고 하는 작품들은 '소설문법'에 충실한 작품이고, 그리고 그만큼 독자들의 기대를 충족시켜준다. 하지만 그러한 작품이 우리의 감성을, 그리고 영혼을 흔들기란 쉽지 않다. 너무 익숙하기 때문이다. 그런 점에서 송영 소설들이 갖고 있는 '무언지 모를 낯섦'이란 독자들의 기대를 배반하면서, 독자의 기호에 영합하지 않으면서 독자의 감성을 파고들 수 있는 것이다. 그리고 바로 이 점이 송영 소설을 돋보이게 하는 부분이다.
『발로자를 위하여』에 실린 소설들은 그 낯섦만큼 어떤 공통점을 찾아내기도 쉽지 않은 듯이 보인다. 작가의 시선은 러시아로, 이라크로, 어린 시절로, 어느 한 지점에 머물지 않은 채로 끊임없이 움직인다.

이들 소설들을 쉽게 묶어서 말할 수 없는 이유가 여기에 있다. 그러나 찬찬히 살펴보면 대부분의 작품에서 공통점을 발견할 수 있다. 첫번째 공통점은 낯선 곳의 탐색이라는 점이다. 그 낯섦이란 다른 공간, 다른 시간일 수도 있고, 또 때로는 다른 삶의 방식이기도 하다. 이 낯섦을 향한 여행, 낯선 세계를 탐색하는 여행이 바로 『발로자를 위하여』를 꿰뚫고 있다. 이 때문에 이들 소설의 두번째 공통점이 생겨난다. 무언가 '다른' 세계를 향해 나아가기 때문에, 이 소설들에는 '머묾'의 욕망보다는 '떠남'의 욕망이 강하게 드러난다. 그리고 떠나는 만큼, 대상에 빠져들지 않는다. 대상 속으로 들어가 바라보기보다는 한 걸음 옆에 떨어져서 '지나가는' 시선으로 대상을 바라본다. 다시 말하자면 '바라봄'이 주된 방법이 되는 것이다. 「발로자를 위하여」를 시작으로 대부분의 작품이 그러하다. 「태어난 곳」 정도만이 여기에서 벗어난다고 하겠다. 이들 작품의 시선은 주로 '사람'에 머물지만 여기서 그치지 않고 「발로자를 위하여」 「고려인 니나」 「모슬 기행」 같은 작품에서는 낯선 공간에도 머물고 있다.

그런데 눈에 띄는 점 하나는 공간에 머무는 시선과 사람에 머무는 시선이 서로 다른 방향을 갖고 있다는 사실이다. 낯선 공간에 머무는 시선은 그 낯섦을 어떠한 방식으로든 자기화하려는 욕망을 보인다. 자기화의 욕망이나 자기화하는 시선이 없다면 낯선 공간(이들은 대체로 다른 나라이다)의 묘사는 단지 이국 취향 이상은 되지 않았을 것이다. 그러나 송영의 소설 속에서 낯선 공간들은 낯선 공간들에 그치는 것이 아니라, 어떠한 방식으로든 궁극적으로는 다르지 않은 공간으로 그려진다. 그렇다고 해서 사람 사는 곳은 어디나 다 마찬가지라는 그런 상식적인 동일화는 아니다. 그 공간들은 우리가 살아가는 여기와 다르면서도 같은, 그리고 또한 같으면서도 다른 그런 공간들이다. 그곳은 여기이면서 여기가 아니다. 그리하여 송영 소설 속의 낯선 공간들은 전적으로 동일화되지 않으면서 또한 전적으로 '타자인 것'으로 남지도 않는다. 그러므로 어떤 특정한 공간 혹은 특정한 문화의 우월성 또한 드러날 수 없으며, 그 속에 있는 서로 다른 존재들은 서로 다른 존재로서, 그러나 완전히 낯선 타자는 아닌 것으로 그려진다. 「모슬 기행」에서 특히 강하게 드러나는 공간(유적)에 대한 기술이 일견 불필요한 묘사처럼 느껴짐에도 불구하고 없어서는 안되는 이유가 바로 여기에 있다. 이처럼 낯선 공간이 낯설지 않게 바뀜으로 해서 비로소 '김정'이라는 인물의 행위가 성립될 수 있는 것이다.

　이 작품에 실린 소설에서 낯선 공간이란, 또 한편으로는 '이산'의 공간이다. '이산'의 공간은 고국과 타국이라는 너무나 익숙한 공간적 경계를 지운다. 「고려인 니나」에서 화자는 아들의 음악교육 때문에 러시아로 간다. 러시아는 물론 타국이다. 그렇기 때문에 낯선 공간이다. 화자도 낯설게 느낀다. 그러나 이 낯섦이 과연 '타국'이기 때문일까? 그렇게 보이지는 않는다. 러시아가 낯선 이유는 다른 나라이기 때문이 아니라 내가 잘 알지 못하는 곳이기 때문이다. 자기가 잘 모르는, 혹은 전혀 모르는 곳에 갔을 때 누구나 가질 수 있는 느낌인 것이다. 이렇게 보면 음악교육을 위해 러시아를 선택하는 것도 자연스럽게 받아들여진다. 마치 공부를 하기 위해 지방에서 서울로 오는 것과 다름이 없다. 공간의 경계가 물론 완전히 사라질 수는 없고 다른 맥락에서는 여전히 큰 힘을 갖지만, 최소한 여기서는 그 경계가 희미해져 있는 것이다. 더욱이 거기서 '조선민족'이면서 또한 '러시아인'인 이중의 존재를 만날 때 이는 더 확실해진다. 「발로쟈를 위하여」의 경우 조금은 다른 것처럼 보인다. 발로자는 자신이 태어난 도시에 대해 강한 애착을 갖고 있기 때문이다. 그러면서 그는 자신의 고향이 점차 옛 모습을 잃어가는 데 대해 안타까움을 느낀다. 그의 애착은 고향 도시의 쇠락과 반비례해서 더욱더 커진다. 하지만 그는 자신의 고향 도시에, 나아가 '고향'에 머물 수 없다. 그의 바람과는 반대로 세상은 그를 떠날 수밖에 없도록 만드는 것이다. 이미 세상의 경계는 흐려졌다. 그는 호주에서 살게 될지도 모르고, 혹은 영국에서 살아가야 할지도 모른다. 우리는 발로자의 상황에서 그러한 세계 속에서 자신의 정체성을 확보하는 것이 얼마나 어려운 일인가를 보게 된다. '고향'을 그리워하는 것, 자신의 출생을 확인하고 싶은 것(「태어난 곳」)은 당연한 것일지 모른다. 그러나 작가는 그 고향을 절대성을 지닌 것으로 만들지 않는다. 고향은 확인해보고 싶고 확인할 수 있는 것이지만, 이미 더이상 예전의 의미〔首丘初心〕를 갖지 않는다.

송영의 탐색은 공간과 아울러 다양한 인간들에게로 향한다. 어쩌면 인간에 대한 탐색이야말로 소설, 아니 문학이 문학다울 수 있는 영역인지도 모른다. 송영 소설 속에서 공간은 경계가 흐려지거나 지워져 있다. 그렇기 때문에 낯선 공간은 여전히 '다른' 공간이기는 하지만, 전적으로 '타자'인 공간은 아니다. 그러나 인간에 대한 탐침(探針)은 그와는 다른 방향을 향한다. 송영 소설 속에서 관찰되는 이들은 대체로 남들이 보기에, 혹은 남들이 보기와는 달리 안정된 세계 밖에 다리를 걸치고 있다. 작가는 묻는다. 과연 남들이 보기에 안정된 세계 밖에 있는 존재들이 세상에서 배제되어 세상을 '남들만큼' 살지 못하는, 무력하고 나약한 존재, 혹은 쓸모없는 존재들인가. 오히려 그들이 세상을 가장 열심히 살아가고 있는 존재가 아닐까. 그들이야말로 정말로 세상을 '사는' 존재가 아닐까. 반면 남들이 보기에 안정된 세계, 세계의 편안함 속에 있는 존재들이 사실은 불안정한 존재이며 세상 밖으로 밀려나갈 위기에 처해 있는 것은 아닐까. 난쟁이 김동정(「천사는 어디 있나?」)과 고려인 니나(「고려인 니나」)가 전자에 속한다면, 「성자의 그늘」에서의 목사는 후자에 속한다.

사실 이러한 인물들은 송영 소설에만 고유한 인물은 아니다. 이미 많은 소설들이 이러한 인물들을 그려왔다. 우리들의 상식에 어긋나지 않는 인간들이란 소설 속의 인물이 되지 못하기 때문이다. 상식에 적합한 인간들의 상식적인 삶은 오늘과 내일이 다름이 없는 '일상'이며, 비록 커다란 일이 일어난다 하더라도 곧바로 일상 속으로 되돌아가고 만다. 큰 사건은 우리들의 일상에 흔적을 남기며, 그 흔적은 때로는 절대로 지워질 수 없는 것이기도 하지만, 그러나 그 또한 일상 속으로 편입된다. 일상의 이러한 두터움을 지울 때 혁명이 가능하겠지만, 그러나 일시적인 사건으로서의 혁명은 곧바로 매일의 삶 속으로 묻혀 들어가게 된다. 혁명이 가능하다면, 그것은 일회의 사건이 아니라 '지속'이지 않으면 안된다.

하지만 소설의 욕망이란 바로 이러한 일상의 두터움에 저항하는 것이다. 저항함으로써 일상이 지니는 표면의 편안함이 사실은 불안한 것임을 말해준다. 이 저항은 적극적인 형태로 나타나기도 하고, 혹은 소극적인 모습을 보이기도 한다. 이렇게 저항하는 인간을 그릴 때, 작가의 시선이 무표정할 수는 없다. 오히려 작가는 대상에 자신의 욕망을 투영한다. 「모슬 기행」에서 잠적하였다가 '무사히' 귀환하는 '김정'을 보는 시선이 바로 이런 것이다. 다소 거칠면서 자신의 감정에 충실한 김정이 세상의 눈을 돌아보지 않고 자신의 욕망대로 행하는 데 대해, 절대로 동조하지는 않으면서도 실상 김정이 귀환하지 않기를 바랐던 사람이 바로 화자이다. 공간과 인간을 탐색하는 작가의 시선이 아주 행복하게 일치하는 소설이 바로 「모슬 기행」이다. 작가가 탐색하는 공간이 낯선, 그러나 더이상 낯설지 않은 공간, 다른 공간이지만 절대적으로 다르지는 않은 공간이라고 한다면, 그리하여 공간의 경계를 희미하게 만들고 있다고 한다면, 김정은 바로 이렇게 경계가 흐릿해진 공간을 살려고 하고 있기 때문이다. 그리고 이 경계는 단지 공간의 경계만은 아니다. 다시 말하자면 단지 대한민국과 이라크, 혹은 캐나다와 대한민국과 이라크로 구분되어 있는 것만은 아니다. 김정과 로라 사이에는 서로 다른 '민족' 그리고 '나이의 차이'라는, 보이지 않지만 상당히 강한 구분선이 있기 때문이다. 김정의 잠적은 이러한 경계들을 넘어서는 것이며, 또한 무시하는 것이다. 김정이 귀환했을 때 '나'가 느끼는 이율배반이란 바로 이러한 김정의 욕망에 자신도 가담해 있기 때문이다. 자신은 할 수 없지만, 그러나 누군가가 하기를 바라는 그런 심사이다.

송영 소설은 세상 속의 낯선 공간, 낯선 존재를 그리기도 한다. 「자비와 동정」의 성한경 같은 인물이 그러하다. 성한경이라는 인물은 화자의 이해 밖에 있는 존재이다. 그가 살아가는 공간은 화자가 살아가는 공간과는 다르다. 그는 전혀 다른 공간에서 다른 방식으로 존재한다. '스님'이 된 성한경을 만났을 때, 화자는 그렇게 된 것이 필연이라고 생각한다. 세상에 있기는 하지만 세상을 살고 있지는 않은 존재가 바로 성한경이기 때문이다. 「신뢰받는 인간」에서의 '형'도 마찬가지의 존재이다. 피상적으로 보면 '형'은 그저 예민한 알코올 중독자에 지나지 않는다. 그러나 그는 모든 이에게 이해되지 않는 존재이기는 하지만 최소한 단 한 사람에게만은 '신뢰받는 인간'이다. 바로 이 때문에 '형'은 패배한 존재가 아닐 수 있게 된다. 오히려 수많은 사람에게 인정받았지만, 단 한 사람의 친구도 없는 「두 사람」에서의 퇴직 은행원보다는 훨씬 행복한 존재일 수 있기 때문이다.

앞서 말한 것처럼 이러한 존재에 대한 탐구는 송영만의 고유한 몫은 아니다. 오히려 송영 고유의 몫이라고 말하자면 이러한 욕망의 뒤에 놓인 회의의 시선이라고 해야 하지 않을까. 이 소설집 속에 들어 있는 이런 '저항'에 대한 작가의 시선은 균질적이지 않다. 「천사는 어디 있나?」에서 난쟁이 김동정을 바라보는 시선은 기존의 상식, 검증되지 않은 상식을 드러낸다. 난쟁이라는 육체적 '결함'에도 불구하고 (혹은 바로 그 때문에 확연히 드러나는) 그 속에 담겨 있는 '맑은 영혼'이라는 상식적인 관념이 재생산되고, 그것을 관찰하는 자신에 대한 반성은 존재하지 않는다. 그리고 반성이 존재하지 않음으로 해서 관찰자는 관찰 대상보다 약간은 위에 올라서 있다. 난쟁이 김동정과 나의 키 차이만큼은 말이다. 반면에 「모슬 기행」이나 「발로자를 위하여」에서는 다른 면모를 보인다. 화자는 관찰 대상에 자신의 욕망을 투영한다. 김정이나 발로자는 관찰의 대상임과 동시에 화자의 또다른 모습이라고 할 수 있다. 작가는 이들에게 쉽게 '살 길'을 열어주지 않는다. 바로 이 대목이 작가 송영의 고유한 몫이 아닐까? 세상의 두터움을 갈라내려 하지만, 그러나 실상 세상의 두께는 그리 만만한 것은 아니기 때문이다. 바로 그 만만하지 않음(「발로자를 위하여」), 때로는 한낱 해프닝에 지나지 않게 되는 진지한 고투(「모슬 기행」), 이것이 송영이 바라보는 세계이며, 또한 어쩌면 가장 현실에 가까운 세계일 것이다.

하지만 때로 세상을 바라보는 이러한 시선은 지극히 회의적인 모습을 띠고 나타나기도 한다. 「두 사람」에서 등장하는 '오 실장'은 상당히 자유스러워 보이는 인물이다. 그리고 이러한 인물을 통해 퇴직 은행원은 자신을 되돌아본다. 친구 하나 만들어보지 못한 과거의 삶, 아무에게도 존경받지 못하던 삶을 반성하는 것이다. 그러나 그 결과는 전혀 예상과는 다르다. '오 실장'이라는 인물은 퇴직 은행원이 꿈꾸는 것과 같은 그런 '맑은 영혼'의 소유자가 아니라, 그저 아무에게나 존경한다고 말하며 빌어먹는 존재에 지나지 않는 것이다. '오 실장'과의 만남 자체가 불행이라는 은행원의 말은 정직하다. 그는 '오 실장'을 만나지 않았던 상태, 되돌아봄이 없이, 무료하지만 그냥 그런대로 치과의사에게 심장진단이나 받으면서 살아가던 상태를 그리워하지만 결코 그때로 돌아갈 수 없다. '오 실장'이 그가 바라던 모습은 아니지만, 그렇다고 해서 그와의 만남이 가져다준 모든 것, 새로운 삶에 대한 욕망은 버릴 수 없기 때문이다. 문제는 어떤 곳에서도 그것을 실현할 가능성을 찾을 수 없다는 데 있으며, 이것이 바로 그의 불행이다. 그러나 이는 작가만의 몫은 아니리라. 이러한 가능성을 발견하지 못하고 있는 것이 우리의 현실이다. 그리고 거기서 멈추는 데 이 소설들의 미덕이 있다.

어쩌면 이제까지 나는 송영이라는 작가를, 아니 『발로자를 위하여』에 들어 있는 작가의 소설들을 잘못 읽어왔는지도 모른다. 내가 발견하고 싶었으나 발견하지 못한 것, 하고 싶었으나 하지 못한 것을 나는 작가에게 투영하여 그로 하여금 발견하게 하고자 하였는지도 모른다. 그리고 그렇게 각색해서 송영의 소설들을 읽었을지도 모른다. 작가가 자신의 등장인물들에게 꿈을 꾸게 하고, 그리고 그 꿈대로 행동하게 하였듯이 말이다. 작가의 뜻이 이로 인해 잘못 전달되지 않을까 두려울 따름이다. 그럼에도 불구하고 아쉬움이 있다면 여기에 실린 소설들이 공간의 탐색에 비해 시간적인 탐색이 상대적으로 약화되어 있다는 점이다. 아마도 '관찰'이라는 방식을 취하는 한 시간성을 아울러 드러내주기는 곤란할 것이다. 이 희미해진 경계들을 가지고 있는 공간, 이산의 공간에서 주인공들로 하여금 여행이 아니라 모험을 하게 했다면, 그리고 그럼으로써 시간성을 확보할 수 있었다면 훨씬 좋지 않았을까 생각해본다. 물론 이것은 전적으로 개인적인 바람일 따름이다.

蔡淏晳/문학평론가, 한국외국어대학교 한국어교육과 교수

작가의 말

1990년대 초에 나는 먼 나라에 사는 두 사람의 이방인과 친구의 언약을 맺었다. 한 사람은 뻬쩨르부르그 대학 학생이던 블라지미르 띠호노프이고 한 사람은 바그다드의 무스탄시리아 대학 학생이던 로라 가잘이다. 「발로자를 위하여」는 블라지미르의 이야기이다. 작품 서두에서 암시한 바 있지만 이 얘기는 발로자 개인의 얘기를 빌려 전환기의 혼란상황에 처한 러시아 젊은이들의 모습을 그려볼 의도였는데, 그렇게 보여질 수 있을지 자신은 없다. 블라지미르와 나 사이에는 비록 만족스러울 만큼은 아니지만 그동안 상당한 교류가 있었다. 더구나 최근 그가 한국에서 몇해 동안 체재한 덕분에 우정을 나눌 기회도 많이 가진 편이었다. 처음 만났을 때 주변 여건이 너무 혼란스럽고 불안정해서 나는 미래에 대해 아무것도 예측할 수 없었다. 그런 것을 감안하면 블라지미르와 나의 경우는 매우 행복한 사례라고 할 수 있을 것이다. 그가 서울에 있는 동안에 우리는 거의 한달 간격으로 자주 만났다. 주로 그가 우리집을 방문했고 내가 그들 부부가 소꿉살림을 살고 있는 반지하 방으로 찾아가기도 했었다. 국적과 나이 차이를 뛰어넘은 이 우정은 내게 아주 소중하고 신선한 경험이었고 지금은 멋진 기억이 되었다.

러시아를 몇 차례 다녀온 뒤 나는 어느 친구에게 이런 말을 한 적이 있다. "러시아에서는 아직도 '인간의 얼굴'을 많이 만나볼 수가 있다"라고. 지하철이나 도시 변두리 오솔길에서 마주치는 얼굴들은 한결같이 선량하고 소박한 표정들을 짓고 있었다. 끝없는 물욕에 젖어 지칠 줄 모르고 질주하는 사람의 긴장되고 살벌한 표정과는 거리가 멀었다. 거기 머무는 동안 나는 뜻밖에도 여기서 경험하지 못하던 마음의 평온을 느꼈다. 특히 연주회장 같은 데 모인 사람들 얼굴에서 그런 표정을 더욱 선명하게 볼 수가 있었다. "그것은 욕망으로부터 거세된 사람들의 표정이다. 혹독한 독재체제 아래 살던 사람들은 흔히 그런 표정을 지니고 있다." 이렇게 말하는 사람도 있을 것이다. 나는 이 말이 맞지 않을 거라고 생각하고 또 그렇게 믿고 싶다.

블라지미르에 비하면 바그다드의 로라 가잘과의 교류는 매우 저조했고 지금은 완전히 단절된 상태다. 여건이 썩 좋지 않아서이기도 하지만 나머지는 모두 나의 불성실한 대처에 책임이 있다. 시인 지망의 아리따운 아가씨인 로라는 초기에 내게 두 번의, 지극히 정중한 편지를 보냈었고 나도 인편으로 편지와 약간의 필기구 선물을 보냈다. 그 사람의 귀국 편에 로라는 자기네 전통의상인 디쉬다샤를 내게 선물로 보내오기도 했다. 로라의 편지들을 나는 지금도 서랍 속에 잘 보관하고 있다. 로라는 지금쯤 결혼도 했을 것이고 그녀의 총명함으로 미뤄볼 때 아마도 사회의 일원으로 어떤 의미 있는 일에 종사하고 있을 줄 믿는다. 그러나 현재 이라크의 상황을 생각할 때 그녀가 비록 궁핍하나마 정상생활을 유지하고 있는지조차 의문스러울 때가 있다.

십여년 전 이라크에서 며칠간 머무르다가 요르단의 암만으로 돌아왔을 때 암만 호텔의 풍성한 식탁을 보고 적지 않게 충격을 받았던 일이 떠오른다. 암만 호텔의 식탁에 오른 메뉴는 몇 종류의 빵과 우유와 야채 샐러드, 그리고 육류요리 몇가지 정도였다. 지극히 평범한 메뉴였다. 그런데도 충격을 받은 것은 상대적으로 이라크 사람들의 식탁이 너무 빈약하고 초라했던 데에 있다. 그곳에서는 우유를 구경할 수 없었다. 어린애도 우유를 마실 수 없었다.

걸프전과 오랫동안의 경제봉쇄로 경제가 피폐할 대로 피폐해진 이라크에서 다시 전쟁이 시작될 거라고 한다. 문명의 진보와 선행에 관한 인간의 의지는 반드시 비례하지는 않는 것 같다. 축제개막을 기다리듯 초침을 재가며 전쟁이 시작되기를 기다리는 사람들이 있다. 구약의 주요 무대였던 북부 도시 모슬의 니네베 성, 아브라함의 고향으로 알려진 남부의 우르 지역을 비롯, 국토 전체가 인류문명사의 박물관이라고 할 수 있는 이라크 땅에 최신의 무기들이 엄청난 폭탄을 퍼부을 거란 뉴스가 매일 지면을 장식한다. 특히 모슬은 터키 국경과 가깝고 전략요충지역이라 격전이 벌어질 개연성이 많은 곳이다. 인류문명의 유적을 위해서도 그렇지만 바그다드에서 숨을 쉬고 있을 내 친구 로라 가잘을 위해서도, 예고된 이 전쟁이 뜬소문으로 그쳐주기를 바란다. 그런데 지금은 그렇게 될 가능성이 거의 없어 보인다.

작품을 쓰는 것도 그가 내국인이건 이방인이건 사람과의 만남과 선의의 소통을 위한 하나의 대화방식이라고 생각된다. 책을 알뜰하게 묶어준 창비사 편집팀에게 감사한다.

2003년 3월 11일 광주 고산리에서

송영